「ベリル様とは
同じ部屋で
過ごしたいと
考えているのですが」
ュステ・
レームヴェルク

OSSAN－KENSEI
片田舎のおっさん、
剣聖になる
～ただの
田舎の剣術師範
だったのに、
大成した弟子たちが
俺を放って
くれない件～
6
佐賀崎しげる
Illustration
鍋島テツヒロ

CHARACTERS

ベリル・ガーデナント

片田舎で剣術道場師範をしていたおっさん。レベリオ騎士団の特別指南役として都に出向く。父モルデアとの一騎打ちの果て、自らの剣を見つめ直し始める。

ミュイ・フレイア

ベリルとともに暮らしている少女。
魔術の才があり、レベリス王国魔術師学院に通っている。

ルーシー・ダイアモンド

幼い見た目ながら、その正体はレベリス王国の魔法師団・団長。
強力な魔術の研究に日夜取り組んでいる。

フィッセル・ハーベラー

ベリルのかつての弟子。
剣魔法を操る魔法師団のエースにして、ミュイの教師。
ベリルをもちろん尊敬している。

アリューシア・シトラス

ベリルのかつての弟子。
“神速”と謳われるレベリス王国の誇り高き騎士団長。
ベリルを敬愛している。

シュステ・フルームヴェルク

ウォーレンの妹で、フルームヴェルク家の息女。
屋敷を訪れたベリルを丁寧にもてなす。

ウォーレン・フルームヴェルク

フルームヴェルク領の若き当主。
ベリルとアリューシアを貴族の夜会に招いた本人。

片田舎のおっさん、剣聖になる
～ただの田舎の剣術師範だったのに、大成した弟子たちが俺を放ってくれない件～

CONTENTS

STORY

片田舎の村で細々と剣術道場を営む男、ベリル・ガーデナント。
「しがないおっさん」を自称しながら過ごしていたある日のこと、
若くして王国騎士団長に昇り詰めたかつての教え子アリューシアによって、
レベリオ騎士団の特別指南役として召し上げられてしまう。
〝片田舎の剣聖〟としての名声がレベリス王国の都で日増しに高まるなか——
父・モルデアからの呼び出しを受け、
休暇も兼ねてミュイや騎士団のヘンブリッツ、クルニとともに里帰りをしたベリル。
ビデン村ではかつての剣術道場を手伝ったり、魔物の討伐をしたりと、
結局剣を振るうことは忘れない生活を送っていたが、
都へと戻る直前、モルデアから一対一の勝負を申し込まれる。

「敵うわけない」

そう思いながらもしぶしぶ引き受けたベリルだったが、
達人同士の一騎打ちの果て——
自身がいつしか父親をも超える高みに到達していたことを知る。
自らの〝強さ〟への認識を改めたおっさんの、新しい生活が始まろうとしていた。

OSSAN-KENSEI

一　片田舎のおっさん、遠征に出る

「いきます！」

「よしこーい」

威勢のいい掛け声とともに、一人の少年が俺に向かって吶喊《とっかん》してくる。

持っているのは標準的な木剣だ。とは言っても、俺やレベリオの騎士が普段使っているような長さではなく、もうちょっと短めに調整されたやつである。

いずれはちゃんとした物を扱うべきだろうが、剣を持ち慣れていない者にとって木剣というのはかなり重い。細長いとはいえ中身の詰まった木材の削りだしだから、軽いわけがないんだけれども。

まあつまり、その重さと長さを上手《うま》く扱うにはそれなりの習熟が必要ということだ。

「やっ！」

「うん、大分鋭くなってきたね」

木剣を持つ少年……ルーマイト君が繰り出した袈裟《けさ》斬《ぎ》りを、こちらも手に持った木剣で軌道を変えて逸《そ》らす。

彼は元々剣を学んでいたということで、他の皆と比べると少しだけ下地がある。それに加えてフィッセルの結構重めな鍛錬にもしっかり付いてきているから、中々見られるものになっていた。

「この……っ！」

「ほい」

逸らされた木剣を手放すことなく、更に踏み込みと手前の入れ替えを加えて切り上げ。視界の右下から浮上してくる木剣の切っ先を眺めながら、こちらも剣先を沈めて迎え撃つ。

ギャリンと、木材どうしが激しく擦《こす》れ合う音が響いた。

真正面から打ち合ってしまうと、流石《さすが》に腕力ではまだ俺の方が強い。なので俺は、ルーマイト君の剣筋を邪魔せず受け流す方に比重を置いていた。その方が振っている方も勢いが止められなくて気持ちいいからね。

ルーマイト君の剣技は先ほど言った通り、中々にまともなものだ。

とはいえ、それはあくまで魔術師学院で剣魔法を学ぶ学生の中では比較的、という話。普段レベリオの騎士たちと鍛錬している身としては、この程度の剣撃に当たってやれる道理はまだない。数年先は分からないけれど。

「……ッ！」

「ん？」

切り上げをすかされて胴が伸びてしまったルーマイト君は、無理やり身体《からだ》を呼び戻して先ほどとは逆方向に剣先を沈めた。

なんだろう。仮に俺の反撃を恐れてということなら、そのまま飛び退《の》いて間合いを取ればいい。続けざま攻撃とするならわざわざ身体を捻って溜めを作る必要がない。彼の次の一手が読めず、数瞬思考の間が空く。

とりあえずこの距離で考えるのは危険だ、俺の方から一歩下がっておこう。何かアクションがあるのなら、それを見てから付き合えばいいか。

「せいっ！」

「おっ？」

俺の頭の中でその答えが弾き出されるよりも随分と早く、ルーマイト君が正解を叩きつけてきた。

明らかに剣のリーチでは届かない一振り。微妙な間合いならともかく、普通に見れば絶対に届かないと誰もがはっきりと分かる距離だ。にもかかわらず、彼は剣を振り抜いた。

そして切っ先から放たれるのは、空振りした木剣が起こすような風とは明らかに違う、攻撃的な波長。

「おお、凄《すご》いな」

つまり、ルーマイト君は使ったのだ。剣魔法を。

その威力や速度は、フィッセルのものと比べることすら烏滸《おこ》がましい。多少戦いの中で経験を積んだ者であれば、見てからでも余裕をもって躱《かわ》せる程度のものではある。事実、俺はその起こりを見てから半身をずらすことで容易に回避出来た。

しかしながら、ただ木剣で殴り合うだけの剣術とは違う「剣を用いての魔法」を発現させたことは、素直に素晴らしいことだと思う。才能というやつは正しい方向に正しく磨けばこうも早く輝き始めるのか、という感想すら抱いてしまう程には。

「でもまあ、一発撃って終わりじゃないからね」

「あいでっ」

だがそれはそれ、これはこれ。

剣魔法の一撃を放ち、大きく隙の生まれたルーマイト君の脳天に向かって、踏み込んで木剣をポコリ。気品のある少年らしい控えめな声が、小さく響いた。

これがもし必殺の威力と射程、そして不可避の速度を持ち、確実に敵を葬れる一手となるのなら何も問題はない。将来的にはそうなるかもしれないが、少なくとも現時点では違う。なので、撃ち終わりに満足して隙を曝《さら》け出しているルーマイト君の身体に木剣が落とされるのは、もはや避けられぬ結末であった。

「あ、ありがとうございました」

「こちらこそ。でも凄いね、もう剣魔法を扱えるなんて」

頭をさすりながらお辞儀をする彼に、こちらも返礼する。次いで出てきたのはやっぱり驚きの感想である。

俺に魔法はさっぱり分からない。分からないが、習熟が容易であるとは微塵《みじん》も思っていない。なのにこの短期間で、一応という枕詞《まくらことば》こそつくものの、しっかりと剣魔法を発現させた彼の成長速度は空恐ろしいと思うのだ。

「休みの間、練習してましたから。けどやっぱり、動きながら魔力を練るのは難しいです」

「なるほどねえ」

魔術師学院は夏の間休暇に入っていたが、それは必ずしも学生たちの進捗《しんちょく》が止まることを意味しない。現にこうやって、ルーマイト君をはじめとした真面目な者たちは学院の講義がなくとも自己の研鑽《けんさん》に励んでいる。

いやまあ、休める時に休んだり気分転換をするのも大切ではあるんだけれど。実際俺なんかはもう体力気力ともに長時間張り詰め続けるのは難しいから、適度に休んだりもしている。

しかし、俺だって若い時はがむしゃらに剣を振っていたからなあ。別に今の若い子たちにそれを強要するつもりは露ほどもないんだが、無理出来る時に多少無理しておく、というのもこれまた立派な選択肢ではあるのだ。

「うおっしゃぁ！　俺の勝ち！」

「くっ……！　ずるいですわよ！　貴方《あなた》の方が力は強いじゃないですの！」

「そりゃしょうがねえだろ……」

そんなことを考えていると、俺とルーマイト君の居る位置からほんの少し離れたところで、もう一組の打ち合いが終わった様子。

木剣を打ち合わせていたのはネイジアとフレドーラである。彼らもまた各々の速度で、しかし歩みを止めることなく修練を続けていた。

どうやら今回の打ち合いはネイジアが制した模様。それに対してフレドーラがいちゃもんに近い文句を付けているが、男女の筋力差は正直どうしようもないからな。ネイジアは体格に恵まれているから尚更である。

「まあまあ。それらを覆す可能性があるのが剣魔法だろうからね。これからだよ」

「むう……ベリルさんがそう仰《おっしゃ》るなら……」

互いに無策で真正面から叩き合うと、基本的に筋力と体格に優れた者が勝つ。それを覆すために技術があるわけだが、その観点から言えば剣魔法という技術は素晴らしい。無論、相応の習熟が前提にはなるものの、そういった不利を容易にひっくり返せるポテンシャルがある。

まあ、そういう飛び道具なしに真正面から不利をひっくり返しまくっているのがアリューシアだったりスレナだったりするんだけど。腕相撲《うでずもう》したら間違いなくヘンブリッツ君の方が強いのにね。技術というのは実に不思議で奥深い。

「とりゃあーっ！」

「……ッ！」

そして、俺たちの他に打ち合いを演じているのがもう一組。

ミュイとシンディであった。

シンディはその有り余った体力を存分に活かしてずっと攻め立てている。剣筋はまだまだ実戦で扱うには心許《こころもと》ない段階ではあるが、疲れ知らずの身体から延々と繰り出される打撃に付き合うのは中々に骨が折れそうだ。

対してミュイはそれらを上手く捌《さば》いている。元々俊敏性に長《た》けているタイプだから、シンディの剣を躱すこと自体は彼女にとって割と簡単なことなのだろう。

ただし、それはあくまで躱せるというだけであって、その回避からどう反撃に繋《つな》げるかという点においては未熟だ。これは単純に技術と知識が現状では不足しているから。とりあえず避けることは出来るが、そこからどうすればいいのか分からない、そんな様子だった。

「……ふっ！」

「おぶっふぇっ!?」

「おっ」

これはミュイの体力が削られてシンディの粘り勝ちかな、と思っていたところ。ミュイの鋭く差し込んだ木剣がシンディの脇腹に吸い込まれる。攻撃の瞬間を即座に見切った見事な一撃であった。割と痛そう。

「シンディ、大丈夫か？」

「ぐ、ぎぎ……！　だ、大丈夫ですとも……！」

慌《あわ》てて声を掛けてみると、なんかあんまり大丈夫じゃなさそうだった。ミュイは力がある方じゃないし、骨がやられるほどの威力ではなかったと思うが、それでも脇腹に木剣が突き刺さったら普通は痛い。耐性がなければなおのこと痛い。体力があることとタフであることはまったく違う話だからな。

木剣でボコスカ殴られて平気な方がおかしいのである。つまり、レベリオの騎士は大抵おかしい。いや、武に生きる者としては正しいのかもしれないが。

「ミュイもよく咄嗟《とっさ》に手が出せたね」

「……ふん」

褒《ほ》めてみると、返ってくるのはいつもの反応。

家でもそうだけど、剣魔法科の講義中は一段と塩対応に磨きがかかっている。でもいつものことだから俺も特に気にしない。これが彼女なりということだろう。それでミュイが明らかな不便を強いられているのであれば多少は口を挟むべきだが、今のところそうでもなさそうだしね。

「さて、あっちはどうかな」

一通り打ち合いが終わったところで、視線を変える。

目を向けた先では、数十人の学生たちがフィッセルの音頭で素振りを行っているところであった。

ビデン村への帰省を終えて、バルトレーンに帰ってきてからしばらく経《た》った頃。

まだまだ暑さは変わらないが、日の長さが少しずつ短くなってきたところで魔術師学院の夏期休暇が明けた。今日は久方振りに学院の剣魔法科の講義にお邪魔しているところである。

もう間もなくすれば日中の気温も落ち着き、そして過ごしやすい季節になったなあと感じ入る暇もなく寒くなっていくだろう。四季の営みは、人間の都合なんか知ったこっちゃなく巡っていくのだ。

そして夏を迎える前にブラウン教頭が起こした事件もあり、結果として剣魔法科の受講者数はかなり伸びた。夏を超えて初秋に差し掛かった今でもその数があまり変動していないことから、どうやら脱落者はそこまで多くはないようだ。でもまあ、ゼロというわけでもないのが難しいところだけどね。

俺はというと、フィッセルの講義が軌道に乗ってからはあまり口を出していないし足も運んでいない。言った通り、今回は夏休みを挟んでいるのもあって久しぶりの登場である。

「先生はあの子たちを監督してほしい。私はこっちで皆の基礎をやる」

講義に顔を出した俺に対し、フィッセルは開口一番俺の今日やるべき仕事を告げた。

これは当然の話だが、初期からフィッセルの講義に付いてきた五人と、後から入ってきた数十人とでは、その習熟度に小さくない開きがある。しかも最初の五人は、フィッセルの無茶振りとも言えるシゴキに耐えてきた精鋭たちだ。

自然と練度の差は生まれてしまうもので、それをどうにかしようと彼女が考えた策が今回の話に繋がる。つまり、生徒の進捗に合わせて指導する側を変えるというもの。

これは俺とフィッセルという二人が居るから出来る荒業《あらわざ》ではあるんだが、まあ効果的だとも思う。素振りすら満足に出来ない者を打ち合いの場に放り込むわけにはいかないし、基礎を学び終えて更なる上を目指そうという者に延々と基本だけをやらせ続けるわけにもいかない。

結局、今フィッセルが教えているひよっこたちがある程度モノになれば打ち合いにも参加出来るようになるはずで、そうなれば本当の意味で俺はお役御免となる。

その後にやれることと言えば、先ほどルーマイト君とやり合ったように稽古の相手になることくらい。後は賑やかし要員が精々といったところだろう。剣なら教えられるが、魔法のこととなると俺にはさっぱりだからね。

ただし、俺は今後も剣魔法科の講義に付き合う際は、彼らの卒業まで打ち合いには一回も負けてやらないつもりでいる。たとえ相手が先ほどのルーマイト君のように剣魔法を使ってきてもだ。相応の手加減はするが、油断はしない。

勿論《もちろん》今までだって負けるつもりで挑んだ戦いや模擬戦は一つもないけれど、曲がりなりにもおやじ殿に勝ってから、その気持ちは一段と強くなった。

実感というものは、割と遅れてやってくる。

俺がおやじ殿との打ち合いに勝ち、自分の強さに自覚を持ち。これからはそのことに対して少しでも胸を張れるように生きて行こうと思うようになったのは、ビデン村を出てバルトレーンに向かう馬車の中であった。

後はまあ、調子に乗らず驕《おご》らずに過ごそうという気持ちも同時に芽生えもした。

俺は自己の評価を「弱くない」から「強い」に切り替えていく必要があるのだろう。

無論、現段階で剣を極めたなんて大言は吐けないからこれからも精進はしていくつもりだが、その過程で慢心をするような事態は避けておきたい。自身の強さに胡坐《あぐら》をかいて驕り高ぶる態度を取るなど、無様以外の何物でもない。第一、威張り散らすために剣を修めているわけではないのだ。

なので、謙虚な気持ちは忘れずに、しかし自分を卑下せずに過ごそうと思ってはいるんだが、これがなかなか難しい。

自分の中で最強の剣士であったおやじ殿に打ち勝ったとて、見える景色は急には変わらない。つまり、気の持ちようもそんな急には変わらない。意識して変えていかなきゃいけないことではあるのだろうが。

「そう言えば、剣魔法を多少なり扱えるようになったのはまだルーマイト君だけ？」

打ち合い組の休憩がてら色々と考え込んでしまっていたが、今は臨時講師としてこの場に立っているのでずっと悩み続けるわけにもいかない。

フィッセルの号令で木剣を振り下ろす学生たちを眺めながら、ふとした疑問を投げてみる。

「いいえ、僕以外の四人も出せることは出せますよ」

「そうなんだ。凄いねえ」

どうやら剣魔法を発現させられるようになったのはルーマイト君だけではないらしい。

そりゃまあ、ここは魔術師学院でこの場は剣魔法科の講義なわけだから、出せてからがスタートラインではあるのだろう。

しかし他の子たちの打ち合いを見ていたけれど、剣魔法を繰り出した様子はなかった。彼の言う通り、動きながら魔力を練るのが難しいということかな。

「あれっ、じゃあミュイも出せるようになったの？」

「……まあ、一応……」

ルーマイト君は他の四人も、と言った。つまりそこにはミュイも含まれているはずである。

ミュイの操る剣魔法。

ちょっと、いやかなり見てみたいぞ。家でこっそり見せてほしいと言っても多分断られそうな予感がするので、この機会は逃せない。

「そうか。皆の剣魔法が今どんな感じなのか、一度は見ておきたいね」

「……」

ここでミュイの剣魔法だけを見たいと言ってしまえば、それは贔屓《ひいき》に映ってしまう。教え導く立場としてそれは良くない。ここは全員の剣魔法に興味があるという形で提言をすべきである。実際に興味があるのは本当だしね。

後進の成長は何時《いっ》だって喜ばしい。これはヘンブリッツ君の言葉だが、俺もその通りだと思う。

ここはひとつ、彼らの成長の軌跡というものを見せてもらうとしよう。

「まあいいけどよ、まだ碌《ろく》なもんじゃないぜ？」

「最初は誰でもそうだよ。それでも、自分が納得するまでお蔵入りさせるものでもないだろう？」

「そりゃまあ……それもそうか……」

ネイジアはまだまだ練度の低い剣魔法を見せることにやや抵抗があるらしい。その気持ちは非常によく分かるものの、かと言ってずっと封印したままでは意味がないのである。

誰でも未熟な技を披露するのは恥ずかしい。俺だってそうだ。けれど、それを気にして引き籠《こも》ったままでは技は昇華されない。殊更《ことさら》に秘匿《ひとく》する理由がなければ、技術は人に見せてこそ磨かれ輝いていくのである、というのが俺の持論だ。

「あっちはもう少し時間がかかりそうだし……よし、横一列に並んで空に一発、撃ってみようか」

だだっ広い校庭の誰も居ないところへ向かって、全員を並ばせる。

俺が受けてみたい気持ちもあったが、多分まだ実戦で耐え得るものではないのだろう。彼らの剣撃を躱す自信はあるけれども、それをやって彼らの意気を沈ませてしまうのもあまりよくないだろうしね。

五人全員に囲まれて一斉に撃たれでもしたらちょっと困るけど。それは逆に躱し切る自信がない。なので、空に向かって気持ちよく放ってもらうことにしよう。

「ベリルさんなら僕達全員から撃たれても避けそうですけど」

「俺は君たちに比べたら強いかもしれないけど、超人じゃないんだよ……？」

ルーマイト君の冗談めいた言葉を受け流す。

いくら強くなったとしても、物理的に無理なものは無理である。五人に囲まれて遠距離攻撃でボコボコにされたら手も足も出ないいんだぞこっちは。

めちゃくちゃ頑張れば凌《しの》げるかもしれないが、それは少なくとも魔術師学院の講義内でやることじゃないのだ。その段階まで行くともう命の取り合いになっちゃうからな。

「うぎぎ……よし！　動けるようになりま痛いですっ！」

「シンディは無理しないようにね……」

先ほどミュイの木剣が脇腹に刺さったシンディも剣魔法を放とうとしているが、ああいう痛みは咄嗟に回復、あるいは無視出来るようなものでもないからなあ。

今後彼らも実戦の場に向かうなら、痛みには多少慣れておくべきだとは思う。だがそれでも脇腹に良いのをもらって即座に動けるやつはそう多くない。講義が終わったらちゃんと冷やせるようその辺りも教えておこう。流石に氷を用意するのは難しいだろうが、冷水で絞ったタオルくらいなら何とかなるはず。

「よし、それじゃやってみようか」

シンディはまだ回復に時間がかかりそうなので、四人に木剣を構えさせる。

魔法のことを何一つ分かっていない男が剣魔法を見るなんて、なんだか不思議な感覚だ。これ後でフィッセルに怒られたりしないだろうか。一発だけだからなんとか許してほしい。

「……むんっ！」

俺の合図を受けた四人は、思い思いの方法で魔力を練り始めた。

やはりフィッセルなどに比べると、その動きは非常に緩慢だ。俺の目でもなんとか捉えられるような僅《わず》かな力が、少しずつ剣先に集まっていくのが見える。

うーん、確かにこれは実戦だと使い物にならんだろうなあ。力を貯めている間に間違いなく攻撃されるし、攻撃されなかったとしても間違いなく逃げられる。

恐らく、単純に魔力を集めて放つだけならもう少し早いんだと思う。ただ魔力を剣に集めるという余計な工程が挟まれてしまったせいで、かなり苦戦しているように感じた。フィッセルが以前、魔法を放つこと自体は簡単だが、その拡張と維持は物凄く難しいと言っていた通りである。

「はっ！」

そして魔力の錬成が終わり、一番最初に剣魔法を発現させたのはルーマイト君。

彼は俺との手合わせの時も、隙だらけでありながらもしっかり撃ててはいたので、多分この面子《メンツ》の中では一番上手いんだろうな。

ルーマイト君の木剣から放たれた剣魔法は五メートルほど中空を進み、そこで霧散した。あれ以上は維持が難しいということだろう。

「うぉらっ！」

「やーっ！」

続いてネイジアとフレドーラが剣魔法を放つ。ネイジアの剣魔法はルーマイト君のものより力強く見えたが、二、三メートルほど飛ぶとすぐに消し飛んでしまった。なるほど、一撃の威力はネイジアの方がありそうだが、射程的にはルーマイト君の方が長そうだ。

一方のフレドーラは、細長い波長がルーマイト君のものよりも長く飛び続けていた。こっちは威力はなさそうだけど射程は長そうである。なんだか剣魔法の一撃ひとつとっても、それぞれの個性が見えて面白いな。

「……ふっ！」

そして最後にミュイ。彼女は一応魔法が操れるものの、その熟練度は恐らく一番低い。剣先に魔力を集めるのに苦戦したといった形かな。

「おっ？」

そして彼女の放つ剣魔法は、他の三人とは少し様相が違っていた。

具体的に言えば、他の三人は無色から黄色に近い色……ロノ・アンブロシア戦でフィッセルが見せたものと、スケールは違えどどこか似た感じだったのに比べて、ミュイのものは明らかに赤く染まっていた。

というか、あれはぶっちゃけ炎そのものじゃなかろうか。

他の三人とは明らかに違う色合いを見て、そして仄《ほの》かに伝わる熱を感じて、俺はそう直感する。

「いやあ、皆凄いね。これを実戦で使えるようになれば間違いなく強いよ」

まあ、それはそれとして。今はしっかり生徒たちを褒めねばならない。ミュイにだけ着目してしまうのは贔屓になってしまうからな。ここはグッと我慢である。

しかし魔術師の強さは身に染みて分かっているつもりだが、こうして改めて見ると凄いな。同時に、これらを難なくこなすルーシーやフィッセルが如何《いか》に図抜けているかが分かる。今ここで修練を積んでいる学生たちも優秀なことに変わりはないだろうが、やはりフィッセルは天才だったんだなあと感じ入るばかりだ。

「まあ強《つえ》えのは分かるんだけどよ、動きながら出来る気がしねえわ……」

「ははは……それは練習あるのみかもしれないね」

「けっ、先は長いぜまったく」

ネイジアがぼやくが、彼とてすぐに出来るとは思っていないだろう。口調こそ悪いが、その表情に自棄になっている感じは微塵もない。

俺だって今の技術を培うまで結構な年月を費やしてきたからね。そう簡単に技術を習得出来るなら苦労はしないのだ、誰も。それは剣術だって魔術だって変わらないはずである。

「剣術の理に適った動きなら俺も教えられるけど、魔力や魔術についてはフィッセル先生や他の先生方の話をしっかり聞かないとね」

違う言い方をすれば俺に魔法関連を教えることは出来ないってことなんだけれども。こればっかりは努力で覆らない事実なので仕方がない。俺も憧れがないとは言わないが、同時に諦めもついているしな。

「俺としちゃ、剣でもベリルさんに一本喰らわせたいところだけどよ」

「ははは、俺の背中はそれなりには遠いよ。それなりにね」

「はぁ、魔法以上に先が長そうだぜ……」

魔術に頼らず剣一本で俺に食らいつきたいというのは、確かにネイジアらしい発想ではある。

初対面時の印象からずっとそうだが、彼の本質は魔術師というより剣士寄りだ。もし魔法の才能が発現せずにいたら、冒険者か騎士を志していたかもしれないと思う程度には、彼は武人の精神を宿していた。

けれども、その心意気は素晴らしいが俺とて負けるわけにはいかない。少なくとも向こう十五年くらいは負けてやれない。

これは単純に俺が六十歳を迎える未来を想定した年数だが、まあ目標としてはそこら辺が妥当だろう。あのおやじ殿は六十を迎える前に剣を置いたが、それを超えられればいいなというなんとなくの目標である。おやじ殿は今でも十分強いっちゃ強いんだけどね。

「先生、こっちも一区切りついた。そろそろ講義の時間も終わる」

「おっと、もうそんな時間か」

ここで、最初の五人以外の生徒たちを見ていたフィッセルがこちらに合流。どうやら講義の時間はそろそろ終わりを迎えるようだ。会話と剣を交えながら過ごす時間は実に充実していて、時が過ぎるのが早く感じるね。

素振りの基礎から叩き込まれている生徒たちは、なかなかに疲労困憊《こんぱい》な様子であった。皆魔法の素養を持ち、魔術師学院に入学するくらいだから、剣……というより、直接身体を動かして戦う術に通じていることの方が珍しい。ルーマイト君やネイジアの方がどちらかと言えば例外だ。

たかが素振りとはいえ、重量のある木製の剣を上から下に繰り返し動かすだけでも最初はしんどい。まあでも、それが出来ないと剣魔法の土台にも立てないから、その辺りは頑張ってほしいところだ。

「ちょっと見てたけど、やっぱり皆まだまだ。鍛錬が足りない」

「ま、まあそれはね……？」

もう少し何と言うかこう、優しくは言えないのだろうか。

俺やフィッセルに比べれば、彼らは学んだ時間も短い。その短期間に俺たちを驚愕《きょうがく》させるような腕前になったとしたら、それはもう天才を超えた超常的なナニカである。

「あとミュイは相変わらず魔力の変換が下手《へた》」

「うっ……」

そして、先ほど放った剣魔法の一撃もフィッセルはしっかり見ていたのだろう。一人だけ明らかに波長の違う魔法を操ったミュイに対し、辛辣《しんらつ》な一言を投げかけていた。

「色が違うなとは思っていたけど……下手、なの？」

「うん、下手」

「……」

フィッセルの追撃が入る。これ俺の聞き方も悪かったかもしれん。なんかごめん。彼女にその辺りを慮《おもんぱか》れというのは、少しばかり難易度が高かったか。

ミュイはミュイで、彼女の辛辣な言葉を受けて押し黙ってしまった。泣いたり喚《わめ》いたりしない分、分別が付いていると言うべきかどうか、ちょっと悩みどころである。

「……正確に言えば下手じゃない。魔力を炎以外に変換出来ない。物凄く不器用」

「な、なるほど……？」

流石にこの微妙な空気をフィッセルも感じ取ったのだろうか。ただ下手の一言で終わらせずに、一応ともとれるフォローを入れていた。

思い返してみると、例えばルーシーなんかは非常に多彩な魔法を操る。炎や雷、水や氷も出していたし、俺なんかでは到底理解出来ない意味の分からない魔法も出していた。宵闇を一瞬で沈めたあの魔法とかがそうだ。

それと比べてしまうのは流石に比較対象が悪すぎるにしても、確かに魔力を炎にしか変換出来ないと言うのは少し勿体《もったい》なくも感じる。その辺り、今後の修練で変わってくるものなのか、それとも生まれつき適性が決まっているのか、どうなんだろうね。

「でも出力は高い。それは凄い。不器用だけど」

「……ふん」

そしてフィッセルの次の言葉に鼻を鳴らすミュイ。

出力が高い、というのは魔力を持つ量が多いとか、一度に炎に変換出来る量が多いとか、そういう感じなのだろうか。相変わらず魔法についてはサッパリなので、この辺りは想像でしかない。

俺も魔力とやらを感じられれば何か伝えることが出来たのかもしれないが、本当にぴた一文分からないからしょうがない。これぱっかりは修練で身につくものでもなさそうだからなあ。

「じゃあ今は、才能溢《あふ》れる原石ってところだね」

「そう言えなくもない」

俺の言葉に、フィッセルがあいまいな言葉を返した。

何かに対して才能を持つということと、それが器用に発揮出来るかというのは似ているようでいてまったく異なる。俺の慣れ親しんだ感覚で言えば、剣術の才能を多分に持ち得ていても、攻撃一辺倒になってしまう剣士が居る、みたいな感じだな。なのでその辺りはまだ俺も理解しやすい。

無論、才能と器用さには大きな違いがある。後天的に伸ばせるかどうかだ。

その意味で言えば、ミュイには確かに才能が眠っているが、それを上手く起こせていない。

叩き起こすのか、それともゆっくり起こすのかは状況や指導者の好みにもよるけれど、起こせないとなればそれは指導者の力不足である。魔力で炎を生み出せる以上、才能が眠っていることには間違いないからだ。

まあ、そこは俺というよりフィッセルや魔術師学院の先生方の働きにかかっているんだけどね。再三言うが、俺に魔法の才能がこれっぽっちもないが故、出来ることが少ないのである。

「あ」

「おっ」

そんなことに思いを巡らせていると、今では随分と慣れ親しんだゴォン、ゴォンという鐘の音が鳴り響く。

講義の終了を告げる鐘の音だ。相変わらずこれも、一体どこからどういう作用で鳴っているのかさっぱり分からない。何らかの魔法だとは思うが、やはり魔法という学問は奥深い。ルーシーをはじめ、魔法を修める者たちが躍起になって研究するのも分かるという話である。

「皆、今日もお疲れ様」

「お疲れ様でした！」

締めに挨拶を交わして、今日の講義は終了。

いやしかし、ここに顔を出すのは学院の夏期休暇もあって随分と久しぶりだったんだが、皆それぞれ成長しているようで何よりだ。

特に、ミュイもしっかり剣魔法の基礎を修めつつあるというのが喜ばしい。

無論、教育者として特定の生徒を贔屓するわけにはいかない。ただそうであっても、心の中で喜ぶくらいはしても良いと思っている。

剣術の方も未熟ながらしっかり振れるようになっている。彼女は育ってきた環境もあって、いい意味で遠慮がない。木剣を相手にぶち当ててしまうという行為を忌避《きひ》していないのである。

これは正直、戦う術を学ぶ上ではかなり大きい。相手を思い遣る心は非常に大切だが、時としてそれは欠点にもなり得るからな。まあミュイの場合は礼儀だとか礼節だとか、そっちはちょっと足りていないんだけれども。その辺りはまあ追々、といった感じだ。

「いやあ、楽しみだね」

「？　何が？」

「後進の成長をこの目で見られるのが」

無論、剣魔法科の生徒たちを俺の弟子と言うには少し無理がある。彼ら彼女らはどちらかと言えば、フィッセルの弟子にあたるのだろう。

しかしそれでも、後進の成長には違いない。自身が剣の道を歩むのも楽しいけれど、それと同等以上に若者たちの成長を見守るのもまた楽しいのである。教え導く者としての魅力とやり甲斐が、ここに詰まっていると言っても過言ではないくらいに。

◇

「よいしょ、と。皆おはよう」

「おはようございます！」

久々に魔術師学院の講義に顔を出した翌日。今度はいつも通りと言うか、メインのお仕事である特別指南役の役目を果たすべく、俺は騎士団庁舎の修練場を訪れていた。

今のところ仕事の割合としては、この特別指南役が八割、剣魔法科の臨時講師が二割といった感じである。

忙しいと言えば忙しいのだろう。けれども剣魔法科の方は一講義だけ、つまり一時間くらいで終わるし、こっちだって常に修練場に張り付いているわけでもない。俺の実働時間で言えば多分四時間前後とかそれくらいだ。

体力的なしんどさを感じることもあるが、拘束時間的にはそこまで長いわけではない。むしろ一般的な労働に比べたら結構短い。

それでそれなり以上のお金を貰えているというのは、片田舎で常に農業と隣り合わせで剣を教えていた時からは考えられないことである。いやまあ確かに金はあるに越したことはないし、早朝から深夜まで毎日働き詰めで過ごしたいとは思わないけれども。

結論としては、なんとも恵まれた環境に放り込まれたものだなという感想になる。恐らくこれはアリューシアに感謝すべきなのだろう。

そのアリューシアは、俺なんか比べ物にならないくらい毎日が忙しそうではあるけれど。彼女の負担を俺が少しでも減らせているのであれば何よりだ。

「さて、それじゃ今日も頑張っていこうかな」

これは誰かに向けて発した言葉ではない。俺自身に向けて呟いたもの。

おやじ殿に打ち合いで勝てたのだから俺は既に最強で、頑張る必要がない。そんなおめでたい考え方は残念ながら出来ないのである。

年老いたおやじ殿に辛勝程度では、まだまだ剣の頂に登り切ったとは言い難《がた》い。世の中には俺がまったく知らない強者なんかもきっと沢山居るのだろう。それらに無条件で勝てると思えるほど俺は己惚《うぬぼ》れてはいないつもりだ。

しかしながら、じゃあこれからどこに目標を置こうかと考えた時。

すぐに思い浮かばないのもまた事実であった。

俺は長年、おやじ殿こそが最高の剣士だと考えてきた。それは今でも間違っていないと思うし、実際そうだったと思う。

けれど、そのおやじ殿に俺は勝った。

じゃあそれで自信が付いたかと言われればまだ怪しいが、それでも勝ちは勝ちである。無論、おやじ殿が一人の男としての目標であることには変わりないが、剣士として更なる高みに登るための目標として、どこの誰を据えればいいのか、というのは少し悩む問題であった。

おやじ殿がこの世界で最強だとは思っていない。だが、おやじ殿より明確に強い剣士の存在を俺は知らない。

それなら流れ的に俺が最強候補か？　と問われると、それもまたなんだか違う気がしている。

そもそもおやじ殿のことを強いと思っているのはあくまで剣士としての領分であって、戦う術を持つ者すべてに範囲を広げればそれこそ沢山居るだろう。

身近な例で言えば、俺はルーシーと戦っても勝てる気がしない。至近距離で不意を突けば勝てるかもしれないが、そんなもん誰が相手でも同じだ。不意打ちは最強の戦術である。

例えば相手がミュイだったとして、俺が油断し切っているところにミュイがナイフでも刺せば俺は負ける。不意打ちというのはそれくらい強力だ。

ちょっと話が逸れたが、俺は剣の頂を目指すことを諦めてはいないものの、そのための道標が突如なくなってしまったというわけである。

ちなみに。

剣の道を究めることと、最強の剣士であることは必ずしも同一ではない。これはちょっと説明が難しい部分だけど、多分ルーシーなんかも同じタイプだと思う。彼女は魔法を究めようとはしているが、最強の魔術師であることに固執している様子はないからね。

その意味で言えば、俺は剣の道の果てに辿り着きたいと考えてはいる。一方で俺は別に、世界最強の剣士になりたいわけではないのだ。そりゃなれるならなってみたいが、あくまで興味の延長線上という感じであり、目的ではない。

しかしここで厄介なのは、剣の道を往《ゆ》くことはつまり強くなくてはならないということだ。これがただの学問であれば良かったんだけどなあ。そこは技術や知識の深さと強さが関係しない領域になる。

「うーん……」

眼前で繰り広げられる騎士同士の激しい模擬戦を眺めながら、思考に耽《ふけ》る。

はてさて、剣の道の果てとはいったい何処《いずこ》か。剣の頂とはいったいどのような景色か。それは誰にも分からない。多分、過去に誰も到達していないから。

今まではその道の先におやじ殿が居たはずなんだけど、俺はいつの間にか追い越してしまっていた。ここからは新たな道標を見つけるか、俺の独力で道を切り開いていかねばならない。

途轍《とてつ》もなく険しい道のりである。

既に人生の折り返し地点を終え、後は衰えていくだけのおっさんが一人で歩むには非常に厳しく、また心細い。

ともに歩む伴侶でも居れば話は違ったかもしれないが、今すぐはどうせ無理なのでそれは一旦置いておくとして。

けれども、それじゃあ歩みを止めようだとか、引き返そうだとか、そういう気持ちは湧かなかった。

折角ここまで来たのだから、登れるところまで登ってみたい。俺は頂点に座していないが、明らかに高い位置には居る。今までは低くもないところ、くらいの認識だったんだけど、これはもう高いと言っても恐らく過言ではないだろう。

「贅沢《ぜいたく》な悩み、なんだろうね」

小さく漏らした呟きは、修練場の喧騒に巻き込まれてすぐに消えた。

頭の片隅で理解はしている。

遅まきながら剣の腕を磨き続けた甲斐もあり、ビデン村という片田舎から飛び出し、レベリオ騎士団の特別指南役という地位を手に入れた。長年目標に据えてきたおやじ殿を相手に一矢報いた。

望外の結果だ。これ以上は望むべくもない。真面目にこれ以上を望むなら、まだ見ぬ強者を求めて大陸中を行脚《あんぎゃ》する羽目になる。

流石にそれは現実味が無さすぎるのでナシにしても、自分がしっかりと剣の頂に登ったぞと思えるような成果……実感と言うか、そういうものが欲しいところだ。

いやあ、考えれば考えるほど贅沢な悩みである。そんなもん自分で決めろと言われたらそれまでの話なんだが、今までそういう位置に自身が居るとまったく思っていなかったから、いざそうなるとなかなか心の落としどころが見つからない。

「あ、居た。ベリルさん！」

「うん？」

そんなことを徒然《つれづれ》考えていたら、後ろから声を掛けられる。

いかんな、折角騎士たちの打ち合いを見ているというのに思考に耽るのは良くない。軽く頭を振って振り返ってみると、そこに居たのはエヴァンス君であった。

「エヴァンス君。何かあった？」

「えっと、アリューシア騎士団長がお呼びです。執務室まで来てほしいと」

「……ふむ。分かった」

用件を告げた彼の顔に、焦燥のような感情は見られない。どうやら火急の案件というより、他には聞かせられない類の話だろうか。何にせよ、騎士団長様がお呼びとあらば馳せ参じるしかあるまい。

しかし、アリューシアからの呼び出しというのは本当に珍しいな。

彼女は俺を気遣ってか、何か用事がある時は大体向こうからこっちに赴いている。この組織のトップは彼女なんだから気軽に呼び出せばいいのに、とも思うけれど、そこは彼女なりの配慮というか、そういうものがあるんだろう。

「……あれ？　応接室じゃなくて執務室？」

「はい、そう申しておりましたが」

「そっか……ありがとう」

それじゃあ行くかと腰を上げたところで、はたと気付く。行き先が俺の知る応接室ではなく、騎士団長の執務室であるということに。

なんだろう。いよいよもって他所《よそ》には聞かせられない重要な案件の香りが漂ってきた。そしてこういうのは往々にして厄介ごとでもある。しかも副団長であるヘンブリッツ君やベテラン騎士ではなく、俺をお呼びだ。なんだかちょっと緊張してきたな。

一応、アリューシアが普段居るであろう執務室の場所自体は分かっている。この庁舎に最初に案内された時、大まかな構造や部屋割りは教えてもらったからね。

それでも、俺が直接執務室の中に立ち入ったことは一度もない。今までそれほどの用事がなかったからだ。

「さて……」

エヴァンス君にお礼を述べた後、修練場を離れる。

まあ今までの事件やら用件やら全部そうだったんだけど、結局俺がここで一人脳みそを回しても一向に答えは出てこない。

ビデン村からバルトレーンに来て色々な人と交流を持つことになって。言い方はちょっとおかしいかもしれないが、俺が知らない事態に巻き込まれることが増えてきた。

これぱっかりは仕方がないんだろうけど、片田舎に引っ込んでいた頃はそんなことはほとんどなかったので、未《いま》だにちょっと慣れない。しかも、大体が良くない方向の事象である。警戒するなと言う方が無理だろう。

まあ、その警戒自体ほとんど意味のないことでもあるんだが。なんせその出来事は、俺の知らんところから勝手ににょきにょきと生えてくるのだ。

「っと、ここか」

白に統一された庁舎内の廊下をしばらく歩いた先。アリューシアが普段仕事をしている執務室の前まで辿り着く。

この先に彼女が待っているはずだが、質実剛健を旨としている騎士団の中でも特に豪奢《ごうしゃ》な印象を与えてくるこの重厚な扉、やはり少しばかり緊張してしまうな。

「……よし」

正すほどの襟もないけれど、何となく気持ちを引き締めて扉をノックする。

コン、コン、と。俺の動きに合わせて硬質な音が静かに響いた。

「どうぞ」

音が響いて間もなく室内から静かな、しかし凜《りん》とした声が返ってくる。

間違いなくアリューシアの声だ。バルトレーンに来てからは日常的に耳にするようになった声だが、道場に居た頃から変わらず、良い声質だと思う。まあこんなおっさんに褒められても気持ち悪いだけだろうけれど。

「失礼するよ」

さてさて、アリューシアが俺を個別に呼び出してまで伝えたい内容とは。

興味は湧くが、面倒ごとの予感しかしない。たまにはこの勘も外れてほしいものだ。

扉を開けて進んだ先。そこは一言で言えば、まあ大体予想通りの執務室、という感じだった。

窮屈に感じることはない程度に広く、壁も応接室や廊下と同じく白で統一されており落ち着きもある。応接室と違うのは、幾つか質の良さそうな調度品が並べられていることと、アリューシアの座る執務机の横に大きな書籍棚があることか。

レベリオ騎士団は歴史も由緒もある騎士団である。これまでの活動記録だけで見ても多数の書類があって然るべきだし、恐らくそれ以外の書物も並んでいるのだろうな。彼女は知識欲に関しても貪欲だから。

窓際に位置する執務机に座り、ペンを走らせるアリューシアの凛とした佇まいはある種の神聖さすら感じさせるね。俺は彼女が机に向かって何かをしているところをあまり見たことはないが、実に似合っている。

「先生。御足労をお掛けして申し訳ありません」

「いやいや、問題ないよ。気にしないで」

そんな彼女は俺の姿を見て席を立った。騎士団長と特別指南役、どっちが偉いとかそういう話をするつもりもないけれど、もう少し俺に対して遠慮なく立ち回ればいいのにとも思ってしまう。

無論彼女からすれば、片田舎に引っ込んでいたおっさんを半ば無理やり引っ張り出した負い目というものはあるだろう。それは否定しない。しかもわざわざ国王御璽《ぎょじ》まで用意したのである、彼女の物凄い意思の強さというものは嫌と言うほど感じた。

だが王命があったにしても、最終的には俺がそれを呑んだからこそ今の関係があるわけだ。

それに、確かに突然だったが今では感謝もしている。きっと俺がビデン村にずっと籠ったままでは、こうはならなかっただろう。まあこれは結果論にしかならないと言われればそうなんだけどさ。

「どうぞ、お掛けください」

「ああ、うん」

言いながらアリューシアは、やや壁の方に寄せてある応接席らしき場所を指した。

執務室とはいえ、こうやって来客を迎えることもあるだろうしな。それに、応接室では出来ない類の話だってあるはずだ。まさかそこに俺が嚙むことになるとは思いもよらなかったが。

「しかし、アリューシアが机に向かっている姿は新鮮だね。似合っていると思うよ」

「ありがとうございます。ですが、まだまだ精進せねばと常々思っております」

「はは、頑張り屋なのは相変わらずだね」

俺は本心でその言葉を発したのだが、どうやらアリューシアはお世辞と受け取ったらしい。お世辞じゃないんだけどなあ。剣を振っていても机に向かってペンを走らせていても、彼女の姿は様になる。

実際の執務能力がどうかなんてのは俺には知りようもないが、低かろうはずもない。もしそうなら彼女は今、あの椅子に座っていないわけだし。

「それで……今回はどういった趣《おもむき》かな？」

「はい、早速ですが本題に入らせて頂きます」

アリューシアと二人でゆっくり腰を据えて歓談する機会というものは、俺がバルトレーンに来てからも案外増えていない。俺は基本的に修練場で稽古を付けているし、彼女は騎士団の運営に注力しているからだ。

ともに修練場に立つことはあれど、二人きりで話す機会は少ない。現に今も、俺は稽古を中断してこの場に来ており、彼女も執務の手を止めている。あまり無駄話をして彼女の時間を浪費するのもよろしくなかろうということで、早速本題に入ってもらうことにした。

「先日、こちらが騎士団宛てに届きました」

「ふむ」

その言葉とともに机の上に置かれたのは、一通の封筒。

恐らく何らかの手紙か命令書の類かなと思うが、開けられた封蠟《ふうろう》の文様について俺は見覚えがなかった。つまりこれは、王家からのものではない。

「フルームヴェルク辺境伯からの招待状です。内容は、一般的な貴族主催の夜会への招待となりますね」

「ふむ……？」

はて。フルームヴェルク辺境伯とは。知らん名前である。

辺境伯というくらいだから、国境付近……恐らくスフェンドヤードバニアかサリューア・ザルク帝国、どちらかの国と領土を接するお貴族様だとは思う。思うが、辺境伯なる人物に関してはまったく思い当たる節がない。はっきり言うと分からん。

そして、その招待状が騎士団宛てに届くことはまだあり得る話だとして進めるにしても、その話が来たことと俺がここに呼ばれたこととの関連性がもっと分からない。

「えーっと……？　つまり、レベリオ騎士団が辺境伯主催の夜会に招待されている、と？」

「そう言うことになります」

一応確認を取ってみると、俺の認識に間違いはないらしい。

俺はそういう催し事に関わったことはないけれど、アリューシアほどの人物となればその類のお誘いもそりゃまああるんだろう。そう言えばビデン村に居た頃、彼女から送られてきた文にはそういう付き合いが増えたとも書かれていたなと思い出す。

でもやっぱり、それを個別に伝える理由までは分からないままだ。

アリューシアがフルームヴェルク領まで行くから、その間の騎士たちの稽古を頼むだとかそういう感じなのかな。でもそれなら別に俺をわざわざ呼び出す必要はないと思うし、そもそも副団長としてヘンブリッツ君が居るんだから違う気もする。

あ、もしかしてヘンブリッツ君も一緒に行くとかだろうか。いやでも、それは流石に指揮命令系統が混乱するような。万が一があった時にトップが不在では困る。

「事情は分かったけど……どうして俺が呼ばれたんだい？」

色々と考えてみるが、これと言った結論は出ない。なので聞いてしまうことにした。わざわざ呼んだということは、アリューシアもその理由を俺に伝えるつもりのはずだからな。

「この夜会に、先生も出席して頂きたいのです」

「なんで？」

なんで？

ほぼ反射で飛び出した俺の疑問は、アリューシアの柔らかな微笑みにかき消された。いやなんでだよ。

「これは確かにレベリオ騎士団に送られたものですが、より正確に言えば私と、先生に宛ててです」

「……なんで？」

彼女の言葉をもう一度脳内で咀嚼《そしゃく》してみたものの、結果として出てきたのはやっぱりシンプルな疑問の声だった。

アリューシアが呼ばれるのは分かる。彼女はこの国の騎士団長で、国内屈指の戦闘力を持つ団体の頂点だ。首都バルトレーンのみならず、王国内のあらゆる人脈と繋がりを持っておくことが大切であろうことは想像に難くない。

しかしそのターゲットに俺も入っていると言われれば、それはちょっと反応に困るのである。

俺自身、特別指南役の肩書をもらってからそれなりの時間は経っているから、バルトレーン内で多少なり知名度が出てきた、ということならばまだ納得も出来る。

先般、王族暗殺未遂事件なんかも起こってしまったし、その前後で俺の顔が騎士団外に知れ渡ったというのもあるだろう。そろそろ顔の一つでも繋いでおいてやるか、という機運が貴族内で高まっているのだとしたら、それもまだ理解の範疇《はんちゅう》だ。

けれども、今回の相手は辺境伯様である。俺は行ったことすらないし何なら場所も知らない。そこにわざわざ正式な騎士でもない俺が引っ付いていく理由が、どうしても見えなかった。

「理由は幾つかありますが……先生は、フルームヴェルク領のことは？」

「いや、寡聞《かぶん》にして知らないね」

「……そう、ですか」

うん？　なんだかアリューシアの反応が少しおかしい。

これもしかして、俺がフルームヴェルク領とその領主のことを知っている前提で話を進めようとしていたのか。それは話が噛み合わないはずだ。

けれども、俺の普段の生活なんてアリューシアならよく知っているはず。それなのに、俺が辺境伯のことを知っていると思い込んでいたのはやや腑に落ちない。

大変失礼な可能性だが、俺がそのフルームヴェルク辺境伯様と過去どこかで知り合っていて、更にそのことをすっぱり忘れてしまっている事態もなくはないのかな。

いやしかし、流石に貴族様と出会ったとなれば俺も忘れはしないと思う。俺の知る限りではビデン村に貴族が訪ねてきたことはなかったはずだし、もしそんなイベントが起きていたら流石に覚えている自信がある。

実はお忍びで来てました、とかなら分からないが、あんな片田舎に貴族が来る理由もないし、お忍びでこっそりやってくる理由なんてもっとないだろう。

「……では、先にもう一つの理由から」

「うん」

彼女の前提が一つ崩れてしまったようで、なんだか申し訳ない。でも本当に心当たりがないんだこっちは。

一応他の可能性として考えられるのは、おやじ殿の伝手《つて》くらいか。あの人俺が生まれる前というか、お袋と一緒になってビデン村に戻ってくるまでは結構各地で無茶苦茶やってたらしいからなあ。

そしておやじ殿の性格を考えた時、仮に交友を持ったお偉いさんがビデン村に訪ねてきたとしても、お貴族様が来たぞ、なんて紹介の仕方は多分しない。仮に付き合いがあったとしても、あんなところまで訪ねてくる可能性はほぼないに等しいけれど。

「フルームヴェルク領は、スフェンドヤードバニアとの国境沿いに位置しています」

「……ふむ」

辺境伯と俺との関連性を頑張って考えてはいたものの、やっぱり思い当たる節がない中、アリューシアの説明が続く。

そしてフルームヴェルク領が帝国ではなく、スフェンドヤードバニアと国境を接しているということが分かり、俺の中で警戒度が少し上がった。

正直俺は帝国にもスフェンドヤードバニアにも行ったことはないが、後者は諸々の事情を一部知っているだけに、あまりいい印象を持っていない。俗な言い方をすればキナ臭いというやつだ。

そうなると、ヘンブリッツ君ではなく俺を呼んだ理由にも少しばかり理解が及んでくる。王族暗殺未遂事件が起きた後、王族の晩餐会《ばんさんかい》に呼ばれたのはアリューシアと俺だったから。

「それは、先般の事件も多少は関わっているのかな？」

一度気になってしまえばもう、聞いてみるしかないわけで。幸いここには俺とアリューシアしか居ないから、余程大声で叫ぶような真似をしなければ外部に漏れることもないだろう。

「そうですね。念のため、この先は他言無用でお願いしたいのですが」

「勿論」

「ありがとうございます」

アリューシアの念押しに、即答で応える。

ほぼ間違いなく、これは王族絡みの案件である。だとすれば彼女がわざわざ俺を呼び出した理由にも説明が付く。そんな特級の火種、こっちからばら撒《ま》くなんて真似は死んでも御免だ。命と心がいくつあっても足りない。

「サラキア王女殿下の輿入《こしい》れの話が、本格的に進められることとなりました」

「ふむ」

つまり、グレン王子のもとに嫁ぐことが決まったということか。アリューシアにその話が降りている以上、レベリス王国とスフェンドヤードバニアとの間では既に大筋は纏《まと》まっているはず。後は時期をいつにするかなどの細かいすり合わせが中心だろう。

「事前の移動経路の確認、それと経路上にある領主たちとの打ち合わせ、こちらが本命となります」

「なるほどね……」

確かにこれは重要事項だ。騎士団を動かすのも納得だし、アリューシアが直々に動くことになるのも分かる。

しかし、こう言ってはなんだが大丈夫なんだろうか。俺はスフェンドヤードバニアの現状は詳しく知らないが、ロゼとの一件からあまり時間は経過していない。その間に超速度で内部対立が収まったとは少々考えづらいな。

「となると、まさか俺とアリューシアの二人旅ってわけでもないだろう？」

「はい。現状では、私と先生に加えて数人の騎士が帯同、合わせて道中の護衛として王国守備隊から一個小隊分が予定されています」

「……結構多いね」

なかなかの大所帯である。

騎士の帯同はまだ分かるにしても、道中の護衛に王国守備隊から一個小隊ってのは相当な規模だな。騎士が数十人規模の護衛を引き連れて貴族の夜会に向かうのは、冷静に考えたらなんかおかしい気もするけどさ。

レベリオの騎士だけでなく王国守備隊が帯同するのは、本番の輿入れの際の護衛も守備隊が担うからだろう。つまりは、予行演習に近い。

多分だけどそのメンバーのほとんどは、グラディオ陛下が以前言っていたロイヤルガードの面々になるんじゃないかな。そう考えれば色々と辻褄《つじつま》が合う。

そして当たり前の話だが、レベリオの騎士と王国守備隊が国境付近にぞろぞろと集まっていては、隣国との間に余計な緊張を招く。特に教皇派に属する人たちは、王国側もあまり刺激したくはないはずだ。

「そのための招待状、というわけだね」

「そうなります。名目上は、隣国との国交危機を瀬戸際で食い止めた騎士団への慰労と感謝となっておりますが」

「名目上は、ね……」

要するに文字通りの招待ではないということが、この言葉で確定した。

ほんの少しだけ、本当にほんのちょっとだけ、ただ単純に旅行を楽しめるかもしれない、みたいな楽観的な思考が生まれたんだけど、まあそうは問屋が卸さないというわけだ。やっぱり面倒事じゃないか。ちくしょうめ。

「一応聞いておくけど、ヘンブリッツ君じゃ駄目なんだよね」

「はい。万が一に備え、指揮官と纏まった戦力はバルトレーンに置いておく必要があります」

「それは御尤《ごもっと》も」

スフェンドヤードバニアがこの機に乗じて再びちょっかいを出してくる可能性に限らず、王族が住まうこの街の最大戦力をまるっと留守にさせてしまうのは非常に拙《まず》い。何もなければそれが一番だが、何かが起こってしまった時に対応出来ませんでしたではお話にならないからな。

となると、アリューシアとヘンブリッツ君の両方を一気に動かすことは出来なくなる。万が一の際に上位者不在はどう考えてもダメなので、これは致し方ない。

「しかし……アリューシアはともかく、俺の参加は絶対じゃないようにも思えるけど」

「絶対ではありませんが……そうですね、一つ目の理由についても向こうに着けば分かると思いますよ」

「ふむ……」

一つ目の理由というのは、フルームヴェルク領についてのことかな。着けば分かるというのはつまり、思い出せるということだろうか。今のところ心当たりはないものの、マジで忘れているだけだったら本当に申し訳ない気持ちだ。

それなら今ここで教えてくれよとも思うけど、まあ本当に俺が忘れているのなら悪いのは俺になるので、それも強くは言えない。

「後は私個人の希望ですね」

「そ、そう……」

いつもと変わらない調子でさらっとぶっこんでくるなこの子は。騎士団長の権限の範囲に収まる希望なのかなそれは。

「……というのは置いておくとしても、この招待状にははっきりと先生の名も書かれていますよ。サラキア王女殿下の推薦でもあるということらしく」

「ご指名かあ……」

思わず執務室の天井を見上げる。

これはあれか、つまりいつものパターンか。

俺の耳に話が入る前に外堀が埋まり切っており、相談という体で持ち掛けられる実質的な命令というやつ。なんかバルトレーンに来てからこの手の話多くない？　多分気のせいじゃないと思う。

しかも今回はサラキア王女殿下からのご指名と来た。俺に拒否権はない状態である。特別指南役を仰せつかった時のような陛下からの命令書ではないにしろ、王族からの指名を断るのは一市民の俺には無理だよ。

「……ん。ちょっと待って」

「はい、なんでしょうか」

そこまで考えて半ば諦めたところで、一つの疑問が湧き出てきた。

「サラキア王女の推薦〝でもある〟ってことは……その、フルームヴェルク辺境伯も俺のことを知ってる？」

「勿論です」

マジかよ。これ本当に俺が一方的に忘れてしまっている可能性が高いぞ。

本当にごめんなさい。許してほしい。

「ちなみに、時期と期間は？」

フルームヴェルク辺境伯の正体は非常に気になるものの、俺が忘れているのなら思い出しようがない。

そして多分、アリューシアもそこを深掘りしようとはしていない。あくまで本筋は王女輿入れのための下準備と予行演習であって、俺と辺境伯との知己は全体から見れば些事《さじ》だからだ。

なので、分からんことはとりあえず脇に置いておこう。

ちょこちょこ考えすぎてしまうのは俺の悪い癖だが、それで何か新しいことが判明したり状況が好転したりすることは、ぶっちゃけあんまりない。なので一旦その思考を切り捨てて、その詳細について聞いてみることにした。

「来月ですね。往路復路でそれぞれ十日ほど消化しますので、滞在期間や諸々を含めると一か月前後の出張になるかと思われます」

「一か月かあ……」

やっぱりちょっと長いな、というのが正直な感想だ。

そりゃ勿論、辺境伯様が治めている領土に行くわけだから、バルトレーンから近いはずもない。

ビデン村のようないくつかの事情が重なった結果片田舎となっている場所ではなく、正真正銘の国境線間近である。俺自身、遠出の経験があまりないから一抹の不安はどうしても残ってしまう。

「俺に拒否権はないだろうけど、心情的に即答はしかねるな……。ミュイのこともあるし」

そして一番の懸念点は俺の経験不足などではなく、ともに暮らすミュイのことであった。

一か月という期間だけで見れば、昨夏ビデン村に里帰りした時と同じだ。しかし今回は流石にミュイの帯同は不可能だろう。書類上俺の身内になるものの、騎士団や辺境伯から見れば完全に部外者である。

更には今回は王族からの密命も込みときた。彼女を連れて行くという選択肢は最初から除外せねばならない。

そうなると今度は、俺が居ない間どうするのかという問題が出てくる。

いやまあ、彼女もまるっきり幼子というわけでもないから、俺が居なくとも生活自体は出来ると思う。魔術師学院も開いているし、お金はあるから食うに困る事態にはならないはずだ。

「……別段厳しく接せよ、とまでは言いませんが、あの子の年齢であれば問題も少ないのでは？」

「いや、うーん……それは確かにそうなんだけど……」

悩んでいるところに、アリューシアから至極真っ当な意見が飛び出した。まっこと仰る通りである。

多分これは、過保護というやつなのだろう。ミュイくらいの年齢で立派に独り立ちしている者は数多く居る。

何より彼女は、俺やルーシーと縁を持つまでは実質一人で暮らしていたようなもんだしな。手元にお金さえあれば再びスリに手を出すこともないだろうし、そこの心配はあまりしていない。

「とにかく、一度彼女と話をしてからにさせて欲しい。時間はかけないから」

「分かりました。ただ、少しばかり急いでいただけるとこちらとしても助かります」

「うん、分かってる」

結局俺はこの場で即断できず、この話は一旦持ち帰りとなった。

いや、本来は即断せねばならない場面ではある。再三になるが、俺に断るという選択肢はない。

しかしここは何と言うか、俺の我儘《わがまま》だな。理屈ではなく感情的な部分である。

言った通り時間をかけるつもりはないし、そもそも家に帰ったらミュイが居るんだから、話は今日中にでも出来るだろう。

ここから取り得る俺の行動は大きく分けて二つ。

フルームヴェルク領に行くのはもう前提として、ミュイをそのままにするか、誰かに頼むかのどっちかだ。無条件に断る、という選択肢は今のところない。

正直可能性として考えてはいないが、仮にミュイが猛烈に駄々をこねて拒否したとしても、それは俺が招待を断るに理由にはなり得ないからな。駄々をこねるミュイはちょっと見てみたい気もするけど。

つまり俺としては行くしかない。後はどれだけ納得して出立出来るかという個人的な話になってくる。

なので、辺境伯からの招待には了承する方向で話を進めたいところなんだが、悩むのはやっぱりその間のミュイについてであった。

彼女のことだから、一か月くらい一人でなんとかなるとは言うだろう。しかしながら、周囲に何の根回しもなくミュイを長期間一人にさせてしまうのはちょっと抵抗がある。そして今回は連れて行くことが出来ない。

……仕方ない。必殺ルーシー・ダイアモンドを使うか。

ビデン村への帰省の際も、ミュイが断ることも考えてルーシーを頼る可能性も考慮してはいた。結果として彼女が俺の帰省に付いて来ることになって、その手札は切らずのままだったが、今回は流石にそうもいかないからね。

ミュイをルーシーの家にまるっと預けるのかは相談の余地があるにしても、話を通しておくこと自体に損はないはずである。ルーシーが気にかけてくれるということになれば、俺も後顧の憂いなくフルームヴェルク領まで旅立てるというものだ。

最大の問題は、そのルーシーが引き受けてくれるかどうか、なんだけどさ。

でも俺にも今までルーシーの無茶振りをこなしている自負があるから、そこは何とかしてゴリ押すつもりだ。自分だけ面倒事を他人に押し付けておいて、自分が押し付けられるのは嫌ですというのは、俺の考えから行くとちょっと通らないからな。

ルーシーは破天荒ではあるが非常識ではないので、その辺りの話はまあ通じるだろうくらいには考えている。

「……しかし、少々意外でした」

「ん？　何が？」

話も一段落ついて、今後のことを考えているとアリューシアがふと零《こぼ》した。

「てっきり、俺には不相応だ、という類の断り方をされるものかと」

「あー……うん、まあ、荷が重いとは感じているよ。俺は平民だから」

「それを言うなら私も平民の出ですよ？」

「ははは、それもそうだ」

今のイメージが強すぎて忘れそうになるけど、彼女は元々商人の娘なんだよな。つまり、政治的な後ろ盾がほとんど、あるいは一切ない状態からその身一つで一国の騎士団長まで成り上がったことになる。とんでもない大躍進だ。ご両親もさぞ鼻が高いだろう。

「でも……仮に拒否権があったとしても、俺は行くことになるんじゃないかな。王女様ともまったく知らない仲、というわけでもないしね」

「それ、は……確かにそうですが」

荷が重いと感じているのは事実だ。正直な話をすれば、国家の問題と外交の問題に俺を巻き込まないでくれ、というのが本音ではある。

けれど、分不相応だと感じるのはやめることにした。経緯はどうあれ、俺の力が必要とされているのであれば、それには応えるべきなのだろう。俺なんかに、という謙遜《けんそん》は、おやじ殿の力をも否定することに繋がってしまう。

実際はどうあれ、気持ちはそのように持っておかないと駄目だと思うのだ。ここら辺の気持ちの切り替えというか、感じるモノは多少変わったのかもしれないな。

「そう言えば、アリューシアのご両親は元気かい？」

「え、ええ。今でも各地を飛び回っていますよ」

「それは何より」

出自の話が少し出てきたので、雑談がてらご両親のお話を振ってみる。どうやら今でもご健勝のようで何よりだ。

商人は基本的に、一か所に長く留まらない。無論拠点となる場所はあるにせよ、本質は物を安く仕入れて高く売ることにあるから、自然と各地を動き回ることになる。

その過程にたまたまビデン村があり、年頃の娘としてアリューシアが居た。今思えば随分と奇妙な縁の出来始めだったな。それが今や巡り巡って、俺としてはとんでもない縁になっているんだけれども。

まあ、才能が一体どこに眠っているかなんて誰にも分からないことだ。磨こうとして初めてその大きさと輝きがぼんやりと見えてくるかもしれない、程度である。

そもそも生まれで才能が決まっているのなら、アリューシアもスレナもフィッセルも居ないことになってしまうからな。俺はおやじ殿とお袋から受け継いでいたかもしれないが。

「……先生は、少し変わられましたか」

「そう、かな？　まあ……変わったと言えば変わったのかもしれないね」

俺は別段普段通りに過ごしているつもりなんだけど、最近こういう類のことをよく突っ込まれるようになった。ヘンブリッツ君にも言われた気がする。

おやじ殿との打ち合いを制して、変化がなかったかと言えば嘘になる。けれどまあ、だからと言って俺の性格がいきなり変容するもんでもないし、個人的な感覚としては今までとさして変わらない。気の持ちようは変えようと努力しているが。

それでも周りから見たら、どうやら俺にも変化があるらしい。自分では分からないものの、客観的には何かが異なって見えているのだろうか。自覚はあまりないので曖昧《あいまい》な答えしか返せないんだけど。

「ふふ、それはとても良いことだと思いますよ」

「そうであれば嬉しいね」

アリューシアが言の葉を落とす。優しい笑みを湛《たた》えながら。

まあ多分、良い変化ではあるのだろう。少なくとも以前より後ろ向きになってしまうことは減った気がする。

「っと、そろそろお暇《いとま》してもいいかな？　修練場に戻らないと」

「ええ、主たる話は以上となりますので大丈夫です」

彼女との談笑は実に心地よくて、ついつい長居しそうになってしまう。しかし騎士団長を前に堂々とサボるわけにもいかないので、ぼちぼち本来の務めに戻るとしよう。

「多分、明日か明後日には返答は出せると思う」

「はい、お待ちしております」

今日中にミュイと話をして、可能であればルーシーにも話を通しておきたいところだ。ルーシーは朝に弱いから、騎士団での指南が終わった後に訪ねるくらいが丁度いいかもしれない。

研究に没頭するなら、早寝早起きした方が健康にもいいし頭も冴えると思うんだけど、まあ深くは言及すまい。彼女には彼女の生活リズムがあると本人も言っていたしな。

もしフルームヴェルク領へ赴くことになれば、その間騎士たちへの稽古は付けられなくなる。

そういう意味での憂いも断てるように、今日も一日張り切ってやっていこう。

◇

「よ……っこいしょ、っと」

アリューシアからの相談を受けてから、少しばかり時間が経った今。

俺は今日も無事に騎士団での鍛錬を終えて、働く場所を庁舎から我が家へと切り替えていた。帰りに寄った西区の市場で芋が安かったので、今日の晩飯として煮込み料理を作ろうとしている最中である。

芋はいい。美味《うま》いし安いし腹も膨れる。しっかり煮込めば煮込むほど柔らかくなり、味も染み入るという万能食材だ。

これが俺一人なら自炊もそこそこに街の酒場へ繰り出してもいいんだが、今の生活は俺一人のものじゃないからな。こういうところでもちゃんと背中を見せておかねばならないとは思う。まあ、おやじ殿がまともに料理をしているところなんて俺は見たことないけどさ。

「そーれ、美味《おい》しくなれよー」

芋と、ついでに余りの肉を鍋に投入し、後は灰汁《あく》を取り除きながら見守る。

なんか最近、一人で作業してる時に独り言を呟くことが増えた気がするな。剣を振るのは黙々と出来るんだけど、何が違うんだろうね。ちょっと不思議。

昔は自分で料理を作るということにあまり積極的ではなかったが、ミュイが腹を空かせて帰ってくることを思えばまったく苦にならないのが面白いところである。お袋もこういう気持ちで料理を作っていたのだろうか。

魔術師学院の夏期休暇が明けてからは、基本的に何も用事がなければミュイより俺の方が家に帰るのが早い。こっちは概ね午前中で指南を切り上げるのに対し、学院の授業は午後まであるためだ。なので、平日は俺が飯の準備をすることが多くなる。逆に週末は魔術師学院が休みなので、ミュイが家事全般を行うことが多い。

飯の準備以外は、特にこれといって定まっていない。掃除にしても洗濯にしても、各々が気になった時にやるというスタイルで今のところ行っている。

ちなみに意外なことに、ミュイは案外綺麗《きれい》好きだったりする。ただし整理整頓が好きなのではなく、掃除を苦にしないタイプ。だから学院の制服を雑に脱ぎ捨てても彼女は気にしていないが、部屋にゴミや埃が溜まると自然と手が動くようで。

それなら制服も綺麗に畳んでほしいと思うんだけど、どうにもそこら辺は彼女的にちょっと領域が違うらしい。

ミュイは物欲もあまりない上に嗜好品も特に持っていないから持ち物が少ない。なのでゴミを増やすことはないし掃除もするんだけど、片付けをしない。中々に叱りにくいタイプであった。

「ただいま……」

「おかえりー」

そんなことを考えながら鍋をぐるぐる混ぜていると、お姫様のご帰宅である。今ではすっかりしただいまを言うことに抵抗がなくなったらしくて何よりだ。

「ん？　どこか怪我《けが》でもした？」

いつも通りの日常かと思いきや、今日はどうにも少し違った様子。

手足をやられている感じはしないが、身体の運び方がおかしい。庇《かば》う歩き方をしていないから、腰などの下半身ではなさそうだ。まっすぐ立てているから腹でもないかな。

歩く分には支障がないけれども、痛みのせいで正常な身体運びが出来ていない。となると、背中か肩か、そこら辺に何かダメージを負っているような気がする。

「……分かるんだ」

「分かるよ」

そんなことを考えていると、ミュイが露骨にびっくりした様子で感想を漏らす。

これが初対面の人なら分からなかったかもしれないが、ミュイとは短いながら一緒に生活をしているわけだしね。違和感があればすぐに気付ける。

「……別に大したことじゃないけど。打ち合いでシンディにやられただけ」

言いながら彼女は、制服の襟元を広げる。

おお、肩口辺りに結構派手な痣《あざ》を拵《こしら》えているな。多分骨は折れていないと思うが、それでもミュイにしたら相当痛いはず。

事情を聴くに、剣魔法科の講義でいいのを貰ってしまった感じだな。

ミュイはすばしっこいから、木剣を当てようにも素人では苦労するだろう。ミュイだけでなく、シンディもしっかり剣の技術が向上しているのは良いことだ。このまま互いに切磋琢磨してほしいところである。

「そっか……。ポーション使う？」

「……要《い》る」

「分かった」

この程度の怪我であれば、少なくとも俺は驚かない。出来る範囲で適切な処置をして終わりである。棚に常備してあるポーションの瓶を取り出してミュイに渡して終了だ。

まあ俺の家にあるのは一番安い、薬草から作られたやつなんだけどね。それでも肌に沁み込ませておくだけで回復速度は大分違う。俺もこいつにはかなりお世話になっているからな。

剣を学ぶと決めた以上、怪我は必ずついて回る。生涯無傷で剣の人生を終えるなど絶対にあり得ないことだ。俺だって打ち身擦り傷切り傷なんて日常茶飯事だし、骨が折れたこともざらにある。

無論、その大小は指導者がしっかり見極めるべきだが、小と分かれば過剰に心配することもない。監督者であるはずのフィッセルも彼女をこのまま帰したことから、大事には至らないと判断したのだろう。俺から見ても重傷というほどではなさそうだから、その判断は間違っていないと思う。

そしてミュイ自身が、世話を焼かれること自体をあまり好まないというのも大きい。これが泣いていたり心が折れてそうな時には寄り添うべきだと思うが、そうでないなら彼女の心のままに任せておくのが良い。

普段は何かと心配してしまうのだが、こと剣術に関することになると途端にドライになってしまうのは何だろうな。これもおやじ殿の血と教育の成果なんだろうか。

「うー……痛ぇ……」

「大丈夫？　晩飯まで寝とくかい？」

「ん……平気」

ポーションの薬液を手に掬《すく》い、肩口に雑にぶっかけたミュイが唸る。

まあ痛みをしっかり認識出来ているということは、意識もしっかり保てているということだ。提案しといてなんだが、痛みが引くまでは寝るのも難しいかもしれない。

この辺りは本当に慣れだからなあ。痛みに慣れ過ぎるのもそれはそれで大怪我を誘発しかねないので良くないが、小さい怪我で動きが止まってしまっても困るからね。

「残りは飲んでおくといい。それでも治りは違うよ」

「……分かった。うぇっ……」

余ったポーションに口を付け、ミュイが渋い顔になる。分かるよ、ポーションって苦いんだ。薬草から抽出してるやつは草の味が口内に広がって、何とも言えない風味になる。

この辺り、魔法で作ったポーションは味もマシだったりするんだろうか。少し気になるところである。

「あ、そうだ。ちょっと報告しなきゃいけないことがあって」

「なに？」

ポーションが効いて痛みが引くまでは彼女ものんびり休むとはいかないだろうから、今のうちに話を通しておこう。こういうのは下手に機を見てとか考えていたら、どうしても後回しになってしまう。特に今回は後回しが許されない事案だから、早めに動くに越したことはない。

「どうやら騎士団の遠征に付き合うことになりそうでね。来月の一か月は家を空けることになると思う」

「……そう」

王族がどうとか、他国が絡みそうだとかそういう情報は伏せておく。ミュイに伝える必要性はないし、万が一彼女の身に危険が及んでも困るからな。

なので要点だけを伝えておくことにした。嘘は吐《つ》いてないし本当のことだから何も問題はない。

「流石にミュイを連れて行くわけにもいかないからね。俺が居ない間はルーシーになんとかしてもらおうと思ってるけど」

「ん……分かった」

俺の提案に、ミュイは思いの外あっさりと頷いた。

出会った当初に比べると、彼女は随分と素直になったように思う。勿論、同じ年齢の他の子たちと比べればまだ随分と棘《とげ》があるけれど、あの叫びまわっていた頃から考えたら雲泥《うんでい》の差だ。

最初は本当に気性難という言葉がぴったり当てはまるほどの性格だったのが、今ではこの素っ気なさが個性だと言える程度には落ち着いている。

別に俺が偉い面をするわけじゃないけれども、今のところは教育という面でも失敗まではしていないのかなと感じるね。魔術師学院に入学したことも良い後押しになっていることだろう。このまま順調に心身ともに成長して欲しいと願うばかりである。

「別に一人でもなんとかするけど」

「念のためだよ、念のため。万が一があったら困るし」

「……ふん」

やっぱり一人でも大丈夫だと言い出した。これは完全に想定の範囲内である。

しかしそれでも、頼る当てがないまま長期間留守にするわけにもいかないので、そこは呑んでもらおう。でもまあ、今の様子を見るに本当に大丈夫そうではあるので、マジで念のため以上の意味はなさそうだけどね。

◇

「必要あるんか？　それ」

「だから念のためって言ってるじゃないか……」

翌日。

いつも通り騎士団の稽古を終わらせた後、中央区の売店でちょっと小腹を満たし、太陽が西の方へ傾き始めた頃。俺はルーシーのお宅へとお邪魔していた。

こちらもいつも通りハルウィさんに対応してもらい、応接室で美味しい紅茶を頂戴しながら待つことしばし。

以前午前中に訪ねた時と違い、身だしなみも瞼の開きもちゃんとしたルーシーが出てきて、フルームヴェルク領への遠征の話とその間のミュイの世話について相談した第一声がこれであった。

「ベリル。お主ちょぃと過保護過ぎやせんかの」

「その自覚はあるけど、かと言って後は放任ってちょっと違わない？」

ルーシーが盛大な溜息とともに零す。

俺だって少しばかり過保護な自覚はあるよ。少なくとも俺が同年代の頃に、両親から貰った気遣いよりかはずっと気にしている。まあ俺の場合、ミュイの年の頃にはもう剣士になることしか考えてなかったから、環境と状況が違うというのはあるんだが。

しかし俺が過保護だと呆れられるのはまだ許容範囲にしても、ミュイについても割とアッサリめなのは少々意外であった。彼女ならなんだかんだで「それくらい構わんぞ」くらいは言ってくれると思っていただけに、ちょっと作戦を変更せねばならない。

「別に居候させろとまでは言わないけどさ。何かあった時に頼れる先が決まっていた方がミュイとしても気が楽でしょ」

「言わんとしていることは分かるが……」

正直俺の作戦としては、とりあえず事情に了承してもらってから細部を詰めるという、あまりルーシーのことを強く言えないくらいの投げっぱなしコースだった。しかしその前提が崩壊してしまったので、理屈よりも感情面で訴え出ることにする。

「そんなに心配なら寮にでも突っ込んでおけばよかろう」

「寮はミュイが家から通うって言っちゃったからなあ……」

ルーシーの言う通り、そもそも最初はミュイを魔術師学院の寮に入れるつもりだったんだよな。そうなっていたら俺もここまで気を揉むこともなかったわけで。実際そうはならなかったから今、頭を悩ませている。

けれどまあ、彼女が寮ではなく俺との生活を選んだというのは何も悪いことではないから、それを今更どうこう言うつもりはないが。

「ん？　いや、短期的にという意味じゃぞ」

「えっ、出来るのそんなこと」

さてどうしようかなと改めて思案に沈みかけたところで、ルーシーから新情報が齎《もたら》された。

学院の寮って短期利用も出来るんだね。それはおじさん初めて知りました。

「申請は必要じゃがな。両親が仕事で不在になることなんぞ、そう珍しくもなかろう」

「まあ確かに……」

言われてみればその通りで、我が子が実家から学院に通う間、仕事やその他の事情で家を空けなければならなくなることは大いにあり得る。そうなった時に、学院側で何かしらの支援制度を設けている可能性までは考えていなかったな。

これが普通の学校ならそうでもないんだろうけど、魔術師の卵を預かる王国肝入りの学院となれば、それくらいは融通が利いてもなんら不思議ではない。

寮の短期利用は、正に現状にぴったりの解決策である。ミュイに慣れてもらうという過程は寮だろうがどこかに居候しようが同じことだ。であれば、通う先である学院の寮の方が余計なストレスも感じにくいはず。

寮から家に戻る時も、彼女は元々私物が少ないし部屋を汚すタイプでもないから、その辺りの心配もせずに済む。

「あ、ただ費用はかかるぞ。当然じゃが」

「それは勿論分かってるよ」

そして金銭面に関しても、今の俺なら十分に工面出来る。入学費用もそう高いものでもなかったから、まさか寮を利用するのに莫大な金額が取られることもないだろう。いやあ、本当にお金があってよかった。つくづく今の環境に感謝だな。

「それじゃあ、その方向で調整しようかな」

「それがよかろう。あの子もそうぐずりはせんじゃろうて」

うーん。そうなると俺ももう一度学院の方へ足を運んだ方が良さそうだ。これが急ぎでないならば、剣魔法科の講義がある時についでに、って感じでもいいんだろうけど、そういうわけにもいかない。

最悪なのは寮が一杯で受け入れが出来ない結末なんだが、そうなったらルーシーに再度お願いするか。寮の短期利用を提案したのは彼女なんだから、それが駄目だったら改めて面倒を見てもらうとしよう。

「しかし、フルームヴェルク領か。わしもあまり行ったことはないのう」

「そうなんだ。やっぱり国境沿いだから？」

ミュイについての話が一段落ついたところで、自然と話題は今回の遠征へと向く。

一応ルーシーにも、表立っての用件しか伝えていない。王族のあれやこれやについては彼女も知ってるかもしれないし、少なくとも察しは付いているとは思う。けれど、他言無用と言われた内容をこちらから開示してしまうのは、やはり道理に悖《もと》る。

「それもあるが、単純にスフェンドヤードバニアに用がないからの。今回の話が上手くいけば今後は分からんが」

そんな言葉を紡ぎながら、彼女は優雅な仕草で紅茶を啜《すす》った。

今回の話が上手くいけば、か。やっぱりこいつ裏の事情までしっかり分かっていやがるな。

今後とはつまり、レベリス王国とスフェンドヤードバニアとの間で婚姻外交が成功したら、という意味だろう。思いっきり政略結婚だが、グレン王子とサラキア王女は互いにそう悪く思ってはなさそうだったので、なんとか幸せな家庭を築いて頂きたいところ。

「ま、お主とアリューシアなら何かあってもそうそう遅れは取らんじゃろ」

「そう言われるのは嬉しいけどね……」

俺の実力を評価してくれるのはありがたいが、何かあったら困るんだよこっちは。旅行気分で行くわけじゃ決してないけれども、どうも彼女の口ぶりだと何かがありそうにも感じてしまう。

「安心せぃ。今のところ、王室にも教皇にも教会騎士団にも目立った動きはなさそうじゃからの」

「なんで知ってるのさ」

「そりゃあお主、わしじゃからな」

「あ、そう……」

どうしてかと問われて、私だからで理由が通じる人物なんて俺はルーシー以外知らない。それでもつい納得してしまうのは彼女の凄さということだろうか。

ルーシー・ダイアモンドという女性は、冷静に考えなくても謎に満ちた人物だ。

今のところは俺から見れば、お世話になったり厄介な案件を持ってきたりする友人と悪友の間を反復横跳びしている人、という立ち位置だが、今以上の関係にこちらから首を突っ込もうとはなかなか考えづらい女性でもある。

恩もあればそれ以上にこやつめ、と思うこともある。

ただ少なくとも、敵ではない状況であれば問題はないのだろう。どちらかと言えば、こいつが敵に回ってしまった時の方が大変だ。争うつもりは毛頭ないが、おやじ殿との打ち合いを制した今でもまるで勝てる気がしない。

剣術だとか魔術だとか、そういう括りの外に居る気がしてならないのである。人間だけど人間じゃないような、そんな感じ。

と言うか本来、アリューシアから他言無用と言われていた内容をルーシーがズバズバ喋るもんだから、こっちも危うくその流れに乗りかけてしまった。

なんだか俺の方から口を割るのも嫌なので、別の話題は無かろうかと少し思考を泳がせる。

「……あっ、そうだ」

「ん？　まだ何かあるかの？」

魔術。その単語が俺の脳内に出てきたことで、半分忘れかけていた疑問が再び浮き上がった。

ミュイに関わることだし、話題の転換としてそう不自然でもないだろう。気になると言えば気になるし、ついでに聞いてしまうか。

「この前、久々に剣魔法科の講義を見に行ってさ。その時に生徒たちの剣魔法を見せてもらったんだ」

「ほお」

俺の言葉に、ルーシーの片眉がピクリと跳ねる。魔術に関する話題には本当に食いつきがいいな。

「で、ミュイのだけ赤い……と言うか、なんだか炎っぽくてね。フィッセル曰く不器用らしいんだけど」

「なるほどのー」

先日見た剣魔法科の講義での一幕を話すと、ルーシーは得心がいったような表情で頷いた。

「正確に言えば、不器用というのは少し違うじゃろうな」

「と言うと？」

そんな彼女から、少しばかりの訂正が入る。

俺が気になっているのは、ミュイが他の生徒たちとは違う波長の剣魔法を放ったことと、それに対してフィッセルが不器用であると言ったことについてだ。

要するにミュイの学院での立ち位置というか、魔術を修める過程においてどれくらい順調なのかが知りたいのである。

魔術については才能の多寡がほぼ全てを決める。それは間違いないだろう。しかしながら、じゃあ魔法を操る器用さというものも同時に才能で定義されてしまうのか。それは教育者として少々気になる話題であった。

まあぶっちゃけた話、ミュイが落ちこぼれに類するものなのか、それとも尖った才能を持つ個性派なのかを知りたいわけだな。別にそれを知ってどうこうしようと考えているわけではないものの、曲がりなりにも我が子である彼女の、相対的な成績というものが気になるのである。

「魔力の有無そのものは、才能に拠るものと考えられておるが」

「うん」

「実際に得意とする魔術……わしらは馴染むとか馴染まないとか言うんじゃが、それは本人の持つ気質や、育ってきた環境が大いに影響しとるようでの」

「へえ」

「例えばフィスが剣魔法に高い適性を持つのも、元々剣術を学んでおったからという側面は大きいじゃろうな」

「なるほどね……」

魔法にも何と言うか、性格みたいなものって現れるんだなあ。言われてみれば剣術と一言に言っても、その人の気質や相性で扱う剣技は随分と異なる。それは同じ師に教えを乞うていても違うのと一緒だ。

確かにミュイは本来の性格は置いておくとしても、身を置いてきた環境自体は非常に苛烈なものだっただろう。その中でああいう気性が育まれたのであり、攻性魔法、もっと言えば炎に適性があるのも分からなくもない。

その線で行くと、キネラさんなどは性格通りの魔法を扱っているように感じてしまうな。あの大らかで誰にでも優しい性格は、まさに防性魔法を扱うにぴったりのように思える。

「無論、得意不得意や向き不向きもあるでな。その意味だけで言うなら、ミュイの現時点の力では剣魔法への適性は高くないやもしれん」

「……なんだか、指導者としては複雑だね。理由を訊いても？」

折角本人が望んで学んでいるのに、その学問に対して適性がないと切って捨ててしまうのは、やっぱりちょっと捨て置けない。いや、これが理想論かつ我が儘であるという自覚はあるのだが。

「剣魔法の特質は、魔力に切れ味を持たせることにある。魔力に特定の属性を付与するには、出来る限り真っ白の方がやりやすいんじゃよ。切れ味のある炎と聞いてピンとくるか？」

「あー……なんとなく分かる気がする」

ルーシーの語る内容は俺には勿論実践は出来ないけれど、なんとなくは分かった。

魔力という真っ白なエネルギーに対し、炎を付与するのと切れ味を付与するのは多分、別個の作業だ。その二つを同時にやろうとするのは、きっと難しいのだろう。燃える水や冷たい炎を想像するのが難しいのと同じように。

「ただ、将来は分からんぞ？　もしやすれば、切れる炎を生み出すかもしれんしの」

「はは、それは凄そうだ」

斬撃力を持った炎が遠距離から飛んでくるなど考えたくもない。そんな技術がもし身についたら、それは物凄く大きな力になる。まあ、実現出来るかどうかは今後の彼女次第、ということかな。

「ちなみにルーシーは出来るの？　切れる炎を出すのは」

「出来なくはないが、わしから見てもそこそこ面倒臭い部類に入る。さっきの言葉で言うと、わしには少し馴染まんといったところかの」

「ルーシーにも魔法の得手不得手ってあるんだねえ」

「そりゃあるわい。出来る出来ないと得手不得手はまったく別じゃよ。それはお主も分かるじゃろ」

「まあね」

彼女の言わんとしていることはよく分かる。俺だって自分からガンガン斬りかかっていくことは勿論出来るけれども、それが得意かと言われればそうじゃないからな。俺はやっぱり、受け流して反撃を加える方が得意だし性に合っている。

「少なくともミュイは、他の連中より魔力を炎に変換するのが得意なんじゃろ。それは立派な長所で才能じゃよ」

「そっか。ありがとう」

最後に、俺が懸念していた事項をぴしっと言い当てられてこの話は一区切りついた。

いやしかし、俺は別にこの質問の真意を伝えたわけじゃないのに、どうして俺の考えていることがここまで正確に分かるんだろうか。やっぱりこいつ魔法で人の心でも読んでるんじゃないかと、そんな疑念を払拭出来ない程度には、彼女の観察眼は優れている。これも経験のうちに入るのかな。

俺には出来そうにない。

「話はそんなもんか？　今なら学院もまだ開いとるじゃろうし、急ぐなら行った方がよかろう」

「あ、そうだね。そうさせてもらうよ」

言われた通り、こういうのは早く動くに越したことはないからな。まだ日は沈んでいないし、逆にこの時間帯なら学院の講義も一段落ついてそうだから、あちらからすれば都合がいいのかもしれない。早速足を運ぶことにしよう。

◇

「よし、それじゃあ行ってきます」

アリューシアから遠征の話を聞かされ、ミュイやルーシーにそのことを相談してからしばらく。

今日はその遠征が始まる日である。いつもと違って、玄関先で発した声は誰かに届くこともないまま、家の奥へと吸い込まれていった。

ミュイは数日前から学院の寮に移動している。ルーシーに寮の短期利用を薦められてからの手続きは思いの外早く進み、ミュイの生活の拠点は今、一時的に魔術師学院の学生寮へと移っていた。

丁度空室があったのはありがたいことだけれども、これが果たしてたまたまラッキーだったのか、それとも魔術師学院長の口添えがあったのかは分からない。その辺りは聞くのも野暮だと思うしね。

ルーシーと話をしてから今日までは、なんだかんだで慌ただしい日が続いた。魔術師学院とは書類のやり取りのために何度か往復したし、アリューシアとも詳しいスケジュールや移動の予定なんかを打ち合わせしたり。後者に関しては俺は話を聞いて頷くだけで、打ち合わせと呼べるほどのものではなかったけれど。

ミュイも一時的に寮に移ると言った時、特に反対もせず受け入れてくれたのは助かった。まあ一人でこの家から通うメリットがまったくないからな。寮なら衣食住のうち食と住は保証されるし、衣についてもイブロイからの贈り物があったので問題ない。

書類には俺とミュイの両方のサインが必要だったが、出会った当初と比べてちゃんと自分の名前をすらすらと書けていたのに感動したのは秘密だ。

どちらかと言えば、俺がフルームヴェルク領から帰ってきた後、ミュイが寮での生活を気に入って今後そっちに住むと言われないかどうかが少し心配である。

もしそう言われれば俺は多少寂しい気持ちはあれど、反対はしないだろう。

親離れ、というほど長い期間親の代わりをしたわけでもないが、いずれ彼女にも独り立ちの時期が来るわけで、それは遅いよりは早い方が一般的に良いはずである。四十五にもなって初めて親元を離れた俺が言っても、何も説得力は生まれないかもしれないけどさ。

「大分涼しくなってきたなあ」

日の出から間もなくの時間帯から動き始めるのはいつものことだが、最近は晩夏を過ぎて初秋に入ったからか、夜間と早朝は結構涼しい。本格的に日が昇ればまだまだ陽射しは強烈なものの、季節の移ろいをしっかり感じられる時期になった。

　これからしばらくは過ごしやすい時期が続き、それからあまり嬉しくない冬に差し掛かる。単純に寒いのも勿論嫌なんだけど、雪が積もると非常に拙い。交通の便が一気に滞るため、片田舎であるビデン村では色々と苦労したものだ。

　バルトレーンで冬を迎えるのは初めての経験だが、ビデン村とそう大きく気候は変わらないだろう。

　ただ、木材の輸送が滞ったりしたらヤバいので、本格的に寒くなる前に木は多めに備蓄しておいた方がいいかもしれん。俺はともかくミュイに寒い思いをさせるわけにはいかない。

　仮に彼女が寮に居続けることを選択すれば、これも要らぬ心配になってしまうのだが。

　まあ、ミュイのことを今考えても何も事態は変わらない。俺はこれから向かうべきフルームヴェルク領のことと、その裏に隠された密命のことを意識した方がいい。

　結局フルームヴェルク辺境伯の正体について、これといった予測が立てられないまま当日を迎えてしまった。

　アリューシアの性格を考えれば、俺が気付いていないとなればすぐに正解を寄越してくれそうなところ、意外なことに彼女はその後何の情報も出してはくれなかった。

　多分これは、彼女のお茶目な一面が出てしまったのかな、なんて思う。もし任務において重要な情報であれば、それを差し置いて私情を優先するような性格はしていない。つまり、辺境伯の正体をあえてぼかすことは作戦に対する不利益には繋がらないと判断したのだろう。

となると、俺と辺境伯が顔見知りであろうがそうでなかろうが、今回の遠征の大筋は何も変わらないということだ。実際に知らぬ顔であればそのまま存ぜぬを通してお付き合いすればいいし、マジで俺が忘れていただけなら到着した後に謝るしかない。

「……誰なんだろうな、辺境伯って」

本当に心当たりがなくて困る。

うちの道場には当然ながらビデン村出身者以外も居たが、何も規則性があったわけじゃない。バルトレーンから来ていた人も居ただろうし、近隣の他村から来ている人も居る。

しかしそれでも、相手がお貴族様となれば流石に分かるはずなのだ。それは服装だったり従者の数だったりと要因は様々だが、何にせよ俺みたいな一般小市民とは明らかに違う。

となると道場関係者以外の線もあるかと思われるが、そっちはもっと可能性が薄い。

なんせ俺は今まで碌に村から出てなかったからである。道場以外のコネクションなんて俺には何もないからな。なんの自慢にもなりゃしないけどね。

じゃあやっぱり弟子の誰かかな、なんて思う。あるいはおやじ殿の知り合いとか。でもおやじ殿との共通の知り合いなんて意外と少ないし、やっぱり道場関係者の線が一番濃い。

「……まあ、行けば分かることか」

アリューシアから話を聞いてから今日まで、このことはそれなりに考えてきたけれど、結局何も分からない。おやじ殿に聞けば分かったかもしれないが、そのためだけに移動するのもなんだかなという感じ。

元弟子だとしたら素直に謝ろう。俺も全員をはっきり完璧に覚えているわけじゃないからな。

「お、なんだか沢山居るな」

これから向かう先のことをのんびり考えながら歩みを進めることしばし。騎士団庁舎の前へとやってきたところ、いつもは守衛が数人居るくらいなのだが、今回は数十人がぞろぞろと集まっている。

見られる装備は大きく二通り。銀色のプレートアーマーに身を包んだ数人と、革鎧と薄手のコートで武装した数十人。前者が騎士で後者が守備隊の連中かな。

そして彼らの集まる脇には、馬車が数台並んでいた。ビデン村に帰省した時のような立派なものが一台と、残りはそれよりは幾らか見劣りする、しかし中々頑丈そうなものであった。

「先生。おはようございます」

彼らを視界に収めながら近寄ると、その集団の中でもひときわ目立つ騎士団長が俺に気付き、声を掛けてくる。

「おはよう。もしかしてお待たせしたかな？」

「いえ、問題ありませんよ」

一応言われていた集合時間には十分間に合うように家を出たはずなんだけど、既に大勢が集まっているのは流石と言うべきか。

戦うための人間が集まってはいるものの、場の雰囲気はそこまで悪くない様子だった。まあ戦場に向かうわけでもないから、出発前から無駄にピリついても仕方がないからな。その辺りは皆心得ているようで、慎ましやかに雑談を交わしていたり、装備の点検をしている者が多い。

「やあ、貴方がベリルさんですかな」

アリューシアと挨拶を交わしていると、一人の男が歩み寄ってきた。

装備は標準的な守備隊のものだ。革鎧とコート、そして腰には長剣を一振り差している。体格や年齢は大体俺と同じくらいだろうか。コートで分かりにくいが、少なくとも腹が出ているだとか、余計な肉が付いているような印象は受けない。短く刈り揃えられた黒髪は清潔感もあり、柔和な雰囲気と誠実な印象を与えるものだった。

「はい。レベリオ騎士団付き特別指南役、ベリル・ガーデナントと申します」

挨拶に対し、対外的な名乗りを返す。これ未だに俺の口から言うの違和感が拭えない。あとちょっと恥ずかしい。けれど、そんな個人的事情をぐちぐち言っても仕方がないわけで。

「これはご丁寧に。私はゼド・ハンベック。守備隊の小隊長をしております。まあ、あいつらのまとめ役のようなものですな」

「なるほど。道中よろしくお願いいたします」

庁舎前に集まっている守備隊の方へちらりと視線を動かしつつ、ゼドと名乗る男と握手を交わす。

手に伝わる感触はやはり硬く、日常的に武器を扱っている人間の手であった。

剣術にかかわらず何かしらの武を修めている人間というのは、立ち居振る舞いであったり身体つきであったり、どこかにそういうサインが現れる。いわゆる、分かる者が見れば分かる、みたいなやつ。

別にわざわざ言及したりはしないが、それらを見つけることが出来ると何となく嬉しい気持ちになるね。その意味で言えば、ゼドはしっかり武を修めている人だということ。頼りになりそうで何よりだ。

「ハンベックさん、人員の方は」

「ええ、全員揃っております。いつでも出られますよ」

挨拶に一段落が付いたところで、アリューシアからゼドに確認が入る。

互いに口調は穏やかだが、こういう時の上下関係ってどうなるんだろうな。

レベリオ騎士団と王国守備隊は、組織としては別である。当然、指揮命令系統も別だ。恐らく世間一般の認識で言えば、騎士団の方が上みたいな見られ方なのだろう。

しかし一方で、守備隊には騎士を退役した者が入隊することもあるようで、一概に下とは言えない事情もありそうな気がする。かつての先輩が守備隊に所属していることも大いにあり得るだろうし。ここら辺も移動中暇そうなら聞いてみようかな。

「では先生、こちらへ」

「……ん？」

どうやら間もなく出発するらしく。アリューシアに指示された先は、一台しかない立派な馬車の方であった。

「俺もこっちに乗るの？」

「当然です。先生と私が今回の主賓ですから」

「そ、そう……」

一応聞いてみるも、当然のように返されてしまった。未だにこの扱いにはちょっと慣れない。いい加減慣れて行かないといかんというのは分かってるんだが。

「出発だ！　配置につけ！」

俺たちが馬車に乗り込んだ直後。先程まで穏やかに会話していたゼドの鋭い指示が響く。

そろぞろと守備隊の者たちが動く気配を感じながら、馬車はゆっくりと動き始めた。

ゴトゴトと、石畳の上を車輪が回る音が響く。

首都バルトレーンとその周辺は街道も比較的整備されており、基本的には石畳が敷いてある。王国全体を見ればまだまだ整備しきれているとは言えないけどね。実際ビデン村なんかは土道だし、他にもそういう町や村は沢山あるだろう。

フルームヴェルク領がどれくらい栄えているのかはまったく分からないが、国境間近の辺境とはいえ大きな戦争はここしばらくはなかったはずだから、それなりに都会だと嬉しいなと思う。

「……」

バルトレーンの喧騒が薄《うつす》らと耳に入る中、車内は実に静かなものであった。

俺が乗り込んだ立派な馬車の中には、俺を含めて四人の人間がいる。

俺とアリューシア、そして帯同する騎士が二名の計四人だ。つまりは全員が顔見知りであり、その意味では気楽でもある。知らん人と同じ空間で長時間一緒というのは精神的には中々つらい。同じ沈黙でも、心地よいものと心地悪いものとで別れるからな。

通常の旅と少し違うのは、御者も騎士や守備隊の者であるということか。どうやら馬車だけを借り受けて、その他の人が必要な物事に関しては全て身内で固めているらしい。任務の性格を考えれば仕方がないこととはいえど、随分と警戒が強いなというのが第一印象であった。

「……しばらくは馬車の旅かあ」

「はい。何卒ご辛抱頂けると」

「ああいや、不満ってわけじゃないよ。新鮮だなと」

何となく零した言葉に、アリューシアが反応する。

言った通り、別に不満があるわけじゃない。そりゃ俺が指名された流れに多少物申したい気持ちはあるが、反対ってわけでもなかったからね。

しかし、せいぜいがビデン村とバルトレーンを往復するくらいしかしたことがなかったから、こ

ういう長期の旅というのはひどく新鮮だ。

道中の食糧や移動計画については騎士団側で全て負担してくれるとのことで、俺がしたことと言えば持って行く荷物の整理と確認くらい。一人だけ長めの遠足にでも行くのかというお気楽っぷりである。

まあそもそも、俺個人が用意すべきものは道中の路銀と着替え、そして剣くらいだ。今回は気ままな一人旅というわけじゃないから、もう少し荷物は増えているが。

「でもやっぱり、自分だけこういう場所に座っているのは慣れないね」

「そちらもお慣れください。先生は招かれる立場ですから」

「分かってはいるんだけどね……」

アリューシアの言葉に思わず苦笑で返す。

今回、座って移動出来るのはアリューシアのような騎士と、俺と、後は交代で御者を務める者くらい。他の皆は全員歩きである。

勿論護衛という観点から見て、全員が馬車に乗り込むわけにはいかないことくらいは分かっている。しかしながら、こうやって守られるより誰かを守るために立ち回る方が気が楽なのも確かだ。いや、護衛対象に万が一があってはいけないという別の緊張感はあるけれどね。

今回の移動に関して、馬車に詰め込まれているのは道中の食糧とか万が一野営になった際の道具一式とかそういうものらしい。なので、人が乗る隙間はほとんどない。誰かが負傷したなどの緊急時であればその限りではないだろうが、そんなことは起こらないに越したことはないからな。

「先生も何かあれば、この二人に申し付けください」

「いやいやそんな、悪いよ」

彼女はそう言って、ともに座る二人の騎士へと視線を配る。

男性の騎士が一人と女性の騎士が一人。二人とも新人というほど若くはないが、ベテランというほど年を取っているわけでもない。年齢で言えばアリューシアと同じか、やや下かといったところ。

男性の方はヴェスパー、女性の方は確か……フラーウだったか。指南役となってそれなりの期間が経っているから、見覚えのある騎士は大体覚えているつもりだけど、それでも全員しっかり顔と名前が一致するかと言われたらちょっと怪しい。

彼ら二人は修練場での鍛錬でもよく見かけるし、俺が見た限りでは武に対しても実直だ。だからこそ名前を覚えることが出来たとも言える。流石に俺も、修練場にあまり顔を出さない騎士についてては自信がないからな。

「知っているでしょうが、先生はこういうお方です。気付いたことがあれば率先して動きなさい」

「はっ」

「い、いや、本当に大丈夫だからね……？」

何かあるごとに騎士を使うなんてめちゃくちゃ気を遣うのに、アリューシアが二人に念押しをするものだから、余計に俺の肩身が狭くなったぞ。二人もそんな張り切って返事するんじゃないよ。

でもこういうのって、俺が遠慮して自分で何かやろうとすると逆に彼らが落ち込むんだよな……。

上司からの命令を遂行出来ないのが心苦しいという気持ちは少し分かる。となると、自然と彼ら二人を俺が使わなきゃいけない場面も出てくるわけで。気楽な旅だとは思っていないが、余計な負荷をかけられた気分になってしまう。勘弁してほしい。

「……ちなみに、この人選の理由を訊いても？」

今現在、馬車内に漂う空気は少なくとも俺にとってはあまりよろしくない。かと言って気楽に雑談でもしようという感じでもないため、とりあえず今回の遠征に関係ありそうなことを聞いてお茶を濁すことにしてみた。

「比較的若手で心技体において優秀、口が固く、先生ともある程度面識のある者から。選出後は個人との面談を経て決定致しました」

「……なるほどね」

選出の基準に俺の要素が入っているのが気になるが、多分これ突っ込むだけ無駄だな。いや確かに、まったく知らん人より修練場で顔を合わせる人の方が助かるのはその通りだけれども。

騎士としての実力も然《さ》ることながら、口が固いところも選定理由に入っている辺り、ヴェスパーとフラーウの二人も今回の任務の本命については知っていると見ていいだろう。

任務の密命を抜きにしても、貴族に呼ばれた夜会に向かうのなら口の固さは重要だ。余計なことを言わない節度は大事だし、何よりそこで見聞きしたことをみだりに外部に漏らさない信用が何より重視される。

少なくとも今回同行する騎士に限って言えば、王室からの密命を知っている者と見てよさそうだ。守備隊の方は分からないが、まあそこまでわざわざ聞く必要もないだろう。

「若手に限定したのは何か理由が？」

それよりも、選定の条件に若手という言葉が入っていたのが少し気になる。

騎士団はその性質柄、あまり年を食った人は居ない。だがそれはあくまであまり居ないだけであって、まったく居ないわけじゃない。事実、団長であるアリューシアより明らかに年上の騎士も存在している。

無論、若いというのはそれだけで大変なアドバンテージではあるのだが、武の世界は体力や筋力だけで決まってしまう程狭量ではない。それは計らずとして、俺やおやじ殿が証明している。

「長旅にもなりますし、体力面も考慮しています。その他にも様々な要素は含みますが」

「……そうか、ありがとう」

続いた俺の質問に、アリューシアはまず体力面の理由をあげ、それ以降はやや言葉を濁すにとどまった。まあ考えてみれば当然で、ヴェスパーやフラーウが同席している中で告げる内容でもないだろうからね。これは俺の質問がちょっと不躾ではあった。

ただその言葉の真意を探れば、幾つかここでは声に出せない理由というものが見えてくる。

前提として、レベリオの騎士は皆優秀だ。そもそもが大変に厳しい入団試験に合格した者だけが騎士となれるのだから、純粋な戦闘力は担保されていると見て問題はない。

しかし優秀な者が数多く集まれば、その中で更に優劣が付く。これはどんな集団でも同じだ。全員が全員同じレベル、しかも高い位置に留まるというのは人間である以上絶対にあり得ない。

その観点から見れば、ヴェスパーとフラーウは優秀ではあるものの、騎士として最上位の実力を持っているかと問われればその答えは否である。あくまで俺個人から見た評価ではあるけれど。

当然だが、彼ら二人が弱いわけでは決してない。単純に二人より強い騎士もまた多く居るというだけである。

今回の任務の重要性を鑑みれば、騎士の中でも最上位、もしくはそれに近しい実力を持つ精鋭を抜擢するのが普通だろう。ヘンブリッツ君を連れてくることは出来ないから仕方ないにしても、その次くらいに強い人が普通は候補に挙がるはず。

だが実際に選ばれたのは、若手であるヴェスパーとフラーウの二人。実力では彼ら二人を凌ぐ騎士が多数居るにもかかわらず、だ。

「……」

「何かございましたでしょうか？」

「ああいや、なんでもないよ」

思案に沈みながらヴェスパーに視線を向けると、間髪を容《い》れずに何かご用命かと問われてしまった。別に用事はないんだ、ごめんね。

ヴェスパー。彼は非常に整った顔立ちをしている。それはフラーウも同様で、美男美女の組み合わせと言ってもなんら過言ではない。

つまりは、そういうところも今回の選定基準に含まれている、と言ったところかな。

まあ、理由としては分かる。長旅になるので体力面も考慮したというアリューシアの言も嘘ではないだろうし、更に言えば今回のポーズをしっかり全うしようとしている、ということだ。

表向きは辺境伯からの国難回避に対するお礼の招待。そして主賓はアリューシアと俺。付き人として出るなら、見目が優れているに越したことはない。

加えて相応の礼儀作法も求められる。そう考えれば、この二人は確か良いところの出だったような気がするな。レベリオの騎士には貴族出身の者も決して少なくない。実力主義だから、平民出身の者も数多く居るが。

というか、礼儀作法という点で言えば一番怪しいのは俺である。不安しかない。

「しかし、こうして若い騎士に囲まれると俺の存在は浮いちゃいそうだね。ははは……」

場を和ませようと放った言葉ではあるが、言っていて自分で虚しくなってきた。

うら若き騎士団長とその脇を固める容姿端麗な騎士二人。そこにおっさんが加わるというのはどうにも場違い感が凄い。今からでも代役を立てられないだろうかと考えてしまうくらいには、なんだか気が滅入ってしまった。

「とんでもないことです。落ち着いた雰囲気と老練な気配。先生はただそこに立つだけで、達人の剣士と呼ぶに相応《ふさわ》しい立ち居振る舞いをしておられます」

「そ、そう……」

めちゃくちゃ良い笑顔でアリューシアに諭されてしまった。二人きりの時に言われたなら百歩譲って面映い、で済んだかもしれないが、ヴェスパーとフラーウが居る時に言われるのは責め苦か何かか？　勘弁してほしい。

「二人もそう思いますね？」

「はっ。団長の仰る通りかと」

「ヴェスパーに同じです。素晴らしい剣士でありましょう」

アリューシアがすかさず二人に同意を求める。その声色と表情はいつも通りだが、心なしか眼光が鋭いように感じられた。

「あ、ありがとうね……」

やめて。やめて本当に。なんだこれ。新手の苛《いじ》めか？

これもしかしてフルームヴェルク領に着くまでずっとこんな感じなの？　マジでご遠慮願いたいんだけどなそれは。

二　片田舎のおっさん、貴族に会う

「おはようございます、先生」

「ああ、おはよう」

首都バルトレーンを発ってから幾日か経《た》った後。途中に立ち寄った村や町で宿を取りながら日程を消化し、毎日違う場所で寝ることにも慣れてきた頃合い。

普段とまったく違う景色で夜を過ごした翌朝、この地を治める貴族が持つ別館内。その一階で待ち合わせたアリューシアと朝の挨拶を交わす。

道中に関しては、まったくもって平和と言っていい旅であった。

幸い天候にも恵まれ、スケジュールに遅延が起きることもなくここまでやってきている。今は王国のどの辺りに居るのかという地理に関して俺はいまいち分からないままだったが、その辺りは騎士や守備隊が都度、地図と睨《にら》めっこしながら確認していたので大丈夫だと思いたい。

「順調にいけば、今日中にはフルームヴェルク領に入れるかと」

「それはよかった」

アリューシアから齎《もたら》された情報に、素直に安堵の言葉を返した。

別に道中に不満があるとか、そういうわけじゃない。わけじゃないが、旅が順調に進んでいて目的地が近いというだけで、それはとても喜ばしいことである。強いて言えば、アリューシアに加えてヴェスパーとフラーウに囲まれた馬車の中は空間的にはともかく、精神的にはやや狭かったくらいか。

あの二人は俺にべったりというわけでもなく、宿場町に寄った時なども適切な距離感は保ってくれていたと思う。けれどまあ、馬車の中だとどうしても物理的な距離は近くなってしまう。

そりゃ勿論《もちろん》、嫌われるよりも好かれる方がありがたいのは確かだが、至近距離で好意的な視線を長時間受け止め続けるのもしんどいものがあるなという、新たな知見を得てしまった。別に知りたくなかったけれども。

「アリューシアはしっかり休めているかい?」

「はい、問題ありません。お気遣い頂きありがとうございます」

「そうか。無理はしないようにね。とは言っても、俺が代わることは出来ないけど……」

「いえ、お心遣いだけで十分です」

会話を交わしながら彼女の顔色も確認してみるが、本人の申告通りそこまで疲労しているということもなさそうだった。少なくとも、夜の休息は十分に取れているらしい。

ただ引っ付いてきた俺と違って、アリューシアには色々と仕事がある。この部隊の全体指揮もそうだし、町や村に着いた後も現地の権力者やら領地を管轄している貴族とのやり取りだとか、今回の密命に関わる話し合いなんかもそうだ。目的地に着いたらすぐに休めるわけでは断じてない。自然と一日の中で気を張る時間も増えているし、馬車の中であってもヴェスパーとフラーウという部下がいる以上、だらけたりは出来ないだろう。少なくとも彼女はそのような姿勢を良しとしないからな。

結果として、彼女が人目を気にせずに休めるタイミングというのは極限られてくる。それが一日二日だけならともかく、今回の旅程ではほぼ毎日がそんな感じで進む。

毎日違う偉い人、しかも知らん人と顔を突き合わせながら今後の根回しや確認をしていく作業。とてもじゃないが俺には耐えられない。レベリオ騎士団長という肩書には、相応の責任と重圧があるのだなと改めて感じ入るばかりであった。

一方の俺はと言えば、そりゃ挨拶回りなんかは多少したけれども、アリューシアと比べると拘束時間は大分短い。気楽とまでは言わないが、彼女の重責に比べれば随分と軽いものだ。

それよりも俺としては、宿ではなく貴族やら現地のお偉いさんの館に泊まることの方がしんどいけどね。てっきり普通に宿を取るものだと思っていたら、どうやらそうでもないらしく。持て成されているのは分かるんだけど、それをありがたがることが出来ない肝っ玉の小ささがちょっと悲しい。

「それに、本番はこれからですから」

「ああ、確かにそうかもね……」

続いた言葉に、俺は苦笑しながら頷いた。

今まで移動中に立ち寄った町や村はあくまで旅程の都合上立ち寄っただけであって、言ってしまえば一晩だけのお付き合いである。ちょっとしたご挨拶や食事なんかは勿論あったが、貴族の夜会のような豪勢なパーティーに参加したわけではない。

フルームヴェルク領に入れば本番の夜会が待っている。既に結構気が滅入りつつある俺と違い、彼女の事もなげな言葉にはやはり頼もしさと場数の違いを感じるね。

「おはようございます皆様。よければこちらをどうぞ」

「あ、はい。ありがとうございます」

「頂戴します」

そうやってアリューシアと会話を重ねていると、この屋敷の侍女と思わしき壮齢の女性が飲み物を持ってきてくれた。

出されたのは乳白色の液体。つまりはミルクである。

「……おお、美味《おい》しいねこれ」

「あら、美味しい」

「お気に召して頂き、感謝致します」

俺と同じくミルクに口を付けたアリューシアが、短くその感想を漏らす。バルトレーンで飲むものも美味しいが、産地直送の新鮮な乳というのは実に舌触りがよろしい。

どうやらこの周辺は畜産、特に酪農が盛んらしく、牛乳や乳製品は日頃から食事として提供されるだけでなく、国内外問わず特産品として積極的に輸出されているらしい。

このような、地方地域で育まれた恵みが首都バルトレーンに集約されていると考えると、バルトレーンの豊富な物資状況にも納得がいくというもの。

ちなみに、チーズなどの乳製品はともかくとして、乳そのものは足が早い。それでもバルトレーンその他への輸出が成り立っているのは偏《ひとえ》に魔術師の存在が大きいそうだ。

ルーシーが俺に戦いを吹っ掛けた時も、氷を生み出して攻撃に転用していた。同じ理屈で、魔法で生み出した氷を使った氷室の生成と維持も重要な仕事の一つらしい。

まあでも流石《さすが》に長距離を輸送すると品質の劣化は免れないから、こういう地産のミルクの方が美味しいんだけどね。これを口に出来ただけでも、今回の長旅に幾ばくかの満足感を得られるくらいには。

それらの生産拠点や交易路が外敵に脅かされないために、騎士団や王国守備隊、魔法師団、そして冒険者なども忙しなく各地を飛び回っている。

各々領分としている範囲は少しずつ異なるが、それでも国家と人民の安全を確保するという意味では向かっている方向は同じだ。それには勿論、直接民を守るだけに留まらず、このような交通の保安も含まれる。本当に頭が下がる思いである。

「騎士団長殿、こちら準備が整いました」

「ありがとうございます」

そうやって朝のひと時を過ごしていると、忙しい時間はすぐにやってきた。

声を掛けてきたのは守備隊長であるゼド、ではなく、騎士とも守備隊とも違う装備を身に纏《まと》った青年であった。一言で言えば、貴族の私兵だ。

俺は知らなかったんだけど、たとえ同じ王国内の人間であったとしても、纏まった集団が素通りするのは治安的にも外聞的にもあまりよろしくないらしい。問題を起こされるのも困るし、その集団が逆に襲われでもしたらもっと困る。領内の治安はどうなっているんだと難癖を付けられかねないからだ。それはレベリオ騎士団が相手であっても変わらない。

特に今回は辺境伯の招待に応じて、普段はバルトレーンに居るレベリオ騎士団の騎士団長が出張ってきている。騎士団が自発的に問題を起こす可能性は低いが、問題を起こされる側に回る可能性はゼロではない。

なのでその地を治めている領主らは、王族への忠誠と自身の抱える武力を示すため、また領内で問題が起こらないよう護衛するために、領内を動く間は自前の兵を持ち出す。

まあ、貴族の面子《メンツ》やら沽券《こけん》やら意地やら政治やらが絡んでくるわけだな。だからこうして騎士や守備隊ではない人間が道中ご一緒することとなる。

俺は移動中基本的に馬車の中に居るから彼らと話す機会はほとんどないんだけど、これ守備隊の人とか大変だろうなあと思う。性格も練度も不明な集団と足並みを揃えるというのは存外難しい。無論、それらが問題視されるような出来事に遭遇しないのが一番いいんだけどね。

そして恐らく、そのような問題に俺たちが遭遇しないために、スレナのような冒険者が今回の遠征に先だって、ルート付近の山賊の掃討だとか魔物の掃討、巡回なんかをやっているはずである。

以前ミュイを連れてシャルキュトリで会った時も、スフェンドヤードバニア使節団の来訪が近いから忙しいと言っていたしな。色々な人の力を借りた上に、今回の遠征が成り立っているということだ。

「では先生、参りましょうか」

「そうだね」

さて、移動の準備が整ったということは俺たちものんびりはしていられない。護衛の方々を待たせてしまうのは本意ではないし、そんなことで余計な悪印象を抱かれても困る。

片田舎でのんびり剣を振っていた時と違い、俺の一挙手一投足が多少なり周りから見られるようになった。それは好意的な視線は勿論、猜疑的な視線も含む。今回の場合は行先も出会う人々も重要なので、一層厳しい視線に晒されているはずだ。

俺なりに身の振舞い方は気を付けているつもりだけれども、そんな嗜《たしな》みなんてほとんどしてこなかった俺にとっては中々にいばらの道である。まあでも、その辺りに精通しているであろうアリューシアから何も突っ込まれていないので、今のところは大丈夫だと信じたいところ。

いやでも、彼女は俺に対して妙に甘いところがあるからな……。それも過信するのは良くないかもしれない。うーん、悩ましい。

「ハンベックさん。全隊揃っておりますか」

「ええ、問題ありませんよ。いつでも出られます」

いつもの馬車に乗り込む前に、守備隊長であるゼドと最終確認。流石に抜かりはないらしく、既に全員が出立出来る様子であった。

見てて思うんだけど、ゼドは勿論のこと、今回の旅程に同行する守備隊の面々はどうにもこういう遠征や行軍に慣れている気がする。長距離の護衛任務に部下を引き連れ、隊の士気も十分に保ちながら指揮することは、少なくとも俺には出来ない。

恐らく守備隊の中でも、指折りの精鋭が選ばれているのだろうなと感じる。そしてこれはまったくの推論だが、以前グラディオ陛下が仰《おっしゃ》っていたサラキア王女殿下のロイヤルガード。その候補が彼らではないかとも思うのだ。

つまり、今回の夜会への遠征は守備隊の予行演習も兼ねているということだな。グレン王子の下へ嫁ぐことになれば、今度はサラキア王女を連れて同じ道のりを往かねばならない。そうなると当然、そのルートを経験したことがある者の方がスムーズである。

まあそれをいちいち聞いたりはしないけどね。多分そうなんだろうなあ、と考える程度だ。聞いても詮無いことだし、俺の行動に何か変化が生まれるわけでもない。要《い》らんことに無闇に首を突っ込むと己の寿命を縮める羽目になるからな。分相応が大事である。

「団長、ベリルさん。お待たせしました」

アリューシアがゼドとの確認を終えた直後、ヴェスパーとフラーウが装備を整えてやってきた。

彼ら二人も、貴族や権力者との会合にはアリューシアの従士のような形で帯同している。疲労感を覚えてもなんらおかしくない頃合いだが、流石に慣れているのか少なくとも表情には出ていない。

「いえ、問題ありません。では行きますよ」

「はっ」

アリューシアの声掛けで隊が動き出す。

さて、今日中にフルームヴェルク領に入ることが出来れば今回の往路はそれで大方終わりなのだが、着いたら着いたで馬車の中の空気より苦手な夜会が待っている。呼ばれた以上仕方がないこととはいえ、やっぱり気乗りがするもんじゃないね。

◇

「失礼、騎士団長殿。間もなくフルームヴェルク領に到着致します」

「ありがとうございます」

守備隊と貴族の私兵に囲まれた馬車の中で、絶妙に気まずい空気にもいい加減慣れてきたところ。

コンコンと馬車の扉がノックされ顔を出してみると、馬車と並行して歩いているゼドから連絡が入った。

「ようやく目的地だね」

「ええ、順調に来ています」

先ほどの街を出立したのが早朝で、今は太陽が西に傾き、地に伸びる自身の分身が縦長になる頃合いだ。

どうやらアリューシアが朝方言っていた、順調にいけば今日中にフルームヴェルク領に入れるというのは情報通りだったようで、往路に関してはほぼ理想的な進行と言っていいだろう。

窓から外に視線を投げてみても、街道は歩きやすく整備されており見通しも良い。道も流石に石畳とまでは言えないもののしっかりと踏み固められていて、人の往来が多くある証左でもあった。つまりフルームヴェルク領はそれなり以上に栄えている可能性が高い、ということだな。

別に観光目的で来たわけじゃないけれども、折角の遠出なのだから寂《さび》れているよりは賑やかな方がいくらかありがたい。そんな暇があるかは分からないが、もし出来ることであればご当地の酒場にでも寄ってみたいものだ。

俺はフルームヴェルク領に来たことがない、というかビデン村から碌《ろく》に出たことがなかったので、今回の往路はそれなりに新鮮でもあった。そして長旅の半分をようやく終えられそうになった段で改めて気付かされるのは、やはりレベリス王国は豊かな国である、ということだ。

立ち寄った町々も繁栄具合に差はあれど、明らかに困窮しているような場所は少なくとも俺には見当たらなかった。まあこれは日程を組んだ騎士団なり王室なりが、そういう場所をあえて避けたという見方も出来るので、それだけで全てを決めつけるわけにはいかない。

しかしそれでも、他所《よそ》の土地から数十人規模で雪崩《なだ》れ込んできた集団を賄うだけの財や食があるということには違いない。

例えばビデン村で言えば、いきなり数十人が飯と宿を提供してくれと言って駆け込んできたらちょっと厳しい。そんな余裕はないし、仮にあったとしてもそれは村民のための備蓄である。これは単純にビデン村の規模が小さすぎるせいでもあるが。

まあそこのような片田舎を除いて、他所からの突然の流入や集団の対応にある程度備蓄を回せる規模の町が多いのは、それは即ち国全体の繁栄度を如実に表している。

更にレベリス王国では最低限の交通網も整っているから、大規模な自然災害でも起きない限り、物資の流通が止まることがない。つくづく良い国に生まれたなと感じ入るばかりであった。

「全隊、止まれ！」

フルームヴェルク領を目前にして色々と考えていたところで、守備隊長であるゼドの鋭い声が響く。

彼の声に合わせて馬車の動きも止まると、再びゼドが馬車の扉をノックして顔を覗かせた。

「騎士団長殿、フルームヴェルク領に到着致しました。前方に迎えの兵が来ております」

「分かりました。ありがとうございます」

報告によると、いよいよ辺境伯の領に到着したらしい。馬車の中から首を出して覗いてみると、どうやら川を領土の境として簡素な関所が設けられている様子であった。

そして関所の周辺には十人ほどの兵士の姿が見える。今俺たちに帯同している貴族の私兵とはまた違った装備だから、恐らく彼らが辺境伯の私兵なのだろう。

そうこうしているうちにゼドと数名の守備隊の者、それと今まで俺たちに帯同していた兵士の一人が関所の方へ向かっていく。多分報告だとか、あと貴族の兵士間での引継ぎとかがあるんだろうな。

当たり前だが貴族が抱える兵士たちというのは、勝手に自分の領土から外には出られない。いや物理的には勿論出られるんだろうけど、それをやってしまうと色々と問題になるからな。なのでこういう護衛任務の場合、隣の領土に到着したらそこで報告と護衛対象の引継ぎをやるんだそうだ。

なんとも言えないしがらみがあるもんだなあと俺は呑気に構えているけれども、実際彼らからしたら真剣にならざるを得ない。自分の対応一つで隣の貴族と喧嘩になるなんて互いに避けたいはずだからね。

「ヴェスパー、フラーウ。外に出ますよ。先生もお願いします」

「はっ」

「ああ、分かった」

このやり取りはバルトレーンを出てから何度も繰り返しているから俺もいい加減慣れた。要するに周囲を護衛する兵士の所属が代わるから、顔合わせと簡単な挨拶だけしておくというものだ。

まあ顔も名前も知らん人を守るのは、有事が起こった際を考えるとちょっと難しい。なので最低限の面識を作っておくわけだな。ビデン村を出てバルトレーンに来てからもそうだけど、今回の旅程は初めて尽くしである。

「お初にお目にかかります。フルームヴェルク辺境伯領私兵軍兵士長、サハト・ランバレンと申します。あなた方を屋敷までお守りするよう、主人より仰せつかっております」

「レベリオ騎士団団長、アリューシア・シトラスです。道中よろしくお願いしますね」

「はっ、お任せください」

向こうを代表して兵士長と名乗ったサハトという男性と、こちらを代表してアリューシアが挨拶を交わす。

年の頃は三十くらいかな。切れ長の目に綺麗《きれい》な黒髪をオールバックにして後ろで結っている。よく言えば実に剣士的、悪く言えば愛想がないというのが彼に抱いた第一印象であった。

兵士長というだけあって、剣もそこそこ扱えそうだ。フルームヴェルク領に到達するまで様々な領主の私兵を見てきたが、俺の所感では彼と彼の部隊の練度が一番高いように見える。無論、アリューシアやヘンブリッツ君などの練達と比べるには流石に相手が悪いが。

「……失礼。お連れの方は騎士のようには見えませんが、そちらのお方が例の？」

とか思っていたら、そのサハトから早速猜疑的《さいぎてき》な視線を投げかけられた。

なんだかこの感覚も久しぶりだなあ。初対面のヘンブリッツ君や冒険者ギルドのメイゲンを思い出す。ちょっと懐かしい。間違っても繰り返し味わいたいものでもないけどさ。

「騎士団の特別指南役を務めるベリル・ガーデナント氏です。何か問題が？」

「……いえ、なんでもありません。では早速参りましょう」

「結構。よろしくお願いします」

そして俺が自己紹介をしようかと思った矢先、アリューシアが幾分か棘《とげ》のある口調で機先を制していた。

別に俺は何とも思っていない、というか、未《いま》だにそういう目で見られない俺の立ち居振る舞いが悪いことくらいはいい加減気付いている。

この辺りも改善しなきゃいかんなあと思ってはいるものの、威厳のある見た目ってどうすれば培われるんだろうな。髭《ひげ》はもう生やしてるし。服装かな。まあ平民丸出しだもんな俺の普段着って。でも動きやすい服装が剣士的には正義なので、何とか勘弁して頂きたい。

「教育がなっていませんね」

「て、手厳しい評価だね……」

挨拶を済ませて馬車に戻り、ヴェスパーとフラーウも含めて座った途端の第一声がこれである。

いやまあ、仮に彼と実際戦うことになったとしても十中八九勝てるとは思う。勝てはするが、潜在的な強さと見た目の印象というものはまったくの別問題だからな。

「視線に感情を乗せるべきではありませんから。まだまだ鍛錬不足かと」

「それは御尤《ごもつと》もだとは思うけど……」

まあ、あそこまで露骨な視線を貰えば、多少なり目聡い人なら誰でも気付く。

サハトはサハトでそれを直接口にするのは流石に堪えた様子であったが、見る人が見れば「誰だこのおっさんは」と言外に言っているのと変わらない。その意味では確かに、脇が甘いと言われても言い逃れは難しいだろう。

俺個人が侮られるのは別にどうでもいいんだけど、こういう対外的なお仕事が舞い込んできた場合、ともすればレベリオ騎士団自体の品位が疑われかねない。

いよいよ改めて、見た目の印象も気にしていった方がいいのかもしれん。そもそも論で言えば、それよりも俺を表舞台に立たせるなという注文を先に付けたいが、どうにもそれは言っても無駄っぽいので諦めるしかなさそうなのが辛いところである。その注文が通るのであれば、俺は特別指南役になどなっていなかっただろうし。

「……しかし、中々に賑わっているね」

フルームヴェルク領に入ってしばらく。恐らく屋敷に案内するということで中心部に向かっているのだと思うが、進むにつれて町の喧騒がこちらの耳にも届くようになってきた。

建物の密集度や高さというものはそこまでもない。単純な繁栄度で言えばバルトレーンの方が遥かに上だろう。しかしながら行き交う人の数は多く、そして皆精力的に見える。何と言うか、下町のごった返した感じをそのまま大規模にしたような印象を持つ。

「フルームヴェルク領は国防の要ですから。人も物資も自然と集まります」

「なるほどねえ」

確かに表立って戦争こそ起こっていないものの、他国と隣接しているということは常に一定の緊張状態を強いられるということ。更にレベリス王国とスフェンドヤードバニアの間では先般の王族暗殺未遂事件もあって、互いに予断を許さない状況なのだろう。

その意味で言えば、今回レベリオ騎士団が辺境伯に招かれたのも、隣国に対するけん制の意味合いも含むのかもしれない。まあその辺りの政治的なやり取りは俺にはさっぱり分からんから、完全に当てずっぽうの考えでしかないけれど。

そんなことを考えながら、馬車の窓から見える景色をのんびりと楽しむ。もう日も沈み暗くはなっているが、そこかしこに明かりが灯り、人々の喧騒も聞こえてくる。

つまりはバルトレーンと同じく、夜の娯楽もそれなりに用意されている町ということだな。これは是非とも、なんとか時間を見つけてご当地の酒場にでも繰り出してみたいところだ。ビデン村などの田舎だと日没は就寝の準備を意味するからね。

「おっ、あれかな」

そうこうしているうちに、車窓からひと際大きな建物が目に入る。あれが恐らく辺境伯の屋敷なのだろう。王宮とは流石に比ぶべくもなく、騎士団庁舎や魔術師学院ほどの規模を誇っているわけでもないが、それでも十分な大きさと堅牢さが一目で見て取れた。

「失礼。馬車はここまでとのことで、後は歩いて頂きたいとサハト殿が」

「分かりました。従いましょう」

馬車が屋敷の正門前に着いたところで、長く続いた往路の旅は一先ず終焉を迎えた。まあ後は歩きでと言われても、正門から屋敷の玄関までそう離れているわけでもないっぽいからね。問題はないし常識的な範囲での話だろう。

「屋敷へは私が。他の方々には宿を別に取っておりますので。お前たち、護衛の方々を宿までご案内して差し上げろ」

「はっ！」

そしてここでゼドたち守備隊の面々とは一旦お別れとなる様子。まあ、お貴族様の屋敷に数十人で押しかけるわけにもいかんしな。

辺境伯の兵士の方も、俺たちの先導は兵士長であるサハトが引き継ぎ、他の面々は守備隊を宿まで案内する方向で別れるようだ。そういうわけでこの場に残ったのは俺とアリューシア、ヴェスパーにフラーウ。そしてサハトの五人となった。

サハトの先導で屋敷へと足を踏み入れる。その間に通った中庭もよく手入れされていて、夜で視界は利かないけれども、恐らく昼間は綺麗な花が咲いている景色が広がっているのだろうなあと、呑気なことを考えながら歩くことしばし。

「レベリオ騎士団の方々をお連れ致しました」

「入れ」

重厚な扉を前に、サハトがノックとともに用件を告げる。

返ってきた声は、予想に反して意外と若そうな声色であった。国境を任される貴族なのだから、老獪《ろうかい》なおじさん辺りが出てくるのかなと思っていた俺にとってはちょっと意外である。

「失礼します」

サハト、アリューシア、俺、ヴェスパー、フラーウの順番で扉を潜る。

部屋の中は予想よりも広々としていたが、壁と机から放たれるランプの明かりが視野を十分に確保していた。明かりを惜しげもなく使えるというのは、ただそれだけで財を持っている証拠になる。フルームヴェルク領はやはり、それなり以上に栄えた土地であるらしい。

そして机の向こう。この屋敷の主でありフルームヴェルク領を治める領主でもある人物が、我々の到着を歓迎するかのように立ち上がり、微笑を湛《たた》えていた。

「遠路遥々よく来てくれた。私がフルームヴェルク領領主、ウォーレン・フルームヴェルクである」

「此度は招待頂き誠に感謝申し上げます。レベリオ騎士団団長を務めております、アリューシア・シトラスと申します」

貴族の領主と騎士団長。互いが礼を逸しないよう挨拶を交わす。

この場面だけを切り取るのならば、正に王国の上位陣による会合だ。グラディオ陛下に招かれた晩餐会《ばんさんかい》ほどではないにせよ、そこに同席する以上は緊張しない方がおかしい。

しかし、俺の胸に去来したのはそんな緊張ではなく。アリューシア分かってて黙ってやがったなこの野郎、というなんとも珍妙な感情であった。

俺は確かにフルームヴェルクという名前に聞き覚えはない。ないが、ウォーレンという名前は十分に記憶している。そりゃ思い出せないわけだよ。こいつフルームヴェルクなんて一言も名乗ってなかったからな。

「サハト、ご苦労だった。お前は下がれ」

「……ですが」

「サハト。お前はレベリオ騎士団に信を置けないと言うのか?」

「……はっ」

辺境伯が兵士長の退室を命じるが、サハトは一言だけ食い下がった。しかし辺境伯が圧を掛けると流石にそれ以上は厳しいと判断したのか、素直に部屋から出ていく。

彼の気持ちは分からないでもない。相手が如何《いか》にレベリオ騎士団とはいえ、初見の人間を相手に自身が忠誠を誓う主人の守りに就けないのは気を揉むことだろう。まあ今回に限って言えば、その心配はまったくの無用になったわけだが。

これでサハトとウォーレン辺境伯が入れ替わり、この部屋の中には変わらず五人が留まる形となった。

「騎士団長殿、お連れの二人は」

「大丈夫ですよ」

辺境伯がヴェスパーとフラーウについて言及するが、それをアリューシアは一言で躱《かわ》す。ここで言う大丈夫というのは、二人の口は堅いから安心してくれという意味である。

「……じゃあ大丈夫か。久しぶりアリューシア。そして先生も、ご無沙汰しています」

「お久しぶりです辺境伯。……で、いいのかな？」

「ははは。外の目がない時は普段通りで結構ですよ、先生」

「そうかい？　それじゃ遠慮なく。久しぶりだねウォーレン」

言いながら彼は、先ほどまでの支配者然とした態度をすっかり納め、年齢相応の青年へとその姿を変貌させた。

ウォーレン・フルームヴェルク。

俺の道場に居た元弟子のうちの一人であり、またアリューシアの同期でもある男だ。

彼はアリューシアと同じ時期に、俺の道場の門下生として剣の腕を磨いていた。

彼女と違って、型稽古に苦戦していたことをよく覚えている。地頭の回転は速いが、身体《からだ》を思い通りに動かすのは少々苦手であったらしく、技の習得速度はやはりアリューシアの方が一段も二段も早かったな。

「まずは紹介致します辺境伯閣下。こちらはヴェスパーとフラーウ。騎士ですが、今回の役目としては私やベリル氏の付き人のようなものです」

「なるほど。確かにアリューシアと先生だけで来るわけにもいかないだろうからね」

ヴェスパーとフラーウはウォーレンとは初対面のようで、二人はアリューシアの紹介を受けて頭を下げるのみにとどまった。これは多分、何かを聞かれない限り余計なことは喋らないし、ここであったことも何も喋りませんよ、という意思表示だろう。

その点はウォーレンも察したらしく、普通は辺境伯を相手に無言を貫くなど無礼と取られても無理のない瞬間ではあったが、彼は何事もなかったかのように話を続けていた。

「とりあえず、座って話しましょうか」

「そうさせてもらおうかな」

ウォーレンの一声で、部屋の中にある応接用のソファに腰を掛ける。うおー、ふっかふか。

「改めて、遠路遥々お疲れ様でした。バルトレーンからは遠かったでしょう」

「確かに距離はあったけど、旅路そのものは快適だったよ。皆のお陰でね」

改めて労いの言葉を受け、それに返す。言った通り長くはあったけど別に不快な旅ではなかったからね。入念な準備と計画があれば、こういう長旅もさほど苦ではないと学べたのは良いことだ。

まあ俺は騎士団の計画におんぶに抱っこで来ただけだけど。

「あと、アリューシアも畏《かしこ》まらなくてもいいよ。今は外の目がないから」

「そうですか？　ではお言葉に甘えて」

そしてかなり硬い口調でヴェスパーとフラーウを紹介したアリューシアに対し、ウォーレンが態度を砕くように口添えた。それを受けて彼女は一気に肩の力を抜いた様子。

なんだかアリューシアが堅苦しく話していたのに、一足先に砕けていた俺の恰好が付かない気がする。いやでも、ウォーレンから外の目がない時は普段通りで良いって言われたし、なんとか俺の面目は保たれていると思いたい。

「ウォーレン。サハトと名乗った者ですが、教育が行き届いてないのではないですか」

そして彼女は席に着いた瞬間、開口一番苦言を呈していた。

この子、サハトが俺に対して取った態度についてまだ根に持っている。あれはそう見られた俺が悪いはずなんだが、どうやら彼女の中ではそうではないらしい。

「サハトが何か失礼を？」

「先生を侮っていました」

「そうか……」

いや、ウォーレンもそんな神妙な顔つきにならないでほしい。俺の恰好なんてどこからどう見てもただの平民なんだから、彼の持った疑問自体は真っ当だと思うよ。

ただまあ、あの場でそれを態度に出してしまったことへの是非についてはまた別問題だろうけれど。その点で言えば確かに、教育が行き届いていないという彼女の苦言は一理あるのかもしれない。

「後でそれは伝えておくよ。サハトは叩き上げで兵士長まで上り詰めたから、腕の方は信用しているんだけど……」

「辺境伯の傍に置いておくにはまだ不足でしょうね」

アリューシアのサハトに対する評はずっと手厳しい。頼むからそれが私怨の類でないことを祈るばかりである。彼女も公私を混同する性格ではないが、この子俺が関わることについては結構ポンコツになることがたまにあるからな……。

「それで……そろそろウォーレンのことを訊いてもいいかな？」

「ああ、そうでしたね」

席に座り、雑談と言うには少しばかり過激な論調が飛び出た後。俺はウォーレンについて改めて聞く姿勢に入った。

ウォーレン。彼はアリューシアの同期としてうちの道場で切磋琢磨していた弟子の一人である。アリューシアよりは長かったから五年か六年くらいは居た。勿論彼もうちの剣技を一通り修めており、餞別の剣を渡してある。

ただ、彼はうちに来た時から一貫してフルームヴェルクとは名乗らず、ヘレステという姓を名乗っていた。そして俺の道場に弟子として居た期間、そのことについて俺から突っ込むこともなかった。

何故《なぜ》なら、ウォーレンを連れてきた人物もヘレステ姓を名乗っていたからである。

「ジスガルトは元気にしているかい」

「ええ、今は隠居しておりますが元気ですよ。父上も」

「それはよかった」

ジスガルト。ウォーレンの父親であり、また俺の同門でもある。つまり、俺のおやじ殿であるモルデア・ガーデナントに師事していた人物の一人だ。

そんな男が「俺の息子だ。よろしくやってくれ」という言葉とともに置いていったのがウォーレンということになる。

そもそもジスガルトは俺と同門ではあるけれど、その伝手《つて》はおやじ殿から発生していたものだから俺も深くは気にしてなかったんだよな。ジスガルトもウォーレンも、初めてうちに来た時は護衛なんか付けてなかったし、お貴族様らしい服装に身を包んでいたわけでもなかった。

「隠居ってことは……彼も辺境伯だった、ってことだよね」

「そうですね。先代の領主が父上になります」

「そっかあ……」

マジで俺の知らんところで貴族様との縁が発生していた。勿論バルトレーンやビデン村とフルームヴェルク領では物理的な距離があるから、そう関わり合うこともないだろうが、なんとも奇妙な繋《つな》がりである。

この縁は正確に言えば俺ではなく、おやじ殿から紡がれたものではあるにしろ、だ。

「ところで……どうして昔はフルームヴェルクを名乗らなかったんだい？　ジスガルトもそうだけどさ」

「えーっと、それはですね……」

現状の認識のすり合わせが終わったところで、疑問をぶつけてみる。

単純に、フルームヴェルクを名乗らなかったのはちょっと不思議だ。別にウォーレンやジスガルトがそうだとは言わないが、普通は家の権威とかそういうものがあれば、相応にそれを振るっているはずである。

けれど、二人からはそんな素振りは微塵《みじん》も感じられなかった。だからこそ俺も、相手がまさか辺境伯の血筋であるなんて露ほども思っていなかったわけで。

「父上も私も、家を継ぐ予定がなかったんですよ。父上は末っ子でしたし、私も四人兄弟の三番目だったので。ヘレステは父上の代から勤めている使用人の姓を借りました」

「何故わざわざそんなことを？」

「それは混乱を避けるためですよ。辺境伯の血筋を名乗る者がいきなりやってきたら、それはもう大変でしょう」

「ああ、うん。まあね……」

確かに、あんな辺鄙《へんぴ》な村にお貴族様の子息が剣を習いに来たとなればそれは一大事だ。当然ながら大きな騒ぎになっていただろうし、下手《へた》をしたら国際情勢にも関わる。

その点で言えば彼やジスガルトの気遣いは正しい。正しいが、回りまわってこんな大事になるなんて微塵も思わなかったよ。

「……だけど、現実としてジスガルトも君も家督を継いだんだよね」

「まあ、そういうことです。色々と不幸が重なった結果ですよ」

「そうか……」

もう一段突っ込んでみると、彼は観念したかのように苦笑を滲《にじ》ませた。

貴族に限らず、家というものは基本的に長男が継ぐ。そしてその長男にもし何かがあれば、次男、三男と下っていくわけだ。

俺の記憶する限りでは戦争は起こっていないはずだから病没か、あるいは誰かの陰謀が働いたか。あまり深く突っつくものではないので、ここでの言及はしないけれど。

で、親としての視点で言えば。家督を継ぐ可能性が低いとはいえども、愛しの我が子には違いない。どうにかしてやりたい気持ちは一般的に持つはずである。これが娘であれば他家に嫁ぐ選択肢も出てくるが、息子だとその線もやや難しいだろう。

残る選択肢としては、騎士団や王国守備隊などの国家機関に身を置くか、長子を補助する役目を買って出るか、あるいは手に職をつけるか、そのくらいかな。

ジスガルトとウォーレンは、一番目と三番目の案を睨みつつ剣の腕を磨こうとしたところ、家督の椅子が思いもよらぬ形で回ってきた、という感じか。

きっと俺なんかでは、到底想像のつかない苦労があったことだろう。身内を喪《うしな》った喪失感や、その他諸々の心労を考えれば下手な言葉はかけづらい。

「ですから、家名を名乗らなかったんです。どうせ家には長く居られないだろうし、父上もそのために剣を学ばせたと当時は思っていたので」

「事情は分かった。すまない、辛いことを説明させてしまって」

「いえ、大丈夫ですよ。どうかお気になさらず」

流れとして聞いて当然だった内容とはいえ、その中身は気軽に告げられるものでもない。謝罪を述べると、返ってきたのは実に寛容な言葉であった。

「ところで、これからの予定ですが」

「説明しましょう」

ウォーレンへの疑問が一通り解消されたところで、アリューシアが改めてといった感じに題目を繰り出す。

俺たちがバルトレーンからフルームヴェルク領までやってきたのは、何も旧交を温めるためじゃないからな。表向きの本題は夜会への招待であり、そこに付随する密命はサラキア王女殿下の嫁入りに備えた予行演習である。

「夜会は三日後を予定しています。四人にはそれまで、私の別館で過ごして頂ければと」

「分かりました」

やっぱりと言うか何と言うか、俺たちは普通の宿で過ごすのではなくウォーレンが持つ別館で寝泊まりをするようだ。俺としては普通の宿の方が気持ちが休まるんだけどな、貴族に招待される側となるとそうも言っていられない。

別にだらだら過ごすつもりまではないんだけど、人様の家で、しかも視線がある中で過ごすというのは結構緊張する。注目を浴びる立場というのは実に大変だ。アリューシアやヘンブリッツ君の凄《すご》さが改めて分かる。

「ちなみに先生は、今回の夜会における状況はご理解されておりますか？」

「状況……？」

状況とは。思わぬところから突きつけられた質問に、思わず考えが止まる。

ふむ。どうなんだろう。状況と言われてもなあというのが正直なところだ。貴族から夜会に招待されてそれに出席する、以外の状況があるんだろうか。

「いや、特には……何か特殊な状況なのかい？」

なので、俺からは申し訳ないが質問に対して質問を返すことしか出来ず。

俺の返答を受けたウォーレンは、その表情に先ほどよりも幾分か濃い苦笑を浮かべて言葉を続けた。

「……恐らく先生は、今回の夜会で多数の貴族や地元の有力者……特に沢山の女性から声を掛けられる可能性が高いです。というか、ほぼ確実にそうなります」

「えっ、なんで？」

なんだそれ。なんでそんなことになるんだ。俺にはさっぱり彼の話す論理が分からない。

「先生は自覚を持たれていないかと思いますが、貴方《あなた》は今や一部の人々の間で大変な有名人です。王室からの覚えもめでたい。レベリオ騎士団の名とともに、知る人ぞ知る実力者として誰もが縁を持ちたいと考えていますよ」

「えぇ……？」

続く彼の言葉に、俺は困惑を隠せなかった。

何故いきなりそんなことになっているんだ。少なくともバルトレーンに居る間はそんな話は一切聞いてこなかった。街を歩いていても誰にも声を掛けられないし、特段見られているという意識もない。

それがましてや、バルトレーンから遠く離れたフルームヴェルク領でそうなってしまう状況は、どうしても想像出来なかった。

「それなら私が傍に居て対応すればいい話です」

俺の困惑を流石に感じ取ったか、アリューシアが援護射撃を飛ばしてくれる。

確かに、アリューシアが傍に居てくれたら心強い。俺にはお偉いさんとの対応なんてどうすればいいかさっぱり分からないからね。

今回の旅の中でちょこちょこ挨拶するだけでも大変だったのに、貴族が主催する煌《きら》びやかなパーティーでお偉い様方のお話に付き合わなきゃいけないのはかなりしんどい。

「……それはあまりよくないんじゃないかな」

「何故です。騎士団長と特別指南役の組み合わせですよ。不釣り合いとは思えませんが」

「アリューシア。君が麗しい女性であることは事実だけど、今回の夜会は淑女として出る場じゃないだろう？」

しかし彼女の言葉に、ウォーレンが突っ込みを入れていく。

俺にはここら辺の貴族の嗜みというか、暗黙の了解というか。そういうものがどう働いているのかが分からない。二人の主張のどっちが正しいのかも分からん。なので、このやり取りを眺めるしかないわけだね。悲しい。

そして俺たちの会話が始まってからというもの、ヴェスパーとフラーウは見事に沈黙を貫いている。一言も喋っていないどころか相槌すらない。

これはこれで凄《すさ》まじいことだ。俺なら居た堪れなくなって気まずいことこの上ない。そういう意味でもよく訓練されているよこの二人。

「バルトレーンでどうかまでは知らないけど、先般の事件からレベリオ騎士団と先生への評価と関心は近隣でかなり高まっている。きっと夜会に参加する誰もが話をしたいと切り出してくると思う」

「それ自体は光栄なことだとは思うけど……なんだかむず痒《がゆ》いね」

本音としては嫌だが、素直に嫌だとは流石に言えない。なのでむず痒いという曖昧《あいまい》な表現でふんわりと表現するしかなかった。

先般の事件というとあれだ、ほぼ間違いなく王族暗殺未遂事件のことだろう。

ここフルームヴェルク領はスフェンドヤードバニアと国境を接している。今は表立って戦争をしていないにしても、常に仮想敵国として警戒はしていたはずだ。その相手と起こった事件であれば、耳に入っていてもなんらおかしくはない。

そして結果だけ見れば、レベリオ騎士団は極めて重大な外交問題に発展しかねない事件を、ギリギリの瀬戸際で防いだ英雄である。だからこそ今回の夜会に招待されたわけだ。一般論として、そんな有力者が地元に来るのなら、なんとかして縁を繋いでおきたいという気持ち自体は理解出来た。

でもなあ。嫌だなあ。面倒臭いしどう振舞っていいかが分からない。この辺り俺はやっぱり、本質的には立派な小市民であった。

「それこそ私が傍に居て相手をすればよいことです」

「出来ないよ。ほぼ確実にね。君には主賓としての役目に加えて騎士団長としての身分がある。夜会中、色々と能動的に動かなきゃいけない。それらを全部無視して先生の傍に居続けるのは不可能じゃない？」

「……それならヴェスパーとフラーウを付ければ済むことでは」

「彼ら二人の存在も大事だよ。でも、立場上この二人では防げない相手も数多く居る。騎士とはいえ、彼らの役目は従者だろう。さっき言ったように、先生と縁を結びたいと考える貴族の、特に女性がやってきた場合、この二人ではそれを跳ね除けられない。言い方は失礼だけど」

「……」

アリューシアが負けじと反論を重ねるが、全てはウォーレンの返しの一手で封じられていた。

うーん、これはどうなんだ。俺は招待を受けてここにきてしまった以上、今更夜会に出席しないという選択肢は取れない。それをすると各方面の面子に泥を塗ってしまうことくらいは流石に分かる。

「先生が全て対応し切れるのなら先生一人でもいいと思うけど……先生、多分難しいでしょう？」

「うん、難しいと思うな……お恥ずかしながら……」

ウォーレンは俺の方へと視線を配り、そう投げかけてくる。

彼はうちの門下生だったし、その親であるジスガルトも俺と同門だった。俺の性格は彼も理解している。難しいだろうと言われた通り、俺にそんな器用な役目がこなせるとは自分でもとても思えなかった。

「だから、それらをある程度防ぐ……言ってしまえば虫除けだね。それとまあ箔付けの一面もあるけど……。そのためのパートナーは別で居た方がいいと思う。どうかな？」

「……異論ありません」

なんだかウォーレンにアリューシアが丸め込まれているように見えなくもない。彼女は彼女で頭も回るはずだが、やはり辺境伯として貴族階級の一線で戦ってきた男は経験が違うのだろう。

「で、でもだよ。俺のパートナーなんてどうするんだい？」

ウォーレンの論を取るのであれば、俺には夜会に出席する際に帯同するパートナーが必要ということになる。というか話を聞く限り、誰かに防波堤になってもらわないと俺がかなりきつい。

そしてヴェスパーとフラーウでは、貴族とは対等に渡り合えない。勿論俺個人だけでも無理。これは実力がどうのではなく単純な身分の話だ。

しかしながら彼の案を採用したとて、じゃあそのパートナーを誰にするんだという問題が今度は立ちはだかる。

今からバルトレーンから誰かを呼ぶわけにはいかないし、当たり前だがフルームヴェルク領での知り合いなんて、ウォーレンとその父であるジスガルトくらいしか居ない。

貴族や地元の地主、商会の主と対等に渡り合える身分を持ち、更に俺たちの意図も汲んでくれるこちら側の権力者。そんな都合の良い人物が果たして居るのかどうか。

「ですので、先生のパートナーには我が愚妹のシュステを付けようかと思います。彼女なら上手《うま》く立ち回れるはずですから」

「えっ」

「は？」

良い笑顔とともに齎されたウォーレンの提案。

それに対し、俺の困惑とアリューシアの威圧が同時に木霊《こだま》した。

「妹さんが居たんだね」

「はい、お恥ずかしながら婚期を逃した不出来の妹ではありますが」

「いやいや……」

ウォーレンの続く言葉に、思わず否定の相槌を入れてしまう。

妹が居たことは知らなかったけど、彼自身自分のことを四人兄弟の三番目と言っていたし、ジスガルトの末っ子がそのシュステという娘さんなのだろう。

でも、ウォーレンは確かアリューシアと同い年くらいだったから、その妹となると二十代に入ったかどうか、どれだけ高く見積もっても二十代前半くらいの年齢のはずである。

それで婚期を逃しているなどと評されては、当人としてはたまらないんじゃないだろうか。それとも貴族の世界ではそれが当たり前なのかな。なんとも世知辛い。その基準で言えば、俺なんて婚期を逃すどころか干乾びてミイラになっているかもしれない。

「ウォーレン」

「アリューシア、何か問題でもあるかい？」

「……」

そして俺の困惑と同時に、非常に圧のある反応を示したのはアリューシアであった。

いや、まあ、うん。彼女が俺に対して、そういう感情を持っていることくらいは承知しているんだ。というか、如何に俺が朴念仁《ぼくねんじん》だったとしても流石に分かる。道場時代、「大きくなったら先生と結婚します」なんて言葉まで口にした彼女の気持ちは、多分今でもそこまで変わっちゃいないんだろう。

ただ、彼女の想いに応えるかどうかはまた別として。おやじ殿からせっつかれているという前提はあるにしろ、俺もいわゆる伴侶探しというものを、少し頑張ってみようかなとも思うのだ。

この夏に帰省した時にお袋とも話をしたけれど、俺は仮に剣士としておやじ殿を超えていたとしても、やはり一人の男としてはどう逆立ちしても勝てていない現状がある。

別に実の父親に絶対勝たなくてはならない、なんて言うつもりもないが、それでもやはり長年目標としてきた男に対し、剣技だけでなく人間としてしっかり立派になったぞ、というのを見せておきたい気持ちも湧いてきた。これは多分、ずっと実家で引き籠《こも》っていては、生涯にわたり持てなかった感情だろうと思う。

それにやっぱり、一度離れてみて、そしてまた近付いて改めて抱いたのは、おやじ殿とお袋の関係はなんかいいな、という羨望の気持ちであった。

生涯を共にすると決めた伴侶と紡ぎ合う平和な未来。そういうものに今まではほとんど興味がなかったんだけど、それを探すのもまた一興かなと思い始めたのだ。

まあそれでも、俺が実際に行動を起こすのは少なくとも、ミュイが独り立ちした後だろうなとは同時に思っているけどね。いきなり新しい義理の母親が出来ましたなんて、今のミュイに言っても混乱するだけだろう。それに、そんなにすぐ諸々の条件に合致した素敵なお嫁さんが現れるとも思っていない。

いやそもそも、そういう条件がなかったにせよ俺と一緒になってくれる異性が居るのかという、根本的な疑問は未だ払拭されないままだが。

その上で大変に申し訳ないことではあるのだが、今のところ元弟子に手を出すつもりはないのである。

これは別に彼女たちに魅力がないとか好みではないとかそういう話では断じてなく、あくまで俺の拘《こだわ》りというか、意地というか、そんな感じのやつだ。

これも一つの凝り固まった考え方かもしれない。けれども、何と言うかそれは違うんじゃないかという気持ちが常にあるのである。俺がもう少し下世話な人間だったなら、アリューシアの好意に全力で甘えていたかもしれないけどね。

もしかすると彼女から見れば、俺はそれらのアプローチをいつまでものらりくらりと躱《かわ》し続けている、いけ好かないおじさんに映るかもしれない。

けれど、そういう態度を取っていくうちに俺への気持ちが収まればいいなとも考えている。これを面と向かって言うべきか、彼女の心に任せるべきかは判断の悩みどころだが。

「――しかしそれでは先生にあらぬ誤解が」

「先生からすれば、どこの誰とも分からない貴族の女性から、いきなり言質《げんち》を取られる方が拙いだろう？　言ったじゃないか、虫除けだって。誤解されるならまだ身内が相手の方がいいでしょ」

「ぬ……ぬ……っ」

そんな思考に沈んでいる間、俺のパートナーをどうするか問題について彼ら二人の間で激論が交わされていた。そして聞く限りアリューシアが劣勢である。彼女がここまで言い含められるシーンというのもなかなか珍しい。

そしてこんな一面もなんだか懐かしい気がしてくるよ。本来俺が持つべき主導権の握り合いを何故か他人がやってるやつ。確かにお貴族様の集まる夜会に一人で放り込まれる方がきついっちゃきついので、ウォーレンの気遣いはありがたくはあるんだけどさ。

「あー、いいかな？」

このままだと議論が終わりそうにない、というか、アリューシアが何としても終わらせない気がするので俺の方から口を開く。

俺の一声で、二人の口論がぴたりと止《や》んだ。こういうところは弟子たちも皆聞き分けがよくて助かっている。アリューシアはたまに止めても喋り続けることがあるけれど。

「俺はウォーレンの案が良いと思う。その子以上に適任が居るとも思えないし、バルトレーンから誰かを呼ぶにしても間に合わない。それに、一人はもっと危ないだろうから」

「せ、先生……!?」

俺なりの考えを述べると、レベリオ騎士団長があまり外ではしちゃいけないような口調と表情で驚いていた。一応ここにはヴェスパーとフラーウも居るんだけど、この二人は今完全に空気と同化してるからなあ。ある意味で凄まじいスキルである。

まあでも実際、アリューシアが常に俺の傍に控えるというのは土台不可能な話だ。ウォーレンの言葉にもあったように、彼女は騎士団長としてやらなければならないことが多すぎる。

一方で、こういう上流社会での交流経験のない俺が一人ぽつねんと過ごすのも大変によくない。

俺の存在が一部で有名であるという言葉の真偽は別として、辺境伯の主催する夜会に主賓として招かれるくらいだから、ここは一つ顔を繋いでおこうと考えること自体は自然な流れだ。

友好関係を広めること自体は俺も賛成だが、問題はそれ以上に突っ込んでくる人間が居た場合である。しかも相手が貴族や商会主などの大物だと一層厄介。そして貴族の夜会には、そういう大物しか基本的にはやってこない。

ここもウォーレンの言う通り、俺の壁となってくれる人が居た方が非常にありがたい。その上でウォーレンの身内で地位もある、独身の異性が付くというのはいい風除けになるとは思う。当の本人がその役目をありがたがるかは別として。

「だけど、それもウォーレンの妹さんが了承すればの話だね。その子が難色を示すのなら無理強いは出来ないし、もしそうなら俺は一人で頑張るよ」

なので、その点はしっかりと事前に申し伝えておく。隣で常に嫌々な感じで居られるのも困るしな。そうなるくらいなら俺は一人でなんとか頑張って全力でお茶を濁しに行く。

「そこは心配ありません。シュステには今回の遠征が決まった時点でその可能性について伝えてありますし、本人の了承も得ています」

「そ、そうか……」

しかし、そんな俺の反応は彼にとっては予想の範疇《はんちゅう》であったようで、既に非常に早い根回しが行われた後であった。

となると、ウォーレンの中では今回の話が出た時点で俺が来ることを予見していたことになるし、また俺がパートナーを連れていないことも予見していたということになる。剣の腕では彼に負ける気はしないけれども、世渡りというか処世術というか、そういうところでは完敗だな。まるで勝てる気がしない。

「……じゃあ、問題はないように思える、かな。シュステさんには負担をかけるかもしれないけど」

「はい。ではそういう形で進めておきます」

「……！　……ッ!!」

そんなわけで話は纏まったのであるが、俺の隣でアリューシアが声にならない声を上げていた。納得はしていないが、理は向こうにある。そんな感じの顔である。

だが、俺からそんなことを突っ込んだりはしない。藪蛇を突くほど俺も馬鹿ではないつもりだ。

「別館の方はここから少し距離がありますが、馬房もあるので滞在に問題はないでしょう。使用人も居ります。侍女も付けますから、何かあればそれらに申して頂ければ」

「いや、なんだか至れり尽くせりで悪いね……」

「主賓とはそういうものです。先生も慣れた方がよろしいかと思いますよ。招かれる機会はこれから増えこそすれど、減ることはないと思いますので」

「ははは、努力はしてみるよ……。馬車の中でアリューシアにも同じことを言われた気がするね」

言った通り努力はしてみるが、慣れる気はちょっとしない。というか、こんな機会は出来れば今後遠慮したいとまで思っている。なんだけど、それはどうにも無理っぽいなあ。俺も腹を括《くく》らなければならないということか。剣を振る場面以外で必要な覚悟なんて、これっぽっちも持ち合わせちゃいないけれど。

「別館への移動の際はサハト以下、護衛を付けます。万が一があってはならないので」

予想はしていたが、ここから別館までの短い距離も護衛が付くらしい。

来る時は、暇な時間が出来たら現地の酒場にでも繰り出したいと考えていたが、これもしかしてそれも無理なんじゃないだろうか。一人で人目を気にせず過ごせる時間を作れるかどうかも微妙だぞ。

まあ、それはもう仕方のないものとして割り切るしかない。

それよりも俺が気にするべきは、三日後の夜会における身の振り方である。ウォーレンの妹が傍に付いてくれるとはいえ、それは俺がまったく喋らなくていいということにはならない。

出来ればこの三日間でそういう知識を、たとえ付け焼刃だとしても付けておきたいところ。俺個人が恥をかくのは構わないが、それでレベリオ騎士団が舐められでもしたら困るからな。

しかし、ウォーレンの妹か。会ったことはないしその存在も今日知ったばかりだが、どんな子なんだろう。辺境伯の血筋であるからして、礼儀正しい人だろうとは思うものの、初対面の人に夜会で帯同してもらうのもそれはそれで緊張してしまいそうだ。

「ああ、それと」

「ん。まだ何かあるのかい？」

ウォーレンもその父であるジスガルトも、艶《つや》のある綺麗な金髪をしているから、シュステという妹もそういう髪色をしているのかな、なんて考えていたところ。

概ねの話は纏まったに見えたが、まだ用件が残っているらしい。ウォーレンはさも今思いつきましたといった風に、やや言葉尻を跳ねさせながら続けた。

「先生も、いきなり夜会当日にシュステと初対面ではやりづらいでしょう。別館にはシュステも向かわせますので、そこで当日まで交流を深めて頂ければと思います」

「えっ」

「は？」

ウォーレンの提案に、俺の困惑とアリューシアの圧が乗った。

なんかさっきも見たぞこの構図。

◇

「ようこそおいでくださいました。そしてお初にお目にかかります。私はフルームヴェルク辺境伯家長女、シュステ・フルームヴェルクと申します。短い期間では御座いますが、精いっぱいのおもてなしをさせて頂く所存です。何卒よろしくお願い申し上げます」

ウォーレンとの邂逅《かいこう》とちょっとした打ち合わせを終えた俺たちは、そのままサハトたち辺境伯家の私兵の案内のもと、辺境伯の持つ別館へと歩を進めた。

別館はそこまで距離が離れているわけではなく、まあちょっとした運動だと言える範囲の道のりだろう。とは言っても、俺たちは馬車で移動してきたわけだけど。

そしてウォーレンの手配が既に終わっていたのか、彼の部下に案内された先では、使用人やら侍女やらがずらりと勢揃いしてこちらに頭を下げていた。

これはまた形式的な挨拶が必要だな、と考えていたところ、その列の中央に居た女性が丁寧な所作とともに自己紹介を繰り出したのが今この時というわけである。

「こちらこそ、丁寧なお出迎え感謝致します。レベリオ騎士団団長、アリューシア・シトラスと申します。こちらは騎士のヴェスパーとフラーウです」

「アリューシア様、ヴェスパー様、フラーウ様。よろしくお願いいたします」

シュステの言葉にいち早く反応したのはやはりアリューシア。彼女も返しの挨拶を交わすとともに、ヴェスパーとフラーウの紹介も兼ねる。

こちら側は勿論そうなんだけど、シュステも俺が見る限りでは緊張とか不安とか、そういった感情は見えない。多分こういう場に慣れているのだろうことはすぐに想像出来た。その点でもやはり、彼女を夜会の付き人にするというのは悪くない案のように思う。

「……そしてこちらが騎士団付きの特別指南役であります、ベリル・ガーデナント氏です」

「ご紹介に与りましたベリル・ガーデナントです。よろしくお願いします」

騎士二人と違い、俺を紹介する時に変な間があったけど、多分これさっきのウォーレンとの話が響いてる気がするな。

まあ今はそれを聞く場面でもないし気にする場面でもない。アリューシアの紹介に合わせて、こちらも挨拶となる言葉を告げる。

「ベリル様。こうしてお会い出来る日を今か今かと楽しみにお待ちしておりました。どうぞよろしくお願いいたします」

「あ、はい、こちらこそ……？」

既に日も落ちてしばらくと言った頃合いだが、流石に辺境伯の抱える別館となると明かりも豊富で、夜の帳《とばり》が落ちている中でも皆の顔は良く見えた。そして俺の自己紹介を終えた途端、シュステの表情が一層明るくなった様もはっきりと見えたわけだ。

……なんだか初対面のはずなのに随分と好感度が高い気がする。これどうせジスガルトやウォーレンがあることないことぶっこんだせいだろ。嫌われるよりはマシだけどさあ。

彼女はウォーレンのような煌びやかな金髪ではなく、もっと暗い、茶に近い色合いの髪を持っていた。

父であるジスガルトは綺麗な金色だったから、恐らく母方の影響が強く出たのだろう。見目は二十代前後かなといった感じで、身長はアリューシアより低い。

栗色のぱちっとした瞳、柔らかな目元も合わさって、可愛らしいなというのが彼女に抱いた第一印象だ。雰囲気だけで述べれば、ロゼが若い頃はきっとこういう感じだったんだろうなという印象を持つ。

「皆様、長旅でお疲れになったでしょうから、まずはお食事にしませんか？」

「そうですね。では、お言葉に甘えまして」

そして挨拶もそこそこに、シュステから晩御飯のお誘いである。

こちらとしてもフルームヴェルク領に入ってから何も口にしていないから、このタイミングでの食事はありがたい。そこはアリューシアたちも同じだったようで、俺たちは素直にその提案を受けることにする。

「貴方たち、準備を。私は館の中をご案内致します。サハト、道中ご苦労でした」

「はっ」

シュステの号令を受けて、ずらりと並んでいた使用人たちがきびきびと動き出す。ついでにこのタイミングでサハトたち私兵軍も下がるようだ。

俺はお偉いさんの下で勤めている使用人と言えばハルウィさんくらいしか知らないが、熟練を感じさせるハルウィさんと比較しても遜色はないように思えた。やはりお貴族様の館で働くような人がのんびりぐうたらしていては示しがつかないということか。

シュステを先頭に、別館の中を歩く。中は外観通り、石造の立派な館であった。

お貴族様となれば一般市民以上に防犯意識は高いだろうし、戦時には指揮所になったりもするらしい。相応以上の頑丈さを持ち合わせているのは貴族の屋敷だけに留まらず、王宮や騎士団庁舎なども同じだ。

そういうものが必要のない世の中になってほしいものだが、世界はそうそう個人の理想通りには動いてくれないからな。今が戦乱の世だとまでは言わないけれど、このガレア大陸には大小様々な国が立っている以上、どこかで煙は燻《くすぶ》っている。

せめてそういうものは俺の目の届かない場所で燻っていて欲しい、というのは過ぎた我《わ》が儘《まま》だろうか。

片田舎で剣を振っている時は別にそれでもよかったが、この役職を頂いたからにはそうも言っていられない気がする。嫌だぞ外交の場面に呼び出されるとか。絶対にあり得ないと言い切れない現れた空間だった。

状が怖い。

「こちらが食堂となります」

「おぉ……」

館の入口からほど近く。案内された先は天井こそ低いが、広々とした部屋に長机と椅子が供えられた空間だった。

流石に王宮に招かれた晩餐会と比較するには相手が悪いが、十分に立派な拵《こしら》えだと思う。宿や酒場でちまちまやっていた頃とは比ぶべくもない。こういう場所で飯を食うことにも慣れて行かなきゃいけないのかなあと、ほんの僅《わず》かばかりの感情も同時に湧いてきていた。

「料理はすぐ運ばせますので、皆様ご着席ください」

シュステがそう言いながら、中央の席へと向かっていく。

うーん、ご着席くださいと言われてもどうするべきか。普通に考えればゲストである主賓が、この場の主人であるシュステの近くに座ろうというもの。俺たちゲスト側で一番位が高いのはアリューシアで確定として、その次はもしかして俺になるのか。ここら辺、マジで分からない。

「さあさあベリル様、どうぞこちらに」

「あ、はい」

アリューシアは当然のようにシュステの席から一番近いところに行くし、ヴェスパーとフラーウは動かないしでどうしようかと悩んでいた矢先、ホストであるシュステから声が掛かる。

勧められた先はシュステのすぐ近く、アリューシアの反対側の椅子であった。やっぱり俺もアリューシアと同列の扱いなのか。

「ふふ、こうしてベリル様とお話出来る機会を待ち望んでおりました。兄や父からはその武勇をよく聞かされたものです」

「あ、ありがとうございます……？」

各々が席について料理を待つ間にも、シュステの柔らかな口はずっと動いている。

やっぱり俺に対する好感度が無駄に高い気がするんですけど。あと武勇ってなんだよ。お前ら俺がビデン村に引き籠ってたことしか知らないだろ。くそ、どうするんだこれ。

第三者的評価で言えば、俺は確かに騎士団の特別指南役という重職に就いているのかもしれない。しかしその外見も中身も正体はただのおじさんである。地位も美も持ち合わせている初対面の年下の女性に対して、どう振舞っていいかさっぱり分からん。

「いやしかし、こんな年老いた男が相手ではその、シュステさんもやりづらいでしょう」

「まあ、そんなことはありませんよ。それにどうぞ、私のことはただのシュステとお呼びください」

「あ、いや、それはその……恐れ多いと言いますか……」

「良いのです。兄や父を呼ぶように私も呼んで頂ければ」

シュステは明らかにグイグイ来ている。ちょっと怖い。その瞳のうちに何を考えているかまでは流石に分からないが、打算的な部分もあったりするんだろうか。

どう考えても俺は貴族から見て優良物件ではない気がするけれど、お偉いさん方の考えることはよく分からんね。

「……」

そしてそんな様子を見て、アリューシアが非常に強い圧を視線と表情で放っていた。

君はついさっきサハトについて「視線に感情を乗せるべきではない」みたいなことを言ったばっかりじゃないか。自分で言ったことを速攻で反故《ほご》にするんじゃありません。

更にヴェスパーとフラーウは相変わらず沈黙の構えである。この二人本当にフルームヴェルク領に入ってから碌に喋ってない気がするんだが、なんだかこっちはこっちで気の毒に思えてきた。

「失礼します。料理をお持ち致しました」

絶妙に居心地の悪い椅子に座っていると、どうやら料理が到着した様子。まあ精神的にやや辛いとはいえ、胃に何も入れてなければどうしても腹は減るからな。がっつかないように気を付けて食べなければ。

数人の使用人が、俺たちの前に料理を置いていく。

肉料理に野菜にスープ、しかも酒も出てくるようだ。いやあ、ちゃんとした肉を食えるのはありがたいな。なんだかんだでフルームヴェルク領も生産や物流がしっかりしているということだ。それは素直に喜ばしい。

「それでは、騎士団の皆様方の無事の到着と、今ここに紡がれた私たちの出会いに感謝と祝福を。乾杯」

全員に料理が行き渡ったところで、代表してシュステが乾杯の音頭を取る。

流石にこういう場で元気よくエールを流し込む、とはいかないようで、出されたのは深い赤みを持ったワインであった。

別にワインも嫌いじゃないし実家に居る時はよく飲んでたけど、どちらが好きかと言われればやっぱりエールではある。まあそんなことをここで言うわけにもいかないので、ありがたくワインを頂戴しよう。

「お、美味しいですね」

「ふふ、お口に合ったようで何よりです」

一口ワインを口に含むと、先ずは芳醇な香りと微かな甘みが、そして一拍遅れて独特の渋みが口内を支配する。

うーん、美味《うま》い。ビデン村で飲んでいた安ワインとは比べ物にならない出来だ。

王宮で出されたワインもきっと上質なものだったのだろうが、あの時は緊張で味なんてほとんど分からんかったからな。今思えば少し勿体《もったい》なかったとも思うけれど、こうして味を楽しめているということは、俺も少しは慣れてきたということだろうか。

「アリューシア様も、お口に合いましたか？」

「ええ。美味しく頂いております」

軽く話題を振られたアリューシアはそつなく対応をこなし、そして優雅にナイフとフォークを扱っていた。

この辺りのマナーというか教養は流石だと思う。俺も不恰好ではないくらいの扱いは出来るものの、ロイヤルマナーについては本当に未熟と言っていい。どうにか皆に恥をかかせないようにと内心結構必死である。

「お食事の後は、各施設とお部屋をご案内いたしますね」

「助かります、よろしくお願いします」

「ベリル様。私へはどうか普段通りに接してくださいませ」

「あー……はい、努力はしま……するよ」

「ええ、はい。それで結構でございます」

なんだか彼女の愛嬌のある笑顔で押し切られた気がしないでもない。

いやまあ言われてみれば、俺は彼女の兄である現当主のウォーレンのことも呼び捨てだし、彼に至っては敬語で話す方がむず痒いくらいだ。理屈としてはその妹なわけだから、気軽に話しても本人が気にしていないならいいのかもしれない。無論、外の目がない時に限るが。

しかしそれはあくまで、俺がジスガルトやウォーレンの正体を知らなかったからという前提がある。

最初から辺境伯の長女だという認識を持ったまま気楽に語らうほど、残念ながら俺の肝は据わっちゃいないのだ。努力はしてみるけどさ。

本音を言えばベリル様という呼び方も止めてほしいところだが、それを言うと向こうも敬語は止めてくれという交換条件になる可能性が高い。そうなったら俺も避けようがないので、今のところは現状維持に努めるかなあ、という感じである。

「皆様にはそれぞれ個室をご用意しております。その上でご提案なのですが――」

「……？　なんでしょうか」

シュステが優雅な手つきでもって、ワインで口を湿らせながら言葉を続ける。

個室を準備頂けるのはありがたい。今までの往路で泊まったところも全て個別に部屋が割り振られていたが、普通気心も知れない相手と同室というのは気が休まらないからな。俺も実家暮らしが長かったから、家族とミュイ以外と一緒に寝るとなるとやっぱり少し緊張する。

しかし、ご提案とはなんだろうか。別に個別に部屋があるならそれでいいじゃんとも思う。わざわざそこにもう手間暇を加える必要はないはずだ。

「ベリル様とは、三日後の夜会で共に動く仲。それまでに互いの交流を深め、より充実して臨むためにも同じ部屋で過ごしたいと考えているのですが」

「はい？」

「は？」

花が咲くような笑顔でとんでもない発言をするシュステ。お前たち兄妹はそんなところまで似なくてもよろしい。

そしてやっぱり出てきた、俺の困惑とアリューシアの圧。

今日何回目だよこの構図。でも今回ばかりは俺もアリューシアと同感であった。

◇

「くぁ……」

フルームヴェルク領に来てから色々と激動ではあったが、何とか一日を終えた翌日。窓辺から差し込む柔らかな陽射しとともに俺の意識が覚醒する。

俺たち個人個人に与えられた個室は十分過ぎる広さで、逆に落ち着かないくらいだった。多分この部屋一つで今住んでいるバルトレーンの家に匹敵しそうなくらい。ただただ広いだけの空間は却って落ち着くには不向きである、というのが分かったのは一応収穫、になるんだろうか。

別に今の家に不満はないし、ルーシーにも感謝している。多分ミュイと二人で暮らす限りで言えば、積極的に引っ越しをすることはまずないだろう。その理由がない。

あるとすれば、俺が所帯を持って家が手狭になるか、ビデン村に帰る時に引き払うか。後者はまだあり得そうだが、前者の可能性はかなり低そうである。

「……いやしかし、一人で眠れてよかった……」

自分の所帯について考えが及んだところで、昨日のやり取りを思い出す。

結局あの提案はあくまで提案、というか半分冗談みたいなノリで言ったものらしく。俺の困惑とアリューシアの早口反論を受けて、シュステはあっさりと案を捨てた。

結果として平和な夜を過ごすことが出来たのでよかったんだけれども、どうにも彼女の対応というか、言動に少しばかりの違和感を覚えてしまう。

別に俺たちを騙そうだとかそういう気配は感じない。もしも悪意が混じっていたらアリューシアはもっと敏感に反応していただろうし、そもそもウォーレンの妹がそんなことを企てるとも考えにくい。

遊んでいる、からかっている……というのも少し違う気がする。仮定の話だが、もしあそこで俺が頷いていれば、シュステは俺の部屋に引っ付いてきたと思うのだ。なので、まるっきり冗談のつもりで口に出したとも思えなかった。

「うーん……」

何らかの思惑は働いていると思うのだが、それが何かはサッパリ分からない。果たして俺に向けられたものなのかすら疑問に感じる。

こういうのって大体は悩んでも無駄なんだけど、一度気になると考えちゃうんだよな。まさかシュステ本人に直接聞くわけにもいかないし。何か企んでますか？　なんて、間違っても辺境伯家の長女に面と向かって訊ねる内容じゃない。

「ベリル様。起きていらっしゃいますか？」

「おわっ……と。は……うん、起きてるよ」

まるで俺の考えを見透かしたかのようなタイミングで、扉にノックの音が走る。その後扉越しに聞こえてきたのはシュステの声。

この訪問が朝で助かった。夜更けに来ていたら対応に困るところだった。

「お邪魔してもよろしいでしょうか」

「どうぞ」

「では、失礼します」

そう言って現れたのは、昨日と変わらないシュステの姿。ただ、流石に服装は昨日会った時よりもいくらか大人しい。具体的に言えば派手さがなく、肌触りの良さそうな、しかし落ち着いた色合いの服装であった。

「ベリル様、おはようございます」

「……おはよう、シュステ」

色々とバタバタしていた昨夜と違い、今日は一晩を部屋で過ごした後。場所も俺に割り当てられた個室で、シュステにお供が付いているわけでもない。正真正銘の二人きりだ。

状況だけ見れば、朝っぱらから異性の部屋を訪ねる女性ということで落ち着いてはいられないが、昨日と違って幾分か精神的に落ち着いた今なら、何だかいつも通り対応出来るような気がしてきた。というか、実際した。

「……ふふっ。ありがとうございます」

もしあの言葉も冗談の延長で、この対応によって機嫌を損ねてしまったらどうしよう、みたいなのは一瞬考えたけど、多分そういうのじゃないんだろうな。なのでいつもミュイにやっているように声を返せば、返ってきたのは柔らかい笑みであった。

どうやらこの対応で間違ってはいないらしい。となると、外の目がない時は普段通りに接する方がいいのかな。場面場面による対応の切り替えって俺あんまり得意じゃないんだけど。

「如何《いかが》ですか、一晩過ごされてみて」

「流石に良いところだね。特に不満もなく満足に過ごせたよ」

彼女からの質問に恙《つつが》なく返す。そもそもここは辺境伯家が持つ館である。それに満足しないとか、どれだけ傲慢なんだと思うね。

シュステが俺を見る視線は、最初から変わらない。柔らかくてにこやかで、敵意の類はまったくないと言っていいだろう。それにしてはこちらを困らせるような提案が多いのがちょっと気になるけれど、かと言ってそれを真っ直ぐ突っ込むのは憚《はばか》られる。

彼女は彼女で、俺という人間の評価をどう下すか迷っているのかもしれない。別に直接的な害はないし、シュステが満足するまで付き合ってあげてもいいかもしれないな。多分この遠征が終わったら会うことはほとんどなさそうだし。

「ところでその、ベリル様っていうのは……」

「あら。ベリル様は客人なのですから当然のことです」

「そ、そう……」

俺の方が敬語を止めたのだから、シュステにも仰々しい呼び方を改めて貰おうと思ったものの、その提案は一瞬で出鼻を挫かれて終わってしまった。なんだか不公平な気がしなくもない。じゃあ俺が丁寧な対応をするのは貴方が辺境伯家の人なんだから当然です、とかも言えそうだもん。

「そう言えば、どうして朝からここに？」

でもまあ、それを俺が伝えたとしてもなんだかいい感じに言いくるめられそうな気はしている。腹芸というか論戦というか、そういうものに俺はてんで不向きだからな。

なので、もっと単純な疑問。どうして朝っぱらからシュステが俺の部屋を訪ねたのかを聞いてみることにした。

「はい。朝食をご一緒しませんかとお誘いに。少しでも親睦を深めておきたいと思いまして」

「分かり……分かった。えーっと……わざわざお誘い頂いて――」

「ベリル様。敬語は禁止にしましょう」

「……じゃあシュステの敬語は？」

「私はベリル様をご招待する側ですから」

「えぇ……？」

とりあえず朝食を一緒にとるのはいいとして、流れで敬語まで禁止されてしまった。こちらの反論も虚しく圧殺される始末である。

年齢で言えば俺の方が遥かに年上だけど、やはり貴族の血筋だからか、そういう教育を受けたからか。腹芸なども含めて、こういう言葉のやり取りで勝てる気が一切しない。

シュステはこちらに害意がないからまだ笑える内容で収まっているけれど、これが夜会に参加してくるような海千山千の貴族相手だと絶対にヤバい。何も分からんうちに変な言質とか取られそうである。

その点で言えばやはり、シュステが俺のパートナーとして帯同してくれるのはありがたいことなのだろう。そして夜会本番を迎える上で、少しでも互いの理解を深めておくことも勿論大事だ。

「では早速移動しましょう。今日は天気もいいですから、中庭で頂こうかと」

「おお、それはいいね」

てっきり食堂に行くか、この部屋に料理が運ばれてくるのかと思っていたら外で食べるらしい。中庭なら防犯的な意味でも問題ないだろうし、彼女が言う通り今日は天気もいい。

初秋に差し掛かったことで朝晩はそこまで暑くないから、快適に過ごせそうだ。

「貴方、今日の朝食は中庭に」

「はい、畏まりました」

最低限の身だしなみだけ整えて部屋を出る。中庭への道すがら、シュステは部屋の外で待機していた侍女に命令を出していた。

当然だが、シュステは俺やアリューシアに対しては丁寧なものの、使用人や侍女に対しては上位者として振舞っている。

こうしないと下手をすると使用人に舐められたり、そういう噂が立ったりして立場が危うくなることもあるんだとか。やはり一般市民と貴族では、過ごす世界やそこでの常識が全然違うんだなと改めて感じ入る。

「こちらです」

「へえ。昨日は夜でよく見えなかったけど、やっぱり綺麗だね」

案内された先は、よく剪定《せんてい》された庭木が慎ましやかにその存在を主張する自然の場であった。寂しいと思わせない程度には様々な花が植えられており、一方で鬱陶《うっとう》しくは感じない、いい塩梅《あんばい》だと思う。この辺りってやはり専属の庭師とかそういう人がお世話をしていたりするんだろうか。

「私も時々ですが手入れをするんですよ」

「えっ、シュステが？」

「はい。意外でしたか？」

「……まあ、少しね」

辺境伯家の長女が庭いじり、というのはちょっと想像しづらい内容だ。別にふんぞり返るのが仕事だとまでは言わないけれど、意外であることには変わりない。こっちで言えばアリューシアが修練場の掃除をしているようなものである。

「御前失礼致します」

「あ、どうも」

爽やかな庭木を見渡せる場所にテーブル席があり、そこに腰を落ち着けて間もなく。給仕と思われる人が目の前に朝食のメニューを配膳してくれた。

こういう時はついついお礼の言葉が口をついて出てしまう。一般常識で言えば多分これが正しい姿だと思うのだが、貴族社会では果たしてどうか。その辺りも聞いておきたいところだな。

出されたメニューはバゲットにベーコン、チーズにミルク。やはりこの周辺一帯は畜産が盛んなようで、それらしい料理がテーブルの上に並んだ。

「いただきます」

「はい、どうぞ」

バゲットの上にベーコンを乗せてがぶり。うむ、パンもぱさぱさしておらずベーコンもしっかりとした噛み応えと旨味がある。分かっちゃいたけど普通に美味いな。

宿や家での食事と違い、こうやって解放感溢《あふ》れる静かな場所で食事をするのもなかなかオツなものだ。以前キネラさんの案内で入った店もテラス席だったが、あそこは町の喧騒がそこそこ耳に入っていたからね。

俺がバゲットに手を付けたのを見届けてから、シュステも食事をとり始めた。ナイフとフォークを華麗に操り、少しずつ口に運ぶ様はやはり絵になる。今更ながら、そんな上位の人物と朝食を共にするという事実は、少しばかり現実味が薄い。

「ベリル様は、ずっと剣とともに生きてきたと兄や父から伺いました」

「ん？　まあ……そうだね。今も昔も、がむしゃらに剣を振るうことくらいしか出来なかったから」

幾らか食べ進めて、互いのお腹が落ち着きを見せ始めた頃。シュステが一つの話題を切り出した。ジスガルトやウォーレンからどのように聞かされているのかは知らないが、その情報は間違ってはいない。剣を振るい、剣を教える以外のことはほとんどしてこなかった人生だった。

別に後悔はしていないけどね。今になって思うことと言えば、あの時はもうちょっとこうやれば上手くできたんじゃないかとか、そういう類のものだ。その人生に彩りが欲しくなかったかと問われれば、それはそれでまた否定し辛い人生であったことも事実だが。

「私は、兄が少し羨《うらや》ましかったです」

「……羨ましい？」

彼女が落とした呟き。相変わらず愛嬌のある笑顔ではあったが、その言葉が放たれた瞬間は僅かばかりの苦笑が隠れているようにも思えた。

「私はフルームヴェルク家の長女です。そうあれかしと育てられたことに不満はありませんし、父や兄も尊敬出来る人物だと思っています。大切にしてくれているのも分かっています」

シュステは手に持った食器を置き、やや目を伏せて語り始めた。とは言ってもその口ぶりに悲壮感はなく、語っている内容に恐らく嘘はない。

「ですが、そこに我が儘を言う余地がもしあるのなら……。父や兄のように、この限られた世界の外側を見てみたかった。そう思うのもまた、事実です」

「……そっか」

きっと彼女は言葉通り、大切に育てられたのだろう。蝶よ花よと愛《め》でられて。

ウォーレンの言を信じれば、彼女の上は兄ばかりで初めての娘さんだ。俺もミュイの面倒を見るようになって分かったが、愛娘となれば溺愛してもおかしくはない。

他方、フルームヴェルク領からバルトレーン、あるいはビデン村までは距離がある。可愛い我が子を旅させるには些《いささ》か過酷な道のりだ。特に末っ子の娘となれば尚のこと。

「それは、ウォーレンやジスガルトには伝えたかい？」

「……いえ、それは……」

俺の返しに、シュステは僅かばかりの戸惑いを見せた。

もし仮に。仮にミュイが世界中を旅してみたいと言い出しても、俺は恐らく最終的には止めない。そりゃ勿論めちゃくちゃ心配するし、本当に大丈夫なのかと何度も確認を取る。話し合いだって互いが納得するまでこんこんと続けるだろう。

けれども最後には、彼女の意思を尊重する選択を取ると思う。そしてそれは、ジスガルトやウォーレンであっても恐らくは同じはず。

無論、俺のような小市民と辺境伯家とでは、生まれながらに持つしがらみの数も強度も違う。だが、可愛い我が娘から齎された意思を無下にする親や兄弟が居るとはちょっと思えないし、思いたくない。

それを実現させるための道筋を全力で探すはずなのだ。出来るかどうかという現実的な問題は一先ず置いておくとしてね。

「シュステ。君は多分、今までそういう我が儘を言ってこなかったんだね。だから、二人がどういう反応を返すのかが分からない」

「……はい、きっとそうなのだと思います」

彼女は自分が大切に思われていることを分かっているからこそ、自分の気持ちを切り出せない。切り出してしまうと、今まで大切にされてきたことが覆る可能性があるから。

でも俺は、辺境伯家としてのジスガルトやウォーレンではなく、一人の人間としての彼らを知っている。そんな俺の知見から述べれば、仮にシュステが可愛い我が儘を発揮したとて、手のひら返しが起きるとはとても思えなかった。

「きっと大丈夫。勿論、それが実現するかはまた別の問題だと思うけど……。ジスガルトもウォーレンも、そんなことでシュステを嫌ったりしないさ。むしろ喜ぶかもしれないよ」

「喜ぶ、ですか？」

「やっとシュステが自分の気持ちを伝えてくれた、って」

駄々をこねるのと我が儘を言うのとでは、厳密に言えばちょっと違う。

話を聞く限りでは、シュステは別に駄々をこねたいわけじゃない。今よりももう少しだけ、自分の感情に対して正直に向き合いたいのだ。

「でも、いきなり旅をしてみたい、ってのはちょっと問題が大きすぎるから……試しに、別館の中庭の手入れをもっと自由にしてみたい、とかかな？」

「っ」

だが当然のことながら、辺境伯家の長女がいきなり外の世界を巡りたいと言っても多分、実現は出来ない。初手でそれをぶちかまされてはウォーレンも困るだけだろう。

だから、もう少し難易度の低い我が儘から発揮していけばいいと思う。

「……なぜ」

「うん？　自然が好きなんだろう？　それくらいは見れば分かるさ」

どうやら俺の提案に少々びっくりしたみたいで、初対面の時から崩れなかった笑顔にやや綻びが出ていた。付き合いは短くとも、彼女が花や自然が好きなことはすぐに分かる。この中庭に案内された時の笑顔を見れば一目瞭然だ。

「……ふふっ。そうですね。父や兄を長く見てきたベリル様が言うのです、きっと間違いありませ

ん」

「そこまで信用を置かれちゃうとちょっと困るなあ」

単純な時間換算なら、彼らを見てきた時間が長いのは妹であるシュステのはずなのだが、まあ言いたいことはそういうこっちゃないんだろう。たまたま俺は、シュステの知らない彼らの一面を知っていた。ただそれだけだ。

「決めました。もっと正直に家族と話をしてみます。もし何か言われたら、それはベリル様の入れ知恵であると伝えますね」

「ははは、それはめちゃくちゃに怒られそうだ」

先ほどよりも一層爽やかな笑顔で、シュステが新たな決意を胸に言の葉を落としていた。

このこと自体はささやかな決意だろう。どんな家庭でもごくありふれた、よくある話だ。だが、そんなありふれた話が上手く進まない人間関係だって当然ある。俺なんかの言葉が、少しでもその後押しになっていれば幸いだ。

「それでは、今度はベリル様のことをもっと教えてください」

「勿論。それなりに長く生きている割に、語れることは多くないけどね」

シュステと過ごす朝のひと時。

最初は緊張もしたけれど、こういう語らいも時には悪くないと思えるくらいには、ささやかで、慎ましく。そして、充実した時間だった。

幕間

「それで、どういうつもりですか」

「いきなりだねアリューシア」

二人きりとなった空間で、彼女は眼前に座る男へ鋭い視線と言葉をいきなり投げかける。

ベリルたち遠征隊がフルームヴェルク領へ到着した日の翌日。騎士団長であり今回の遠征の総指揮を務めるアリューシアは、フルームヴェルク領現当主、ウォーレン・フルームヴェルク辺境伯と二人きりでの話し合いの場を設けていた。

彼女の本心からすれば到着した日の深夜にでも話を付けたかったところだが、流石《さすが》に夜会のホスト相手にあまり礼を失するのは外面的によろしくない。何とか次の日の約束を取り付け、こうして馳せ参じた次第である。

この場には護衛の人間も侍女もおらず、正真正銘の二人きり。ゆえにアリューシアは最初の挨拶をすべて省いて本題を切り出したし、ウォーレンも彼女の思惑が透けて見えていたからこそ、その態度を口で咎《とが》めこそすれ反感は抱かなかった。

「妹君の件です」

「そうか」

開口一番の後、アリューシアは部屋のソファに腰掛けて端的に内容を告げた。それを受けたウォーレンは、表情も声色も何一つ変えることなく平然と受け止める。

ここで言う妹君とはウォーレンの実妹であるシュステのこと。そして彼女がここまで静かに、しかし確かな憤りを感じているのは、シュステをベリルの一時的なパートナーにするという彼の差配についてであった。

アリューシアも理屈では分かっている。貴族社会の荒波を一切経験していないベリルを単身で夜会の中に放り込んでしまえば、結果は火を見るより明らかだ。何かしらの言質《げんち》や口約束を一つとは言わず、三つも四つも抱え込んでしまうことは想像に難《かた》くない。

だからこそ、彼には適切な虫除け役が必要だった。そしてアリューシアはやや強引ながらも、自身がその役目を引き受けるつもりでいた。ウォーレンの提案という形で邪魔が入らなければ、ベリル本人を言い含めるのは容易《たやす》いはずであった。

彼女の現在の心境は複雑である。ウォーレンに害意がないことは分かる。だが同時に、彼はアリューシアの気持ちにも気付いている。他方、元弟子で過去に恋慕の情を曲がりなりにも伝えているという圧倒的有利を活かせていない、自身への不甲斐なさもあるが、それは今のウォーレンには知る由もない。

「けど、他に何か良い手はあったのかな？　僕にはなかったように思うが」

「それは、そうですが……」

繰り返しになるが、アリューシアも理屈では分かっているのだ。だからこそ表立ってウォーレンを糾弾することも出来ないし、改めて説明されればそれを否定出来ない。

しかし理屈は通っていても、感情が納得していない。一人の女性として、レベリオ騎士団の騎士団長として完成された人間にしては、些《いささ》か珍しい心理状態にあった。

「まあ、気持ちは分からないでもないよ。先生を取られてしまうかが心配なんだろう？」

「……」

続くウォーレンの言葉に、アリューシアは沈黙を返す。

話を持ち掛けた理由としては言われた通り。ベリルが他の女性と縁を持つどころか、一気に結ばれてしまう可能性をやはり否定出来なかった。それは何もシュステに限った話ではない。

市井での認知度こそまだ高いとは言えないが、ベリルの実力と名声は耳聡い者の間では既に十二分に高まりつつある。あれ程の腕前と人格を持った人間が持つ名声にしてはまだまだ足りないと感じるところではあるものの、彼の活躍はきっとこれからも続く。そうなると、もはや鰻《うなぎ》登りに知名度は高まると考えていい。

そうすると当然、ベリルと縁を持とうとする人間の数が増える。それがただの交友関係ならまだいいが、それ以上を求める者も必ずやってくるのだ。そしてその中には、かなりの数の未婚の女性も含まれる。

アリューシアは、ベリルが確固たる地位と名声を築き上げ、この王国のみならず大陸屈指の剣豪として名を馳せてほしいと思っている。そしてその計画と願いは未《いま》だ道半ばではあるが、その道筋自体は見えるところまで持ってきた。

その過程で、彼には幸せを摑《つか》んでほしい。これは偽らざる彼女の本心だ。そこに自分の有無は大筋では関係がない。それも偽らざる本心、のはずであった。少なくとも今この時までは。

「ただ僕は、先生とシュステが結ばれても良いと考えているよ。むしろ半分くらいはそれを望んでいる」

「ウォーレン……!」

「国と領地の未来を思えば当然の結論だ」

アリューシアの怒気が増す。しかしその圧を受けてなお、ウォーレンの姿勢は崩れない。彼は自身で用意した紅茶に口を付けると、彼女に負けず劣らずの鋭い視線を返す。

彼にレベリオ騎士団長ほどの剣の腕はない。しかし、辺境伯として潜ってきた修羅場の数が、アリューシアとはまた異質の強さを発揮していた。

「実際、シュステはよく出来た妹だ。紹介する手前、愚妹とは言ったけどね」

「……」

シュステは、ウォーレン自慢の妹である。

無論、彼にとってシュステはたった一人の妹だし、それなり以上に溺愛していたことは認めるところ。だが兄である贔屓目《ひいきめ》を抜きにしても、シュステは恐ろしく要領がいい。

生まれついての容姿は勿論《もちろん》のこと、性格も淑やかで愛嬌がある。誰にも嫌われないどころか、誰にでも好かれる才覚はもはや天稟《てんぴん》と言っても決して過言ではなかった。相手を立てつつ自分のペースに持ち込む処世術が、兄妹の中でも抜群に秀でている。

ベリルに対して初対面時から好感度が高かったのは、ある側面から見て事実である。シュステからすれば父の同門であり、兄の師だ。その為人《ひととなり》、あるいは剣の実力を二人から聞き及んでいた以上、最初から嫌うという選択肢は取り得なかった。

だがそれはあくまで理由の一面。彼女はたとえ初対面でも相手に好かれ、また相手を好いているように見せかけるのが抜群に上手《うま》い。そしてある種打算とも取れるその言動を、打算だと見破られない技術と抜け目のなさがある。

彼女がこれまで縁談に恵まれなかったのは、単純にシュステに見合う人物が居なかっただけのこと。ジスガルト、そしてウォーレンが求める相手の格というのは非常に高く、またその高い理想に釣り合うだけの価値が彼女にはあった。

そんな彼女を、ウォーレンはベリルの伴侶にしてもいいと考えている。そしてシュステ本人も、実際にベリルの人柄を目の当たりにして悪くないと思っている。

当然そこには辺境伯としての、あるいは家筋を繋《つな》ぐ長女としての打算もあるだろう。だが、ベリルの力に相応《ふさわ》しい相手と結ばれてほしいという願いも本心であるし、シュステなら見合うという確信もあった。勿論、ベリルならシュステを大切にしてくれるだろうという自信も。

「アリューシア。この場合の最悪のケースって何だと思う」

「…………先生の血筋が途絶えることです」

「分かってるじゃないか」

ウォーレンからの問いかけに、アリューシアは苦悶の表情とともに答える。

血の喪失。これが一番怖いというのは、彼ら二人の共通見解であった。

ベリル・ガーデナントは極めて優れた剣士であり、また同時に極めて優れた師範である。更には彼の父であるモルデア・ガーデナントも優れた剣士であった。となればもう、この血筋に剣士としての才覚が眠っていることは疑いようがない。

今はアリューシアやウォーレン他、彼の直弟子や僅《わず》かな身近の人間がその重要性を知っているのみだが、いずれ彼の名声が轟《とどろ》けば血の重要性は飛躍的に高まる。そうなった時に、血を分けた後継ぎが居ませんでした、ではお話にならない。

これは本人の意思を半ば無視した結論ではあるものの、レベリオ騎士団長と辺境伯という国を守る立場の人間からすれば、至極当然の帰結である。彼ら二人とはやや視座が異なりはすれど、父であるモルデアの危惧するところと結果的には似通っていた。

なので、どうにかしてベリルの血を後世に残す必要がある。その相手は別にアリューシアに限定しなくともよい。むしろフルームヴェルク家の長女ならば家格も十二分に釣り合う。ウォーレンがその判断を下したのもまた当然と言えた。

さらに言えば、ベリルはもう若くない。子を成せる期間にそれほど猶予が残されていないという現実も、彼らの判断を後押ししていた。

書類上まで範囲を広げればミュイが一応子供に該当するとはいえ、彼女の血筋はベリルとまったく関係がない。魔法への適性があるという特異性を加味しても、ただの養子以上の評価は現状下し得ないのが正直なところ。

無論それはアリューシアのみが知っている情報であるし、ウォーレンにとっては今はまだ知る由もない内容ではあるが。

「君が先生を慕っていることは知っている。けれど、それとこれとは話が違う」

「……理解は、しています」

アリューシアは、ベリルのことを慕っている。それは事実である。

しかし、彼の幸せのために自分が不可欠だとは思っていないし、彼の隣に立つ女性が自分でなくとも良いと思っている。いや、思っていた。

それが本当に本心からの感情であれば、ウォーレンの判断は称賛すべきだ。二人は親交も深いし、互いに距離はあれど立派な立場も権力もある。シュステならばベリルを蔑《ないがし》ろにすることもあるまい。

またウォーレンが権力を笠に着て悪事を働くとも思えない。他の誰とも知らぬ一般人と結ばれるよりは、遥かに現実的かつ理想的な道筋である。

だが、それを素直に受け止められない自分が居る。その自分が居ることは想定していたが、当初の想定よりもかなりその自分が強い。これはアリューシアにとっては意外であった。

「……アリューシア。僕はさっき、半分くらいそれを望んでいると言ったけど」

「……？」

ウォーレンが語り口と雰囲気を変える。先ほどまでの辺境伯としての顔を潜め、同じ剣士に師事した旧友としての表情を今度は浮かべた。

「もう半分は、君が先生と結ばれることを望んでいるよ。今でもね」

「……」

ウォーレンのこの言葉もまた、偽らざる本心である。

彼は父であるジスガルトに連れられて、ビデン村の道場を訪れた。それとほぼ同時期に道場に通っていたのがアリューシアだ。

二人はともに研鑽《けんさん》を重ねたが、才能の差というものは実に残酷で。剣士としての才覚は一枚も二枚もアリューシアの方が上手であった。そこに嫉妬がなかったと言えば嘘にはなるが、自分と他人を綺麗《きれい》に切り分けられる割り切りの良さもあって、二人の仲は良好なまま時間は進んだ。

結局ウォーレンはアリューシアの一年遅れで餞別の剣を賜り、このフルームヴェルク領へと戻ってきた。それからすぐ、立て続けに兄たちが亡くなり、道場に通う前から紹介されていた婚約者と正式に結婚し、ジスガルトの跡を継いでフルームヴェルク領の現領主となる。

彼は彼でそれなりに波乱万丈な人生を歩んできているが、家格や身分を気にせず、また青年期を共に過ごした相手としてアリューシアはそこそこ気の置けない相手であり、信頼もしている。そんな彼女の幸せを、一人の友人として願っているのもまた本音であった。

「まあ、僕としては先生が君と引っ付こうがシュステと引っ付こうが、どっちでもいいんだけど？」

「この……言いますね……！」

先ほどの空気から一変して、おちゃらけた口調で語るウォーレン。

言った通り、彼の立場からすればどちらでもいい。友人の幸せも妹の幸せも、どちらも大切だからだ。

そしてこの二人ならば、きっとベリルを幸せにしてくれるという自信がある。彼は辺境伯の血筋ということも手伝っているが、人を見る目にはそれなりに自信があった。

「第一僕は、今回の招待を出した時には君と先生がそういう仲としてやってくると思ってたんだぞ。最低でも婚約者にはなっているものだとばかり。だというのに君は……」

「……～～ッ！」

ストレートな嫌みが、アリューシアの鋼の精神を揺らす。ベリルが関わる内容とはいえ、彼女がここまで心を乱される場面は珍しい。これは副団長のヘンブリッツや犬猿の仲であるスレナでも難しい、ある種ウォーレンのみが持つ強みと特権と言えた。

実際のところ、ウォーレンはベリルが独身のままであれば、シュステをぶつけてみようとは思っていた。だがベリルが特別指南役となってから今まで、碌《ろく》に二人の仲が進んでいないのはちょっとした想定外でもあった。

なので、半分といった言葉は掛け値なしに本心である。シュステに奪わせてもいいし、この行動を受けてアリューシアが奮起してもいい。どちらにせよ、フルームヴェルク領辺境伯としては悪い方向に転がらない。ウォーレンからすればどちらでもいい二択であった。

「と、言うわけで」

紅茶をぐっと飲み干したウォーレンが、改めてといった形で口調を正す。

「僕はシュステを出来る限り後押しするし、逆に君が何か仕掛けたいと言うなら応援もする。手伝えることがあれば協力もしよう。ただし、他の連中に粉を掛けられる事態だけは避けたい。そういうことだね」

「……分かりました」

ウォーレンの導き出した結論に、アリューシアは了承を返す。これは先ほどまでの不承不承とは違い、いくらか納得のいくものであった。

「でもさ、実際どうするの？　先生に単純な色仕掛けって効かないでしょ多分」

「あの人は基本的に弟子を異性として見ていないので……」

「だよねえ……」

これはウォーレンも頭を悩ませている部分であった。

単純な色仕掛けが効くなら、シュステに際どい恰好をさせて無理やりにでも同衾《どうきん》まで持ち込んでしまえばいい。身体《からだ》の魅力だけで押し切れる相手であればそれで済む話だ。ウォーレンはジスガルトからの教育もあって、こういう手練手管を切ることに躊躇《ためら》いがない。

しかし成功すればいいが、失敗した場合はこちらの品格が疑われる。元弟子の一人としてその事態もまた避けたかった。そして、成功する見込みは極めて低い。

第一それが有効なら、現段階で一番身近に居るアリューシアに惹かれているはずである。旧友としての贔屓目なしに見ても、アリューシア・シトラスという女性は容姿も性格も地位も実力も完璧な女性だ。

これで靡《なび》かないなら何処《どこ》の誰を用意すればいいんだという話になる。いかな辺境伯とはいえ、アリューシア以上に完璧な女性、それも未婚の女性を探し出せというのは結構な無理難題であった。

逆説的に、ベリルが単純な容姿で靡かないからこそ、妹であるシュステにも勝機があると見ているわけだが。

「まあ、古来からの伝統に則るなら……意外性とか？」

「意外性、ですか」

「アリューシアさ、女性としての一面を先生の前で出したこと、あんまりないでしょ」

「…………確かに」

「……え、本当になかったの？　今まで本当に何してたの？」

「う、うるさいですね」

普段見知った異性が、普段とは違う一面を見せる。古来から有効とされる異性を落とす際のテクニックの一つ。ふと思いついて言ってみただけではあるが、その手を一切使ってこなかったアリューシアに、ウォーレンは比較的マジな感じで批難の目を向けた。

「よし、じゃあまずはそこから攻めてみようか。夜会用のドレスは準備してあるよね。どんなやつ？」

「どんなと言われても……黒を基調とした落ち着いたものですが……」

「弱すぎるでしょ……本番用のドレスはこっちで見繕うよ。時間がないから既製品になっちゃうけど、まあ探せば何かあるだろうし」

「いえ、しかしですね」

「しかしも何もないでしょ。その姿勢のままだと本当にシュステに行かせちゃうよ」

「ぐっ……」

「胸元……は広げすぎるのは良くないな、品性がない。背中……うん、背中を開けた……赤かな。君の髪と肌の色が良く映える」

「それなら黒でいい気もしますが……」

「意外性がないんだよそれだと。いつものアリューシアじゃダメなんだって。ああそうだ、髪型も変えよう。その手配もこっちでしておくから」

「いえ、しかし……」

「しかしも何もない」

「はい……」

こうして突発的に開かれた、辺境伯とレベリオ騎士団長というお偉い二人による作戦会議。内容としてはたった一人の異性を落とすためという、至極くだらないものではあったが。他方二人にとっては、普段の身分を捨てて旧友と気楽な語らいを楽しめた、他には替えがたい一幕であった。

三　片田舎のおっさん、昴る

「……っと、こんなもんかな」

「よくお似合いですよ、ベリル様」

「ははは、ありがとう」

時は過ぎ、フルームヴェルク領に入りウォーレンの別館で過ごすようになってから三日後。

場所は三日間過ごした別館ではなく、初日にウォーレンと顔を合わせた本館。そこで今は本番の夜会を前に、事前の最終確認を行っているところである。

流石《さすが》にお貴族様が主催の夜会となれば、普段通りのラフな恰好でというわけにはいかない。とは言っても、俺はフォーマルな場に耐え得る服なんて一着しか持っていない。

つまりは、スフェンドヤードバニア使節団の警護に就いた時に買った黒のジャケット一式だ。

まさかこいつに再び袖を通すことになるとは思いもよらなかった。捨てるなんて勿体《もったい》ないことはしないけれども、てっきり家の棚で永い眠りにつくものだと思っていただけに、少々意外である。

そして、もし仮に今後こういう場への出席が増えるのであれば、持っている服が一着だけというのは流石に拙《まず》い。普段着と練習着だけ用意しておけば事足りた過去を懐かしく感じるよ。

今回の催しが無事に終わってバルトレーンに戻ったら、そういう服のバリエーションも増やした方がいいのかもしれないな。

俺個人のセンスは当てに出来ないから誰かに同伴をお願いすることになりそうだけど、さてどうしたものか。順当に考えればアリューシアが一番手に上がりそうなものだが、彼女は俺にあのプールポワンを勧めてきた前科があるからちょっと怖い。ここは一つ同性の友としてヘンブリッツ君もありな気がしてきた。

「シュステもよく似合っていると思うよ」

「まあ……っ、ありがとうございます」

身だしなみを整えるのは勿論《もちろん》、俺だけではない。今回の夜会に出席する全員がそうだ。当然俺のエスコートをする予定であるシュステも、普段はなかなか着ないであろう豪華絢爛なドレスに身を包んでいる。

丁寧に織り込まれた、青を基調としたドレス。光を反射してキラキラと輝いている辺り、宝石が鏤《ちりば》められているのか、それとも布に魔法でも掛かっているのか。詳細は分からないものの、俺なんかではきっと背伸びしても手が届かない金額の服だろうことは想像に難《かた》くない。

万が一どこかに引っ掛けでもしたら、とんでもない金額を請求されそうだ。

「俺たちはもう少し後からだっけ」

「そうなります。ベリル様たちは主賓ですので」

どうも俺にはピンとこないんだが、こういう晩餐会《ばんさんかい》とかあるいは舞踏会とか、貴族が主催する催しでは登場する順番もある程度大事らしい。普通は位の低い人から集まって、爵位なり地位なりが高い人ほど皆が集まった後に派手に登場するそうだ。

耳目を集めるためだったり、権威や地位を強調するためだったりと、まあ色々と理由はあるらしい。

その点で言えば俺なんて爵位も何もないただの一市民なんだけど、そこはレベリオ騎士団の特別指南役という役職と、今回の主賓であるという状況から登場は後の方なんだそうだ。

逆に俺なんかがそんな主役扱いで登場して他の貴族たちの顰蹙《ひんしゅく》を買わないのだろうか。そんな心配ばかりしてしまう。

「どうかご安心を。私がしっかりエスコートさせて頂きますので」

「はは、ありがとう」

何となく落ち着かなくてソワソワしていたら、シュステから気遣いを貰ってしまった。年下の女性に気遣われるという恥ずかしい場面ではあるものの、今回のような状況では俺なんて生まれたての小鹿と変わらないからな。

初対面の時から変わらない、愛嬌のある笑顔。今日はきっとこの笑顔に沢山助けられるのだろうと思うと頭が上がらない。

シュステとはこの三日間、色々と話をさせてもらった。互いに今までどう過ごしてきたかとか、周囲の人間関係とか、まあ本当に色々だ。

俺は単純計算でシュステの倍以上生きているわけだけど、当然のことながら語られる内容は俺より彼女の方が何倍も長く、そして濃いものだった。そんな交流のおかげもあって、今ではこうやって平常心で話すことも出来るようになった。

剣の道を歩み、多くの弟子たちを教えてきた道が薄っぺらいものだったとは言わないし言えない。それは今まで教えてきた弟子たちの人生をも裏切る行為になる。

しかしそれでも、やってきたこと経験してきたことの幅で言えば、俺よりも彼女の方が遥かに豊富であることもまた事実であった。バルトレーンに来てから様々な人や事件と関わってきたが、それらは全てここ最近のことだしね。俺の人生の縮図で言えば一瞬にも近い出来事だ。

「ふぅー……」

「おかしな方です。剣を振るっていれば、こんな催しよりもよっぽど緊張することはありましたでしょうに」

「いやあ、まったく別物だよそれとこれは」

「ふふ、そうでしょうか」

確かに剣を握る人生の中で、覚悟が必要になった場面は思い返せばいくつもある。あるが、それは決して今感じているような緊張とイコールではないのだ。正しくそれはそれ、これはこれである。

「シュステ様、先生。お待たせしました」

そんなことを考えていると、俺とシュステが待機している部屋に入ってくる人影がもう一人。

俺と同じく今夜の主賓であるアリューシアだ。今回の夜会は俺とアリューシア、そして俺のエスコート役としてシュステの三人が最後に登場する流れらしい。

流れらしい、のだが。

「……綺麗《きれい》だね。凄《すご》く似合っているよ」

「ありがとうございます」

普段とは違う姿で現れたアリューシアに、不覚にも俺は数瞬、視線と意識を奪われてしまっていた。

騎士の正装と言えば、あの銀色に輝く鎧である。ではあるが、今回は特に国事でもないために、騎士としての正装というよりは場に合わせた装いが求められる。

煌《きら》びやかで艶《つや》のある銀髪はいつもと違い、大きくまとめてサイドに。そこから彼女の象徴とも言える三つ編みが、これも普段より何割増しかで細かく編まれていた。

これだけでも大分印象が違うものだが、やはり一番の違いは服装。シュステの青を基調としたドレスとは対照的に、深紅に染め上げられたロングドレス。深い赤の海原が、引き締まったプロポーションを一層際立たせている。更に片側に深く切り込んだスリットが、彼女の女性的魅力を存分に引き出していた。

ヤバい。何と言うか、非の打ち所のない美人である。

いや勿論アリューシアが美人であることくらい百も承知なのだが、彼女を教え子の一人としてではなく、一人の成熟した女性として見てしまったのは今この時が初めてかもしれない。それくらいには衝撃的な姿だった。

「ようベリル、久しぶりだな」

「……ジスガルトも元気そうで何よりだよ」

そして、視線を奪われたのが数瞬で済んだのは、彼女が一人で現れたわけではなかったから。

ジスガルト・フルームヴェルク。ウォーレンとシュステの父であり、俺と同門の男。

年をとっても変わらない、艶のある金髪。白髪の割合は増えたが、まだまだ元気そうで何よりである。

「なんだお前、だっせえ白髪しやがって」

「うるさいな、俺はまだ前髪の一部だけだよ。お前こそ年々白髪が増えてるんじゃないか？」

「黙れバカ野郎」

数十年前と変わらない、くだらないやり取り。

フルームヴェルク領の前領主という文句なしの上位者だが、こいつには本当に敬う気持ちが出てこないから不思議だ。師匠と弟子という間柄ではなく、ともに剣を学んだ仲というのはやはりそれなり以上に特別らしかった。

「しかし、ジスガルトがここに居るってことは……」

「ああ、騎士団長殿のエスコート役は俺が務めよう。お一人様じゃあ恰好も付かんだろうからな。ウォーレンの野郎は主催だし」

「なるほどね」

確かに俺にシュステが付く一方、アリューシアに相手が居ないのはやや不自然だ。

その点で言えばジスガルトは正に適役と言えた。格が落ちることもないし、今回の主催はあくまで現領主であるウォーレンなので、ジスガルトはその縛りの内にない。シュステが俺のパートナー役になれたのも同じ道理だろう。

ただやはり、俺と違ってジスガルトには品格と気品があるように思える。同じ時期に同じ剣を学んだ者同士ではあるものの、この違いは果たして血筋か教育か。

「ジスガルトはともかくとして、こんな綺麗どころ二人と一緒に登場なんて、俺の方が浮いちゃうかもね……」

「そんなことはありません。先生もよく似合っておいでです」

「あ、ありがとう……」

「馬子にも衣裳って言葉があるだろ」

「うるさいよ」

苦し紛れに感想を呟いてみるものの、当の本人であるアリューシアからさくっと返されてしまった。あとジスガルトはちょっと黙ってろこのバカ野郎。

アリューシアとシュステという一級の美人に囲まれて貴族様の前に顔を出すなんて、マジで緊張してきたぞ。絶対に変な目で見られるし、その視線に長時間晒されて耐えられる自信がちょっとない。

「ジスガルト様、シュステ様、アリューシア様、ベリル様。お時間となりますので、よろしくお願いいたします」

「分かった。よし、行くとするか」

そんな気持ちを落ち着ける暇もなく、どうやら俺たちが場に出る時間が迫ってきた様子。用件を伝えに来た使用人にジスガルトが応え、俺たちは夜会の会場となる大部屋へと移動することになった。

「き、緊張するねえ……」

「ふふ、最低限の礼節さえ守って頂ければ大丈夫です。煩《わずら》わしい者は私が全てお相手致しますので」

「ははは、頼もしいね……」

俺の零《こぼ》した愚痴に近い言葉に、シュステが頼もしい言葉を返してくれる。

その最低限の礼節でさえ俺はちょっと怪しいところがあるんだけど、この三日間、シュステに色々と教わったので多分大丈夫だと信じたい。それに、煩わしい者たちを全て相手取ってやるという彼女の決意に満ちた言葉は、言った通り非常に頼りになる。

大の大人がそれでいいのかという疑問は湧いて出てくるものの、これまで生きてきたステージが俺と彼女とではまるで違う。申し訳ないけれど、存分に頼らせてもらおう。

「シュステ様。もし手に負えないと判断しましたら私も呼んでください。場合によっては、辺境伯家ではない者の方が御しやすいこともありますので」

「ええ、ありがとうございます。もしそうなったらお願いしますね」

「面倒だったら俺を呼んでもいいぞ。蹴散らしてやる」

「もう、お父様」

アリューシアの申し出に、シュステが応える。そりゃ彼女たち二人の力にジスガルトまでが合わされば、この場では最強だろう。しかしそれではあまりにも、そう、あまりにも情けない。恰好が付かなすぎる。

なんとか俺とシュステの力だけでこの夜会を乗り切りたいところだな。頑張りどころだ。

「こちらです」

使用人に案内された先には重厚な扉。

耳をすませば、扉の向こうから薄《うっす》らと談笑の声も聞こえてくる。恐らくこの扉の先で、お貴族様がお待ちになっているのだろう。

うおおヤバい。さっきまでも緊張していたけど、今はもっと緊張してきた。大丈夫かな。

「ベリル様。大丈夫ですよ」

「先生。何も心配は要りません」

そんな俺の心情を汲み取ったか、シュステとアリューシアからそれぞれ激励のお言葉。自身の小心っぷりがほとほと嫌になるが、ここはもう二人の言葉を信じてどんと構えるしかない。何もお貴族様たちと斬り結ぼうってわけじゃないんだ、命まで取られることはないんだからしっかりしろ、俺。

「ジスガルト・フルームヴェルク様、シュステ・フルームヴェルク様、アリューシア・シトラス様、ベリル・ガーデナント様、御入場！」

眼前の扉が開き、お付きの人が大声で俺たちの登場を知らせる。

開かれた先、豪華絢爛な衣装と装飾に囲まれた人々の視線が、一斉にこちらへと刺さった。

「おお、あれが噂に名高きレベリオの騎士団長か。美しいな……」

「シュステ嬢と……隣の彼が例の特別指南役かね？」

入場した途端、視線とともに注がれる騒めき。大体がシュステやアリューシアに目を奪われた者たちの呟きに近い音だが、やはりいくつかの俺を値踏みするような視線や声も感じられる。

ここに招待された人たちは当然ながら、一定以上の地位や権力を持っている者ばかり。皆思い思いに着飾った服で出席しているものだから、映る視界は大変に眩しいものだ。なんだかずっと見ていると目の奥がチカチカしてきそうである。

「ベリル様。お伝えした通りに」

「あ、ああ」

浮足立ってしまった俺を、隣に立つシュステが小声で制する。

お伝えした通りにというのはつまり、微笑みを湛《たた》えながら軽く手を挙げ、優雅に歩けということ。

ある程度予想はしていたが、貴族社会というものは面子《メンツ》と見栄がかなり重要視されるらしい。こういう場で狼狽《うろた》えているところを見せてしまえば、それだけでかなりのイメージダウンに繋《つな》がってしまうそうだ。

流石に一言も喋っていないうちから勝手に印象が悪くなるのはちょっと困る。なので、ここはシュステの言う通り優雅に、お偉いさんっぽい気配を精いっぱいに出しながらゆっくり歩く。

「お二方、遠路遥々ご苦労。今宵は君たちを労う場だ、遠慮なく過ごしてくれたまえ」

「お心遣い痛み入ります、ウォーレン様」

色々な種類の視線を受けながら会場を歩いていると、ウォーレンから声を掛けられる。まずはこの場の主人と挨拶を交わし、そこからは自由、みたいな当たって砕けろ的な流れっぽい。

そして今回は外からの目がばっちりあるので、俺もアリューシアもウォーレンも外行きの口調だ。

上位者として振舞うウォーレンを見るのはこれで二度目だが、随分と様になっていると思う。これもジスガルトの教育が良かったおかげなのかな。あいつはあいつで若い頃は結構ヤンチャだった記憶しかないけれど。

「ここには君たちの武勇伝を是非聞きたいと思って集まっている者も数多い。すまないが、出来る限りは相手をしてやってくれ」

「はっ、畏《かしこ》まりました」

ここでウォーレンから、暗に後は自由にやってくれというお達しが出た。流石にいかな貴族と言えども、今回のホストとなる辺境伯を差し置いて勝手にゲストと話し込むのはかなりの無礼に当たる。なのでこうやってウォーレン側から、もう話しかけていいですよ、みたいな空気を出すわけだ。

いやはや、夜会一つとっても大変に面倒臭い。そういう情報をシュステから事前に聞いておかなければ大混乱していたこと間違いなしだ。改めて、この世界は独自のルールが大量に蔓延《はびこ》っていると感じると同時、こんな世界に飛び込みたくないという気持ちも強まるね。

「では先生、私は一旦ここで」

「ああ、分かった」

「まあこっちは安心して任せとけ」

ウォーレンとの挨拶が終わったところで、アリューシアと小声でやり取りを交わす。ついでにジスガルトからも心強い言葉を頂いた。

アリューシアたちとはここで一旦別行動になる。彼女は彼女で顔を繋いでおかなければいけない相手が多いからだ。特に今回は国境付近の領地を治める貴族が多く出席している。

サラキア王女殿下の嫁入りを安全かつ確実に進めるためにも、この一帯の領主と密に連携を取り合うため、こういう場面でしっかり関係を築いておかなければいけないんだそうだ。

レベリオの騎士団長という地位は、ただ剣を振るう腕があれば就ける役職ではないことを嫌というほど感じるね。騎士団の運営、騎士たちの修練に加えて、こんな外交じみたことまでやらなければいけないとなればその負荷は如何《いか》程か。その負担を特別指南役になった俺が、少しでも軽減出来ていることを願うばかりである。

「やあアリューシア殿。以前お会いした時よりも一層美しくなられたようで」

「ありがとうございますテレンス卿。そちらもお元気そうで何よりです」

アリューシアほどの実力と地位、そして美貌を兼ね備えた女性となれば、周囲が当然放っておかない。俺とシュステの間を離れた彼女は早速現地の貴族に話しかけられていた。

よくよく観察してみれば、俺たちの周りに貴族や地元の権力者たちの輪が出来つつある。どうやらこの人たち全員と一言以上交わさないと、ここから出られそうになかった。嫌だなあ、こんな包囲網。

だが、シュステにエスコート役を引き受けてもらったおかげか、俺を囲う円の中に若い女性はあまり見受けられない。着飾った女性も数多く出席してはいるものの、声を掛けに来る切っ掛けを摑《つか》めずにいるように思えた。

よしよし、そのまま大人しくしてもらえると俺の心が大変に助かる。どうかこのまま適当に空気に紛れつつ何事もなく夜会を終えられますように。

「失礼。貴公がベリル殿かな？　……うむ、見た目の年齢の割に随分と鍛えられている。流石はレベリオ騎士団の特別指南役といったところかな」

そんな俺のささやかな目論見は、速攻で破られることとなった。

どうしよう。というか誰だこのおじさんは。貴族には間違いないのだろうが、それ以外の情報を俺は何一つ持ち合わせちゃいないんだぞ。

「お久しぶりですリカノール卿。ベリル様は社交の場に不慣れな故、私からのお声掛けをどうかお許しください」

「おや、シュステ嬢。元気そうで何より。いやはや、こちらこそすまないね。つい気が逸《はや》って一番槍を務めてしまった」

困惑に頭を回す暇もなく、いつの間にかシュステがリカノール卿に挨拶の言葉を告げる。

うひぃ、助かった。とりあえず相手のお名前がリカノールさんであることは分かったから、ここから何とか会話を繋げていこう。

「申し訳ありませんリカノール卿。不勉強故まともなご挨拶も出来ず」

「ははは、構わないとも。そこまで狭量な男になったつもりはないからね」

相手の言葉に瞬時に反応出来ず、供である女性に助けられるというのは、多分相当みっともない。

しかしこのリカノール卿は特段そういうところを突っ込む性格でもないようで、何とか一命を取り留められた。

けれどまあ、なんせ相手はお貴族様だ。この言葉が本心である保証はどこにもない。引き続き油断は出来ない状況であることに何ら変わりなかった。

「御推察の通り、私がレベリオ騎士団の特別指南役を務めております、ベリル・ガーデナントです。先程の無作法はどうかお許しいただけると……」

「構わないと言っている。そちらも面識のない連中ばかりの中では苦労もするだろう。おっと、私はサルヴァン・リカノール。伯爵位を賜り、隣のリカノール領を治めておる。貴公の噂を聞いて、一度話をしてみたくてね」

にこやかに笑うリカノール卿は、一見害意もなくそれどころか友好的にも思える。年齢で言うと俺と同じか、俺よりもやや上か。上品に蓄えられた顎髭《あごひげ》がなかなかの威厳を出している、一見すればやや強面《こわもて》の素敵なオジサマだ。

そう考えると、ウォーレンがあの若さで家督を継いだのは相当早いものだと感じるね。ジスガルトが何を考えて椅子を譲ったのかは分からないが。

「私も剣は多少なりとも嗜《たしな》んでいるが……どうだね、貴公から見て」

「良い身体《からだ》つきをされていると思います。とても重厚な剣撃が飛び出してきそうですね」

「ほう、そのように見えるか。ありがたい。そう言われるとまだまだ隠居は出来んな」

「ははは……」

俺の言葉にリカノール卿は少し機嫌を良くして頂けたようだ。

無論、おべっかである。年齢の割に良い身体つきをしているのは事実だし嘘を吐《つ》いてはいないが、一人の剣士として見た場合、どう見ても一線級で戦えるほどではない。彼自身が言った通り、嗜んでいる程度なのだろう。

ただまあ、それを正直に言っても全方位に得がないからな。上手《うま》いこと煽《おだ》てていい感じの印象を持ってもらいつつ、のらりくらりと躱《かわ》す。言葉にするのは簡単なものの、小市民の俺にとっては実に難しい任務であった。

「しかし、バルトレーンに居を構える貴公もこちらまで来ることはあまりないだろう。良ければぼうちの領地にも機会があれば訪ねてくれたまえ。貴公ならいつでも歓迎しよう」

「ええ、ありがとうございます」

「もう、リカノール卿。ベリル様を早速独り占めしていては、他の皆さまのご不満が溜まってしまいますわ」

「おっと、それもそうだ。貴公とはまたじっくり話をしてみたいところだな」

「はい、機会があれば是非お願いします」

二言三言交わしたところで、シュステからそれとなく打ち切りの合図が入った。

とりあえずこの三日間で取り決めたのは、会話の入りと抜けはシュステがフォローして、その間の雑談はなんとか俺の力で切り抜ける、というものだ。

夜会の主賓として呼ばれている以上、ずっと壁の花もといただの壁を続けられるわけではない。

俺がこの会場に居る間一言も喋らないのは不自然だし、土台不可能。

なので最低限の交流を重ねつつ、かつ余計な言質《げんち》は取られないように立ち回る必要があるわけだが、それを俺個人の力で達成するのはかなり難しい。

そこでシュステの出番である。話を打ち切る際は、相手に失礼とならないような理由をでっち上げて次に回す。あるいは、シュステが害のない相手と判断した場合は出来る限り話を引き延ばす。

短時間でとっかえひっかえ相手を変えるのは失礼じゃないのかとも思ったんだけど、今回に限って言えばそうでもないらしい。

俺やアリューシアは今回の主賓であるが故、話をしたい人は沢山居る。その中で図々しくも居座ろうとするやつは当然周囲から強烈なやっかみを受けるわけで、そこまでの命知らずは恐らく居ないだろうという判断。

そして彼らからすれば「今を時めくレベリオ騎士団の特別指南役と、面と向かって会話した」という事実こそが重要であり、会話の長短はそこまで重要視されない。

ここら辺も何とも独特な貴族ルールである。要は俺と顔を繋げられれば今回は及第点ということらしく、逆に長々と居座ろうとするやつは、何か企んでいる可能性があるので警戒しなければならんそうだ。

実に面倒臭いことこの上ない。出来ることなら今すぐ美味《うま》い飯だけかっ食らって別館にとんぼ返りしたい気分である。

「……さっきのリカノール卿は不適格ってこと？」

「あのお方はこの近辺でも指折りの軍拡派です。何かと理由をつけてベリル様を招聘《しょうへい》、あるいは抱き込むところまで考えているでしょうね」

「えぇ……」

こわ。

さっき話した限りでは気のいいおじさんって感じだったんだけど、やっぱり油断は出来ないな。言われて思い返してみれば、領地にも是非寄ってくれと言われていたなあ。あれはそういう意図もあったということか。

これは本当に些細な言葉のやり取りにも注意しなきゃならんな。約束事と取られかねない言葉には、絶対に頷かないようにしよう。流石のシュステと言えど、俺がうんと頷いたことを反故《ほご》にする力はないだろうし。

「ベリル・ガーデナント様。お会いできて光栄に御座いますわ」

「あ、どうも、恐れ入ります」

リカノール卿が去ってから休む間もなく次の相手のお出ましである。声を掛けてきたのは華美なドレスに身を包んだ、見るからに派手な女性であった。

「まあ、カラトナ様ではありませんか。ご機嫌麗しゅう」

「あらシュステ、ご機嫌よう」

目深に帽子をかぶっているせいで詳しくは分からないが、朱の入った艶のある唇に美しい肌。恐らく美人に類する者だろうなというのは容易に想像が付いた。

「フフ、噂に聞くよりも随分と純朴な方でいらっしゃるのね」

「ええ。恥ずかしながら、生まれも育ちも高貴なものではありませんので。何卒ご容赦頂ければ……」

からからと笑う様は気品こそ感じられるが、一方で嫌味には感じない。それがこの人特有のものなのか、相手が女性だからなのかは分からないけれど。

「ご容赦なんてとんでもない。純粋に武に生きる者を尊敬こそすれども、下に見る者などおりませんことよ」

「そう言って頂けますと助かります」

誰も彼もそうだけど、やっぱり俺が主賓という立場であるからして、初手は皆おためごかしから入ってくるな。この場がお貴族様の夜会でなければ、ついつい俺も鼻が高くなってしまいそうである。

さてさて、このカラトナ様と呼ばれた女性は一体、その豊満な胸の中にどんな思惑を隠しているのか。

「自己紹介が遅れましたわね。わたくし、シルヴァキンソン伯爵家が長女、カラトナ・シルヴァキンソンで御座います」

「ご丁寧にありがとうございます。レベリオ騎士団の特別指南役を務めております、ベリル・ガーデナントです」

もはや何度目かも分からない名乗り口上。これここに居る貴族様の数だけ繰り返さなきゃいけないんだろうか。そう思うと、げんなりする気持ちも少々湧いてくる。

「ガーデナント様の武勇は、この辺境の地にも届いておりますのよ。一度是非お話をしてみたくて」

「ははは……それは光栄なことですが、同時に恐れ多いとも言いますか……」

ウォーレンからも聞かされたけど、俺の武勇が轟《とどろ》いているというこの言葉、マジで実感がなさ過ぎて困る。

いや確かに、先般の王族暗殺未遂事件がそれなりに大きな事件であったことは認めよう。けれども、別に俺は派手に名乗りを上げたわけでもないし、対外的にはレベリオ騎士団全体の活躍で収まっているはずだ。

そうであれば一番に名が挙がるのはやっぱり騎士団長であるアリューシアや、副団長であるヘンブリッツ君じゃないとおかしいはずで。

カラトナ嬢は辺境の地と自身で言ったが、バルトレーンからかなり距離のあるこの場所で、俺の名前だけが先行して上がっているのはちょっとおかしい気がするんだよな。情報の流布に際して、誰かの手が入っているんじゃないかと疑ってしまうくらいには。

「ふふ、カラトナ様。実際にベリル様を見て、どうでしょうか？」

「ええ、とても素敵なお方だと思いますわ。このような方にお相手が居ないのが不思議なくらい」

「……残念ながら。ですので本日は、シュステ嬢にお付き合い頂いているところでして」

カラトナ嬢の言葉に、早速来たかと思わざるを得なかった。しかも当然のように俺が独身であることがバレている。この辺りの予測が完璧な辺り、やはりシュステは凄い。

というのも、今回積極的に話をしに来る相手、特に女性は関しては、ほぼ間違いなく俺の身辺を調べた上でアプローチをかけてくるだろうと。そこでは絶対に好意的な返事をせずに、とにかく多少強引でも良いからシュステに話の照準を合わせてはぐらかせ、というのが彼女から言われていることだった。

俺がこの場で気のある返事をしてしまったら、確実にあの手この手で言い寄ってくる者たちが出てくる、とはシュステの言である。

ただし、初対面の主賓に対していきなり付き合ってくださいとか、結婚してくださいと申し入れるのはかなり無理筋かつノーマナーな振舞いらしい。だからこうやって、やや迂遠な表現を用いる。その流れで言質を取ってしまおうという策なんだそうだ。

俺がこの場で結婚相手を見つける気があるのなら話は別だが、そうでなければ迂闊《うかつ》なことは出来る限り言わない方がいいと念を押されていた。まさに彼女の懸念通りになってしまったわけである。

これ、事前にそのことを聞いていなかったら真面目に答えていた自信があるぞ。

特に相手が立場のある女性で、更に俺を褒《ほ》め称えた上で聞いてくるという、なかなか男心を擽《くすぐ》る手法だ。前もって警戒していなければ、きっと照れながら愛想良くしているに違いなかった。何ならポロっと下手《へた》なことを零していたかもしれない。

「私で務まるのかと不安はありましたが、ベリル様はお優しいので」

「あらあら、お似合いですこと。微笑ましいですわ」

シュステが会話を引き継いでくれている間に、息を整える。

正直さっきのは結構危なかった。戦いの中で行われる揶め手とはまったく別の緊張感が走るよ。

「ガーデナント様。是非シルヴァキンソン領にも遊びに来てくださいまし。都会とは申しませんが、緑が多くて休まりますことよ」

「ありがとうございます。機会があれば是非前向きに検討したいところですね」

「フフ、お待ちしておりますわ」

カラトナ嬢のお誘いに、検討するとだけ答えて明言を避ける。これも多分、伺います、と言ってしまったらダメなんだろうな。なんだかそれを言質として正式な招待状なんかが来て、そこで強烈な囲い込みが発生しそうな予感がする。

分かっちゃいたけどこれ、めちゃくちゃ神経使うわ。真剣に帰りたくなってきた。

「カラトナ様。あちらで貴女《あなた》とお話ししたそうな者が熱烈な視線を送ってきておりますよ」

「あら。ウフフ、それならあちらのお相手もしなくてはなりませんね」

そして頃合いと見たシュステが、それとなくカラトナ嬢の引きはがしにかかる。本当に視線を送っている者が居るかどうかは俺には分からないけどね。

「それではガーデナント様。御機嫌よう」

「はい、お話出来て光栄でした。また是非とも」

最後に挨拶を交わし、カラトナ嬢は優雅な所作で俺たちから離れて行った。

「ベリル様、次が来ます」

「うえ……分かった」

シュステから齎《もたら》された続報に、思わずミュイみたいな反応が出てしまった。

いやー、マジでしんどい。これあと何回繰り返さなきゃいけないんだ。ボロが出る前に早く全部終わってくれ、頼む。

「やあやあ！　貴方《あなた》が噂のベリル殿ですかな！　ほうほう！　これはまた随分と鍛えておられる！」

「まあ！　御無沙汰しております、タンメルフィット卿」

次から次へとお貴族様やら地元の権力者やらが飛び込んでくる中、シュステが初手を捌《さば》き、俺が受け止め、またシュステが送り出す。

俺が会場の飯にありつけたのは、もう数えるのも億劫になるくらいにその流れが繰り返された後であった。

◇

「だはぁー……疲れた……」

「お疲れ様ですベリル様」

なんとか夜会のあれやこれやを切り抜け、随分と夜も更けた時分に別館へと戻ってきた直後。部屋に備え付けられた豪華なソファに、どっかりと腰を下ろす。すかさずタイを緩めて近くの机にポイ。決して褒められた仕草ではないが、今この時くらいは許してほしい。

お偉いさん方と話している時は勿論、それらが一段落ついて会場の飯を食っている間も、何なら夜会がお開きとなって別館に戻る間までも、周囲の目がある以上は気が抜けなかった。どこで誰が見ているか分かったもんじゃないからな。

挨拶を交わした人の総数はどれくらいに上っただろうか。二十を超えたあたりから俺はもう数えるのを止《や》めた。

恐らく、あの場に居たほぼ全員と一言以上は交わしたと思う。印象的な人物は多少覚えちゃいるが、あの一瞬で全員の顔と名前を一致させるのは俺には無理だ。今後会う確率は低いにしても、街中で偶然声を掛けられてもとっさに反応出来る自信がない。

シュステやアリューシアは、ああいった人たちの顔と名前もしっかり記憶しているんだものなあ。

なんだか頭の作りが俺のような凡人とは根本から違う気すらしてきたよ。

「こちら果実水です。飲まれますか？」

「ああ、ありがとうシュステ」

シュステが入れてくれた果実水を受け取り、一気に半分ほどを飲み干す。微かな甘みが口腔内をするりと通り抜け、まるで清流が胃の中に落ちていく感覚。ふう、落ち着くね。

会場に居た時にも料理は食べたし酒も多少飲んだが、こういう落ち着いた空間がやっぱり飲食するには一番だ。余計な気を張らなくていいのが何より良い。俺の中では、シュステは既に気を張らなくていい相手になっていた。

夜会中はほぼおんぶに抱っこだったけれども、気分的にはもう戦友と呼んでも差し支えないほどである。

「それで……どうだったかな、俺は何か拙いこと言っちゃったりした？」

気分的にはこのまま精神的疲労に身を任せて就寝、と行きたいところだが、そうは問屋が卸さない。早速今夜の反省会である。

もし俺が何か余計なことを口走っていたのなら、それの対策を打たなきゃいけない。そしてその対策は、俺がバルトレーンに帰ってしまった後では難しい。俺としても、こっちで余計な火種を残したままというのは気分が落ち着かないので、もし問題があれば早急に解決する必要がある。

「いいえ、大丈夫だと思いますよ。意識して明言は避けておられましたし、全体を通して悪くない対応だったかと思います」

「そうか、それはよかった……」

少し緊張していたけれども、どうやら俺の取った対応に大きな間違いはなかったらしく。これでやっと本当の意味で一息つけるというものだ。

「失礼します。お疲れ様です先生」

「やあアリューシア。君もお疲れ様、大変だったろう」

「問題ありません。お気遣い頂きありがとうございます」

ほっと胸を撫でおろしたところで、ノックとともにアリューシアが部屋の方へと入ってきていた。

……なのだが、何故《なぜ》か夜会に出ていた時のドレス姿そのままである。てっきり彼女のことだからさっさと普段着に着替えているものだとばかり思っていたから、少しばかり面食らってしまった。

「……うーん」

「……あの、先生……？」

「あっ、いや、なんでもない。すまないね」

「？」

ついついじっと見つめていたら不審がられてしまった。いかんいかん、どうにも意識が彼女のドレス姿に引っ張られているな。

まあ何と言うか、改めて見てもアリューシアは美人である。何を今更という感じではあるが、問題なのは「彼女が美人であることなど最初から分かっていた」ことにある。

言い換えれば、見慣れていると言ってもいい。単純な薄着くらいなら修練場での鍛錬でいくらでも見ているし、流石に女性の恥ずかしいところを見ることはないけれど、肌くらいなら見慣れているもの。実際、今の姿を見ても美人だなとは思うが、それだけだ。

如何に着飾っていたとはいえ、教え子であるアリューシアの姿にドキッとしてしまったのは、なんとなく俺の中で解せないのである。

予想以上に俺自身が緊張していて、更に会場の空気にも中《あ》てられた、と考えるのが妥当だろうか。これに関してはあんまり深く考えない方がいい気もしてきたぞ。

「せ、先生」

「うん？」

どうにか気を持ち直していると、アリューシアから声が掛けられる。その声色は普段の凛々《りり》しいものとは違って、少しばかり逡巡があるようにも思えた。

「その……どうでしょうか」

どうでしょうか。その質問の真意を改めて聞いてしまうような野暮な真似は、流石に出来ない。

「……最初にも言ったけど、よく似合っているよ。君の美しさに一層磨きがかかったように思う」

「……ありがとうございます」

俺の言葉を受けて、アリューシアははにかみながら軽く頭を下げた。

言った言葉に嘘はない。紛うことなき本心だ。しかしながら、こんな歯の浮くような台詞を口に出すのはめっぽう恥ずかしい。けれど、ここではそれを言わないといけないような気がしたんだ。アリューシアだって、こんなことを改めて俺に聞くのは恥ずかしかったに決まっている。自分を褒めてくれと言外に言っているようなものだしね。

だからこそ、そんな恥じらいを乗り越えて訊いてきた彼女に、俺だけ恥ずかしがってのらりくらりは流石に恰好が悪い。ちっぽけではあるものの、俺にも男としての意地はあるんだ。ほんの少しではあるが。

幸いながら、ここにはそれを茶化す人も居ないしな。ジスガルトが居たら絶対に要らんことを大声でまくし立てていたに違いない。あいつが居ない今だからこそ、こんな対応も出来るというものだ。

「アリューシア様も、お疲れ様でございました」

「お気遣いありがとうございます。シュステ様も、大変に素晴らしい立ち回りでした」

アリューシアとシュステが互いに称賛の言葉を交換する。

二人とも初対面時よりはいくらか打ち解けたようにも見えるけれど、それでもやり取りされる言葉は明確な壁を感じさせるものだ。いやまあ、通常ならそれが当たり前のはずなんだけどね。

俺だって本来の立場で言えば、この二人のどちらとも気安い態度は取れない。事実、人の目がある時はちゃんと礼節を意識している。

アリューシアはまだ分かる。彼女には俺の元弟子だったという一応の理由があるからな。だがシュステにはそれらがない。元教え子の妹という、繋がりと言えなくもない繋がりが一応あるにはあるものの、それにしたって彼女と会ったのは三日前が初めてだ。俺が敬う態度を取るのが当然のはずなのに、当の本人が何故かそれを良しとせず、逆に俺には時間と場所を問わず丁寧な対応を一貫する。

これがアリューシアに対しても砕けた態度を要求するならまだ話は分かるんだ。でも実際にそうはならず、結果として辺境伯家の長女という地位に居る人物に対し、小市民の俺だけが普段通りの態度をとることがまかり通ってしまっている。

やっぱりここにも何らかの思惑が働いてるんじゃないのかなあと、改めて勘繰ってしまうのである。かと言って、俺にはそれを直接聞く胆力もないんだけれども。なんだか考えてて悲しくなってきた。

「とりあえず、これで一応の役目は果たした……と見ていいのかな？」

一旦思考を止めて、今後のことについて聞いてみることにした。

とりあえず今回の仕事はサラキア王女殿下の嫁入りルートの確認と、それに伴う根回しだ。フルームヴェルク領に来るまでの旅程に問題はなかったと思うし、夜会の最中もアリューシアは色んな人と顔を繋いでいた。

なので後は、この情報を持ち帰って王室に報告することで今回の任務は完了のはずだ。

「はい。概ね目的は達せられたと考えられます。後は帰路ですが、恐らく問題はないでしょう」

「そっか、一安心だね」

彼女からしても、今回の遠征の感触は悪くないらしい。俺にはその辺りの判断が付かないから、彼女が大丈夫と言うのならきっと大丈夫なのだろう。

となると、後は帰るだけである。この別館での生活は当然悪いものではなかったので、何となく後ろ髪を引かれる気分にもなる一方、この水準に慣れ切ってしまうとダメな気もしている。まさかうちの家で使用人を雇うわけにもいかないしね。

「ウォーレン……辺境伯とも話をしましたが、もう数日滞在させて頂き、その後帰路に就く予定となっています」

「……もう数日?」

てっきり仕事が終わってさっさと帰ると思っていたのだが、どうやらもうちょっとここに滞在するらしい。

俺としてはどっちでもいいし、むしろこの余暇を利用してフルームヴェルク領の酒場にでも繰り出したい気持ちはある。あるが、任務の性質上帰還を早めないのはちょっと違和感が残るな。

「私たちに私兵軍の稽古を付けてほしいそうです。別口の依頼となりますので、別途滞在費を持って頂けるとのことで」

「なるほどね」

続くアリューシアの言葉に、そういうことかと納得する。

レベリオ騎士団は、その勇名を王国全土に轟かせている。轟かせている一方で、基本的にバルトレーンから出てこない上に少数精鋭なもんだから、首都以外の各地でお目にかかれる機会はあまりない。俺の故郷であるビデン村だって、レベリオの騎士が訪ねてきたのはアリューシアが初めてである。

ここは一つ、レベリオの騎士の強さを肌に感じてもらって私兵軍の士気と実力を一段底上げしよう、というウォーレンの策なのだろうな。確かにここはスフェンドヤードバニアとの国境領だし、自軍が強いことに越したことはない。

「そういうことなら俺も手伝うよ」

「ありがとうございます。先生のお力があれば百人力です」

「ははは、ありがとう」

こういったやり取りは今に始まったことではない。彼女に限らず、俺の下で剣を磨いた者たちは大抵が俺を持ち上げてくれる。

ただ、そこに過度な謙遜《けんそん》はもうしないと決めた。ただの稽古とはいえ、俺はあのおやじ殿を下したのだ。そこに対しては自信と責任を持たなきゃいけないと考えるようになったから。

「まあ、お稽古ですか。よろしければ、私も見学させて頂いてもよろしいでしょうか？」

「俺は構わないけど、アリューシアは？」

「問題ありません。シュステ様にも、レベリオの騎士の誇りをお見せ出来ればと思っております」

どうやら稽古をシュステも見学したいらしい。後はウォーレンの許可だが、まあ反対はしないだろう。

確かに馬車で移動を開始してからここまで碌に動いてこなかったから、ちょっと身体が鈍っている感覚はあるんだよな。この歳になって運動不足とか洒落にならんので、サハトはじめ私兵軍の者たちには俺の運動に付き合ってもらうとするか。

「辺境伯からは、遠慮なくやってくれと指示が出ていますので、先生もそのつもりでお願いいたします」

「分かった。そのつもりで臨もう」

騎士団と貴族の私兵という、所属も目的も異なる組織ではあるものの、戦いに重きを置いた者の集まりであることには違いない。その辺りをウォーレンもよく分かっている。忖度《そんたく》で強くなれれば誰も苦労はしないのだ。

そう考えたらちょっと楽しみになってきたな。ウォーレンが叩き上げと言ったサハトの腕前も気になるところだし、しっかりと実力を見定めさせてもらうとしよう。

◇

「本日はよろしくお願いいたします。かのレベリオの騎士と剣を交えられること、大変光栄です」

「ええ、こちらこそよろしくお願いします」

ウォーレン主催の夜会から翌々日。俺たちはサハト率いる辺境領私兵軍たちの前に立っていた。それぞれの代表として、サハトとアリューシアが挨拶を交わしているところである。

今回の訓練に参加している私兵軍の人数は六十人ほど。聞くところによると私兵軍の総数は八十人ほどで、二十人単位の小隊を四つ持つ構成らしい。で、今回はその一小隊分の人数が所用やタイミングもあり参加出来なかったそうだ。

「皆なかなかいい顔をしているね」

眼前に隊列を組んだ六十人は、皆戦う者の顔付きをしていた。街中に溢《あふ》れる住民や、数度訓練を受けただけの徴収兵のような表情ではない。

訓練に前向きでない者の比率が多かったらどうしようかなと考えていたが、どうやらそれは杞憂に終わったようで何よりである。

「ふふ。皆様の訓練を見ることはあまりないですから、楽しみですね」

挨拶を終えたところ、今回の訓練の見学を申し出たシュステが柔らかな笑顔を見せた。

昨日のうちにシュステとウォーレンは話をしたみたいだが、どうやら見学の許可は無事下りたらしい。それどころか、今日の訓練にはウォーレンが参加出来ないので、名代としてシュステを指名までしたそうだ。

直接の主人ではないながらも、主人の妹君から直に見られるということで私兵軍の士気も高い。結果としてシュステの見学は良い影響を齎しているようで何よりである。

「本日の訓練に関しては、全面的にレベリオ騎士団の皆様に従うよう主人から命を授かっております。是非ともご指導ご鞭撻《べんたつ》のほど、よろしくお願いいたします」

「分かりました」

さて、どうやら今日のメニューは俺たちで好きに組んでもいい様子。

うーん、どうしたもんかな。昨日のうちに幾らか訓練内容の候補は考えてきているけれど、彼らは騎士ではなく領主に忠誠を誓う私兵だ。恐らくアリューシアたちとは職務の範疇《はんちゅう》が微妙に違う。

「一つ質問していいかな？」

「はっ、なんでしょうか」

なので、ここは素直に相手に聞いて情報を集めるとしよう。

俺の問いかけに、兵士長であるサハトがぴしりと立った姿勢のまま応じた。

「君たちの普段の職務、あるいは想定される任務の内容を、差支えの無い範囲で教えてほしい」

本番の時にどのような動きをするのか。そして、それに備えるためにはどのような訓練をするべきか。ここのコンセプトというか、大本は大切だ。

レベリオ騎士団を例に取ると、彼らの主な職務は王族や貴族らの護衛、王国守備隊では対応し切れない脅威への対処、有事の際の軍隊指揮などが真っ先に挙げられる。

なので入団試験では出自こそ問わないものの、礼儀作法はしっかりと見るらしいし、それと同等以上に個人としての戦闘能力が強く求められる。筆記試験もあるから、知識や教養も必要だろう。

ただしそれはあくまでレベリオ騎士団では、という話であって、これが全ての組織に必要な資質かと問われればまた違ってくる。今回で言うと、フルームヴェルク領の私兵軍がどんな職務に重きを置いているかで話が変わってくるということだ。

「そうですね……。基本は領主館や関所の警備です。あるいは害獣、魔物の駆除。有事の際は民兵の統率や領民の避難誘導、災害救助などが挙げられるかと」

「なるほど……」

サハトの言葉に、内心で少し驚く。

何と言うか、思っていたより職務の幅が広い。てっきり領主お抱えの戦闘集団みたいなものだとばかり思っていたが、やろうとしていることは恐らく王国守備隊に近い。言葉にこそ出していないが、治安維持の巡回なども仕事に含まれていると思われる。

そうなると、ただ剣を振り続けるのが果たして正解なのかどうかが怪しくなってくるな。戦う力も勿論必要だが、それだけではダメな気もしてきた。

「……よし、走ろうか」

「は？」

しばしの間考え込み、そして導き出された結論。それを素直に口に出すと、なんとも間の抜けた声がサハトから上がった。

「君たちの職務内容から考えるに、まず第一に必要なのは体力と持久力だ。武器の扱いも勿論大事だけど、避難誘導や災害救助も含まれるのなら、長時間動ける肉体が何より必要だと思う」

「それはまあ、その通りですが……」

一応走ることに至った理由を説明してみるものの、どうにもサハトの反応が芳しくない。

どうやら訓練の内容に不満があるというより、どこか拍子抜けした、みたいな感じだな。そりゃまあ確かに、ただ単に走るだけなら誰にだって出来る。それは私兵軍も騎士団も変わらない。

しかし俺は身に染みて知っているのだ。騎士団の連中がどれだけバカみたいな鍛錬を繰り返して、どれだけのスタミナお化けになっているかを。今日はそこら辺の違いってやつを私兵軍の皆様に分かってもらおうと思います。

「当然、ただダラダラ走るだけでは鍛錬にならないからね。先頭はヴェスパー、最後方をフラーウに務めてもらおう。ヴェスパーから出来るだけ遅れず、そしてフラーウに追い抜かれないようにしてほしい」

「とのことです。ヴェスパー、フラーウ。いけますね？」

「はっ」

「お任せください」

俺の説明を受けて流れるようにアリューシアが呼応し、そして当然の如くヴェスパーとフラーウが反応した。この辺りの上意下達は流石の一言である。

同じレベリオの騎士同士であっても、その技術に優劣の差はある。それは以前評した通りだ。しかし、そもそもがレベリオの騎士になれている時点で彼らの水準は恐ろしく高い。

別にウォーレンの私兵軍を低く見積もるつもりはないが、レベリオ騎士団はあらゆる面で一般的な兵士とは隔絶した実力を持っている。そしてそれは、体力や走力といった基礎的な肉体の力も同様だ。

「勿論、走った後は打ち稽古にも付き合うよ。ヴェスパーたちより体力が残っていればの話だけどね」

「……分かりました。お前たち、準備しろ！」

最後にちょっとだけ発破を掛けておく。プライドを適度に刺激するのは、使い古されてはいるが有効な手法だ。これで少なくともサハトが手を抜くことはないだろう。そして兵士長である彼が本気なら、その部下たちも本気で走ってくれるに違いない。

「走る場所は……うん、この館の外周が丁度いいかな」

今俺たちが居る場所は、ウォーレンの領主館庭内。流石に騎士団のように修練場があるわけではないから、基本は屋外での鍛錬となる。

まあそれでも数十人が集まっても問題ない広さがある辺り、フルームヴェルク領主の力というのが伝わってくる。国防の要を担っている領土だから、それなり以上の力は誇示しておかないと駄目なんだろうけど。

そしてそんな大きい館の外周というものは、当然長い。ランニングにはうってつけだ。

「とりあえず五周くらいにしておこうか。ペースはヴェスパーに任せるよ」

「承知致しました」

本当はバンバン走らせておきたいところだが、今回は彼らと稽古するのも目的の一つだから、あまりに疲労困憊《こんぱい》になってしまっても困る。ウォーレンのことだ、一線級の騎士と打ち合うことで私兵軍の更なる練度と士気の向上も狙っていることだろう。

それに、折角レベリオの騎士が来てくれているのに一日走り回って終わりましたでは、ちょっと恰好が付きにくいからね。

「では、参ります」

「お前ら！　シュステ様も見守ってくださっている！　遅れるなよ！」

「はっ！」

「皆様、頑張ってくださいね」

ヴェスパーを先頭に、数十人の団体様が一斉に走り出す。なかなか壮観だな。

「さて、私兵軍のお手並み拝見ですね」

「ヴェスパーも流石に無茶な飛ばし方はしないと思うけど、どうなるかなあ」

館の正門前に残ったのは俺とアリューシア、そしてシュステの三人。俺たちは良いとして、シュステをこのまま門前で待たせるのもどうなんだろう。ちょっと心苦しい。

「あの……ただ走るだけでそこまで差が出るものですか？」

「うん？　そうだね、結論から言えば出るよ」

シュステから齎された素朴な疑問に答える。言った通り、基礎体力の差というのは結構大きく出てくるんだよな。

私兵軍の方も当然、鍛えてはいるだろう。だが筋力でも持久力でもなんでもそうだけど、身体能力というものは日常的にどれだけ負荷を掛けているかで伸びしろがまったく違う。そして恐らく、その基準に騎士団と私兵軍とではかなりの差がある。

走ることに関してもそう。純粋なスタミナという点でも勿論だけど、彼らの走るとレベリオの騎士の走るでは、基準となるスピードが違う。普段と違う速度を出し続ければ、その分体力も物凄い勢いで消耗する。

まあ先ほど言った通り、ヴェスパーが飛ばしに飛ばしていなければ大丈夫だとは思うけど。

「お、先頭が戻ってきた」

身体づくりや体力についてシュステと話をしていると、早くも一周目を迎えた先頭集団が正門前まで戻ってきていた。

先頭はやはりヴェスパー。通り過ぎる際の横顔を見ただけだが、まだまだ余裕そうだ。

「くっ……！」

数秒後に姿を現したのはサハト。ただ一周目の段階で既に数秒遅れているのはちょっとよくない傾向だな。体力的にはまだ持つだろうが、恒常的に出せるスピードの基礎値に少なくない差があると見える。

ヴェスパーの速度に無理やりついていこうとすれば、五周持つかどうかすらちょっと怪しいんじゃないだろうか。

「は、はえぇ……!」

「ま、待ってください兵士長……!」

サハトから更に数秒遅れて私兵軍の集団が雪崩《なだ》れ込む。

無駄に喋るとその分体力を余計に消耗してしまうんだけどなあ。でも災害救助や領民の避難誘導となると、叫びながら動かなきゃいけない場面もあるだろうし、これはこれでむしろ良いのかもしれない。

そして集団を見送ること数秒、最後尾にはフラーウが表情を変えずに無言で張り付いていた。彼女もまったく顔色が変わっていない辺り、まだまだ余裕があるように見える。

「さて、俺たちも軽く身体をほぐしておこうか」

「はい」

あのペースなら、そう時間もかからないうちに指示した五周を走り終えるだろう。

走り終えたらその後は剣を交えた稽古になるわけで、俺たちもただ立ちっぱなしで待つわけにもいかない。準備運動はしっかりしておかないとね。この年になると急に動いたらすぐにガタがきちゃうからな。


「ベリル殿、指示された五周を終了しました」

「うん、お疲れ様」

俺とアリューシアが身体を伸ばして稽古に備えていたところで、既定の周回を終えたヴェスパーと私兵軍たちが戻ってきた。

ヴェスパーの息は多少上がってはいるものの、まだまだバテるというにはほど遠い。しっかりと体力を残した上で走り切ったのは流石の一言である。

「ふう……っ！」

一方、果敢にも最後までヴェスパーに食らいついたサハトはなかなかに体力を消耗している様子だった。

季節が秋口に差し掛かっているとはいえ、日中に動けばまだまだ暑さを感じる時期。そんな中で慣れない速度で走り続けたのだから、疲労感は結構なものになっているだろう。

それでも弱音は吐かない辺り、立派なものだと思う。ウォーレンが叩き上げと評した彼の根性は賞賛されて然るべきものだ。

「フラーウ、貴女に抜かれた者は？」

「十八名です、団長」

少し離れた場所では、アリューシアとフラーウが今回の訓練結果を共有していた。つまり、最後尾を走っていたフラーウに抜かれてしまった者が六十人中、十八人居たということになる。

予想より粘られたなあ、というのが率直な感想であった。中には五周を走り切って既に息も絶え絶え、といった様子の者も居るが、それでも最後までヴェスパーとフラーウのペースに飲み込まれなかった根性は凄いな。ウォーレンやサハトがしっかりと鍛え上げている証左と言えよう。

「じゃあ、身体も温まったところで打ち合いと行こうか。……少し休憩するかい？」

「いえ……ッ大丈夫です……！」

皆少なくない疲労を抱えているものの、サハトは休憩は要らないと言い切った。やっぱりいい根性をしている。

私兵軍の何人かは座り込んでいる者も居るけれど、何も打ち合いは全員でいっぺんにやるものでもないからね。順番を待っている間に休んでもらうとしよう。

「よし、打ち合いは俺たち四人で横に並ぼうか。それで列を作って順番にやっていく。皆には好きなところから並んでもらおうかな」

「承知致しました」

多少なり戦いの心得を持っている大人に対して、しかも職業軍人に対して一から素振りなんてことはやらない。それは流石に誰も望んじゃいないだろうし。

なので、俺たち教導役が横一列に並び、各々のペースで打ち合いを消化していく方法を取る。一口に騎士団と言っても、その騎士たちが扱う剣技は個人個人の差が結構あるから、それらの違いもしっかり学んでもらいたいところだ。

「シュステ様は危険が及ばないよう、少しだけ離れていてください」

「はい、分かりました」

そして万が一が起きてシュステに傷を付けようものなら洒落にならんので、彼女にはしっかりと下がって頂く。

サハトたちの目がある以上、俺も二人きりの時のように振舞うわけにはいかんから、ちゃんと丁寧に接しないとな。この辺りの瞬時の気持ちの入れ替えは、未《いま》だにちょっと慣れないが。

ていうか今更だけど、訓練のメニューが完全に俺主導になっちゃってるけどいいのかな。まあいいんだろうな。アリューシアは何も言ってこないし。

あまりに拙いことをやらせているなら何かしらの突っ込みが入るはずだから、何か言われるまでは俺なりにやらせてもらうとしよう。そも教えることに対しては真面目にやっているつもりだからね。

「とりあえずざっくり、皆が全員と打ち終わるくらいを終了の目処にしようか。その後は残った時間と体力次第で行こう」

相手が六十人居るから、単純計算でこっちは一対一を六十回繰り返すことになる。実際に相手をする数は結構ばらつくだろうけど、何にせよ結構しんどい。ただまあ、別に一回で何分間も打ち合うわけじゃないから、多分なんとかなるだろう。

「ただし、一回の立ち合いは十合までにしようか。長引かせ過ぎてもあまり意味がないからね」

「はっ」

後はまあ、一応ではあるが打ち合いの際の回数制限も設けておこう。

俺とアリューシアは恐らく問題ない。しかしヴェスパーとフラーウに関しては言い方は失礼だけど、実力で評価すると少し劣る。私兵軍に正面から打ち負けることは流石にないにしても、彼ら二人も先ほど走ったばかり。いたずらに体力を消耗させられれば不覚も取りかねん。

「よし、皆並ぼうか」

私兵軍から借り受けた木剣を構えて横に並ぶ。

こういう時、一番手の譲り合いとかが起きそうなものだけれど、それが起きずに皆が我先にと並ぶのは良い傾向だと思う。こんな時に譲り合っていては武に身を置いているとは言えないからな。

そしてこちらも予想通りだが、最初に並ぶ列の人数に少なくない差がある。ぶっちぎりで一番人気なのはやっぱりアリューシアだ。そこに半数近くが並んでおり、後は俺とヴェスパー、フラーウで分け合う形となった。ネームバリューを考えると当然とも言えるけどね。

「では始めようか。よろしくお願いします」

「よろしくお願いします！」

打ち稽古の開始を告げる言葉に、私兵軍の皆様が良い声で返事をしてくれた。うんうん、良い気合の乗り方だな。素晴らしい。

「ベリル殿。一手お願いします」

「分かった。どこからでも来るといい」

各々が打ち合いを演じ始める中で、俺の一番手はサハト。彼はてっきりアリューシアの方に並ぶと思っていたので少し意外である。

まあ恐らく、特別指南役とかいう肩書を持ったおっさんがどんなもんか、この目と手で確かめてやろうとかそういう感じなのだろう。無論負ける気はこれっぽっちもないが、実際に兵士長であるサハトの腕前がどの程度なのかは興味をそそられるところである。

「行きます！」

互いに構えを取った直後、サハトが吶喊《とっかん》してきた。

うん、踏み込みは悪くない。なかなかの鋭さを持っている。速度もまずまず。この初動を見ただけでも、私兵軍兵士長という肩書がお飾りではないことがよく分かる。

ただしそれらすべての要素において、ヘンブリッツ君の方が遥かに速い。

「ほい」

「っ……おっ!?」

勢いよく振り下ろされた木剣を横から絡めとる。

自分の道場の技という点を抜きにしても、この木葉崩しは非常に有用なテクニックだ。あのヘンブリッツ君ですら初見では対処出来なかったのだから、サハトが重心を崩して前につんのめってしまうのは、もはや自明の理と言っても過言ではないだろう。

「一本」

重心を持っていかれたサハトの後ろ首に、木剣を差し込んで一本。これが真剣勝負なら間違いなく、首と胴が離れ離れになっている状態である。

「くっ……！」

「おっと、次が控えているからね。やるなら並び直してほしいかな」

彼の顔は分かりやすく驚愕《きょうがく》と後悔に濡れており、今すぐにでも再び襲い掛かってきそうな状況だ。

普通の一対一の鍛錬ならどんどん来いなんだが、今は彼の後ろにも俺に一手お願いしたいと考える私兵軍の皆様が少なくない数並んでいる。彼ばかりを贔屓《ひいき》するわけにもいかない。

「……分かりました。次こそは」

「うん、その意気は大切にね」

次こそやってやる、という気概は戦う者にとっては大切だ。必須と言ってもいい。無論本当の戦闘においては、一度負けてしまうと次がないことの方が多いんだけど、訓練だからこそ本気でやらないと実戦では絶対に動けない。その点で言えば、彼もまた立派な剣士であった。

「よし、次」

「はい！　よろしくお願いします！」

サハトのすぐ後ろに並んでいた青年が、元気よく挨拶を飛ばす。サハトよりも少しだけ年下かなという感じ。全体的な年齢層は騎士団と同じくらいに見えるかな。

こういう集団においては、若いを通り過ぎて幼い者だけでは統率が取れないし、逆に年季の入ったベテランだけで固まっていてもよろしくない。そういう意味でも、この私兵軍という組織は上手く作られていると思う。やはりトップに立つ人間が剣を修めているというのは大事なのかもしれないね。

「行きます！」

「よしこい」

そんなことに思いを巡らせていると、次なる相手がこれまた勢いよく突っ込んでくる。

もう一回木葉崩しで迎撃してもいいんだけど、あまりそればかりやるのも芸がないと言うか、何と言うか。技術には多少の自信があれど、小手先だけの指南役と思われるのもちょっと心外だ。

こんなことを考えてしまうこと自体が、俺の意識が変化したことになるのかな。今まではそんな外面とか別にどうでもよかったし。レベリオ騎士団の特別指南役という肩書に、やっと俺の意識が追いついてきた感覚が少しある。

その過程には、俺が少しばかり自信をつけた背景もあるのだろう。俺が最強だなんて言葉は口が裂けても吐けないけれど、そう簡単には負けられない。大したことがないという見られ方をされるのも、何となく嫌だ。

「はあっ！」

相対する私兵軍の彼が繰り出してきたのは、突き。

先程のサハトとの打ち合いを見て、振りでは分が悪いと感じたのだろう。確かに袈裟《けさ》斬《ぎ》りや横薙《よこな》ぎと違い、突きは捌くのが少し難しい。単純に剣筋が見えづらいからである。

ただしそれはあくまで、アリューシアやスレナクラスのスピードが乗って初めて難しいと感じるものだ。少なくとも、俺にとっては。

「ふっ！」

「うお……っ!?」

突き出された剣先に対して半身をずらして躱し、半歩退いた姿勢のまま返しの剣を振り下ろす。蛇《へ》打《みう》ち。サーベルボアを仕留める時にも使った、攻防一体の技である。引きの力をそのまま攻撃に転進出来るので、木葉崩しと並んで俺のスタイルと相性が良い技の一つ。

ピッタリと相手の肩口寸前で寸止めされた木剣と呼応するかのように、突きを繰り出した彼の動きもぴたりと止まった。

「ま、参りました……」

「ありがとう。突きの速度は悪くないよ。ただし、常に次を考えて剣を振ることだね」

「は、はい！」

最後にお相手の方と一礼をして、打ち合いを終わる。

一撃で絶対に相手を仕留めるという強い殺意を持って挑むのは大切だが、とはいえ絶対に相手を仕留められる保証などない。むしろ自分が一撃で仕留められる可能性すら十分に孕《はら》んでいるのが戦いというものだ。その辺り、気の持ちようと現実との擦り合わせは結構意識しないと難しい。そういうところも学んでもらえると嬉しい限りだね。

「よし、次」

「はっ！」

続いての相手と相対しながら、ふと考える。

サハトと先程の彼があの腕前だったから、恐らく他の者もそこから大きくは変わらないはず。となると、全員を一撃で仕留めるのは多分出来なくはないのだが、教える側としてそればかりやってしまうのもどうなのかな、と。

騎士団での鍛錬なら容赦なくそれでいいんだけどね。今回の相手は今後も俺が面倒を見られるものではなく、むしろ一期一会に近いからそこら辺も勘案した方がいいのだろうか。

うーん。こういう時は他の誰かを参考にするに限る。ということで、構えながらちらりと横目でアリューシアの訓練風景を覗き見してみた。

「ありがとうございました。次」

「行きます！　はっ……あ……？」

「次」

全部瞬殺してた。いいんだそれで。

◇

「では、これにて本日の鍛錬を終了します」

「ありがとうございました！」

私兵軍の皆様たちとただ只管《ひたすら》に打ち合う時間が忙しなく過ぎ去って行き。日も高く昇り、もう間もなく西側に傾こうかという頃合いで一旦お開きとなった。

別に日暮れまでぶっ通しで出来なくはないんだけど、今回に限って言えば、鍛錬でしごき倒してもあまり大きな意味がない。今回はスパルタで貫き通すというより、ウォーレンの頼み方からして実力差を分からせるというところに重点を置かれている気がしていたのもある。

なので適度な疲労感を与えつつ、復習と反省が出来る程度には余力を残して終わる。一期一会の訓練であれば、これがまずまずベストな選択だろう。

結局トータルでの打ち合いの数はアリューシアがダントツで多かったんだが、打ち合いの回転が最も速かったのもダントツで彼女であった。この子容赦なく後の先を取って瞬殺するから、相手の回転速度が尋常じゃない。十合どころか、ほとんど二合も打ち合ってないんじゃないかな。

俺も何人かはそうやって相手したけれども、今後の成長が見込めそうな者には三、四手付き合ったりもした。その中には当然、兵士長であるサハトも含まれる。

彼は良い剣士だ。齢《よわい》もまだ三十前後ということで、これから伸びる余地も十分に残している。

その意味で言えば、彼の出鼻を良い感じに挫くことが出来たのは結果として良かったのかもしれない。自信をつけることは何も悪いことではないが、それで驕《おご》ってしまえば途端に悪い方向に進んじゃうからね。

まあ最終的にサハトは八回くらい俺に転がされたんだけど。

どうにも彼は俺に照準を定めてしまったらしく、しつこいくらい俺の前に並んでいた。こちらとしても骨のある相手は歓迎だったので全部応戦したんだが、最後はヘトヘトになりながらも気力までは終ぞ途切れなかった。その執念とも呼ぶべき気迫は凄《すさ》まじいものがある。

今回の経験を糧に、彼には是非今後とも私兵軍を束ねる兵士長として活躍、そして成長してほしいものだ。

「皆さん、お疲れ様でした。今回の経験を好機と捉え、一層の向上を目指すことを期待しています」

「はっ！」

最後に、ウォーレンの名代としてこの訓練を見学していたシュステから一言を頂いた。

シュステもずっと眺めるだけだと退屈しそうなところ、しっかりと辛抱強く皆の訓練風景を眺めていたのは印象深い。

ウォーレンやジスガルトと違って彼女は戦う術を持たないから、打ち合いを見ても正直良く分からないことの方が多かったと思う。

それでも退屈そうな表情一つ見せず、じっと真剣に見つめていたのは凄いことだ。ウォーレンとは趣が多少違えど、彼女も立派に人の上に立つ者の素質を備えていると感じるね。

「本日はご指導ご鞭撻のほど、誠にありがとうございました。今回の経験をもとに、一層の鍛錬に臨む所存です。それでは、失礼致します」

私兵軍を代表してサハトが今日の総括をしたところで、彼らはぞろぞろと去って行った。

パッと見た感じではあるが、彼らの中で諦観を抱えてしまった者は少なく、むしろやる気に満ち溢れている者の方がほとんどであるように思える。

レベリオの騎士という上に目を向けられたことで、彼らのプライドが刺激されたようで何よりだ。ここで折れるようであれば、残念ながら戦う者としては不適格だと言わざるを得ない。きっと兵士をやるよりも適切な職業があるだろう。

「さて、と。これで依頼は終わりかな?」

「そうなりますね。後は帰還の手筈を整えるのみとなります」

確認を取ってみると、これでいよいよフルームヴェルク領でやるべきことは全部終わったらしい。

まあ私兵軍に稽古を付けてくれっていうのも、言ってしまえばウォーレンの個人的な頼みだ。公務としての遠征は二日前に既に終わっている状態にある。

正しく後は帰るだけ、なんだが、折角遠方に来たのだからやっぱりご当地の食事も楽しみたいな、という気持ちは残る。とはいえ、俺の顔と名前がここら一帯では知れ渡っているだろうから、安易な外出も出来れば控えたい。ううむ、これは悩みどころだぞ。あまり悩む時間も残されていないことも悩みに拍車をかけている。

アリューシアやウォーレン、シュステを連れて行くのは多分もっと拙い。俺以上の知名度を誇る者を連れ歩くと、どんな人たちに囲まれるか分かったもんじゃない。

それに彼らを連れ歩くのならば、自然と俺がエスコートする側となる。特にアリューシアとシュステは女性だからな。

だがそうなると今度は別の問題が持ち上がる。俺はこの地方をまったくもって知らないもんで、美味い店どころかどこに食事処があるのかすら知らない有様なのだ。それではエスコートもくそもあったもんじゃない。

何より、俺がそういう空間で食事をするのにあまり前向きじゃないんだよな。大衆向けの安酒場でのんびりとご当地エールを楽しみたいだけなんだ俺は。明らかに上位者を連れて行く場所のチョイスじゃない。

別館で出される料理も美味《おい》しいしお酒も美味しいんだけど、出てくるのはお上品な料理とお上品なワインである。俺はやっすい肉に齧《かじ》りついてちびちびと安いエールを喉に流し込みたいのだ。

「ふぅ……とりあえず、さっぱりしてから考えるかな……」

「はい、それがよろしいかと思います。風呂の準備をさせておきましょう」

「うん、ありがとうシュステ」

とりあえず今の思考を一旦保留にして呟いたところ、シュステがお風呂を準備してくれるらしい。実にありがたい。

風呂はいい。マジでいい。個人の家で作るには費用その他諸々がかかってとても無理なんだけど、王宮とか貴族の屋敷とかには結構あるらしく。今回の滞在先は辺境伯家の屋敷なので、当然のように施設として備わっていた。

これがまた抜群に効くのである。蒸し風呂や濡れタオルで身体を拭きとるのとは一線を画す気持ちよさだ。身体中の疲労が湯船に広がって抜けていく感覚すら覚えるね。

ただまあ、ここの生活に慣れ過ぎるとバルトレーンに帰った時が本当にヤバそうなので、色々と程ほどに自重しておかねばならないのが結構悩ましい問題でもある。

出来ることなら毎日風呂に浸かりたい気持ちになっちゃってるけど、バルトレーンでそれをやろうと思ったら途轍《とてつ》もない金がかかってしまう。騎士団庁舎にも風呂はないしなあ。

ルーシーの家とかに行けばもしかしたらあるのかもしれないが。それでも、仮にも女性の家へ風呂に入らせてくれと訪ねるのはマジでヤバい。

「何か考え事ですか？」

「ん？　いやあ、ちょっとね……」

アリューシアが優しく問いかけてくれるが、これは彼女に伝えても仕方がない問題でもあるから難しいところだ。

彼女は俺のささやかな願いに対して全力で突っ走る癖があるからな。ここで余計なことを口走ってしまうと、超速度で準備を整えてしまいそうでちょっと怖い。

加えて、俺はあまり積極的に顔を売りたくはないんだけれど、彼女はその真逆の考え方をしているのも困りものである。

「たまにはエールも飲みたいなあ、なんて考えちゃってね」

「なるほど」

ただそれでもやっぱり、多少の我儘《わがまま》というか、それくらいは口に出してしまうんだよな。流石にこの一言だけでアリューシアが暴走することもないだろうし。

「でしたら、辺境伯かシュステ様に取り寄せでもお願いしてみては？」

「えっ、出来るの」

なんて思っていたら、思いのほか現実的な案がアリューシアから飛び出してくる。取り寄せかあ。なまじっか思考が小市民なもんだから、手配するという方向に考えが及んでいなかった。

いやしかし、それはそれでどうなんだろう。ここで数日過ごして分かったけど、お抱えの料理人たちがちゃんと考えて美味しいものを作ってくれているところに、やっぱり酒場のエールと肉が恋しいです、というのはちょっと失礼な気もしてしまう。

「出来ると思いますよ。迎賓の際に出された料理がお口に合わない方も居ますでしょうし」

「なるほどね……」

言われてみれば確かに。迎えられたお偉いさまが、どうしてもその料理が口に合わないという事態は考えてみればあり得る。相手が偉い立場だと余計に、食事で印象を下げたくもないはず。

となれば、もしかしたらいけるかもしれん。そんな注文がまかり通るほどお前はお偉いさまなのかと問われれば、申し訳ないと頭を下げる他ないけれど。

「ベリル様、アリューシア様。風呂の方は三十分ほどで用意出来ると」

「ありがとう。……あとごめん、もう一つだけ我が儘があるんだけど……」

「はい、何なりと」

使用人に風呂の準備を命じたシュステが戻ってきたところ、早速お願いしてみる。これで難しいと言われたら素直に引き下がろう。そこで駄々をこねるほど俺も子供ではないつもりだ。

「今日はフルームヴェルク領のエールが飲んでみたいなあ、なんて……ダメかな……？」

「まあ、承知致しました。すぐに用意させますね」

「あ、ありがとう……」

「では少々お待ちください」

遠慮がちに聞いてみたら速攻で通ったわ。ありがとうシュステ。今夜は気分よく眠れそうです。

俺の要望を受け取った彼女は、先ほど風呂の用意を命じたようにすたすたと館の方へと歩を進める。少し遠くで見守っていた使用人を捕まえ、矢継ぎ早に命令を告げた。

「貴方、今日のディナーにはエールを。合わせて料理もエールに合うもので構成するように。ええ、いくつか取り揃えて。急ぎなさい」

「はっ、畏まりました」

新たな命令を受けた使用人は、早速きびきびと動き出す。

いくつか取り揃えておくようにって、もしかしてご当地エールの飲み比べとか出来たりしちゃうんだろうか。おじさん柄にもなくテンション上がっちゃうよ、そんなこと聞いたら。更にエールに合うように料理も変更してくれるというのだから、尚更楽しみである。

「本当にありがとう。……あと申し訳ない、変な我が儘を言ってしまって……」

「とんでもないことです。あなた方をおもてなしするのが私の責務ですから、どうかお気になさらず」

いや本当に至れり尽くせりだよ。いくら頭を下げても下げ足りないくらいだ。

今回の遠征で、個人的に一番お世話になったのは間違いなくシュステである。ウォーレンもジスガルトも勿論頑張って色々と手配をしてくれているのだろうけれど、それはもうちょっと大局的な面での話。俺個人まで話の規模を落とすと、やっぱり一番ありがたいのはシュステの存在だった。

「いやあ、今晩が俄然楽しみになってきたよ」

「ふふ、それは何よりです」

風呂に入って全身さっぱりした後に、ご当地のエールとそれに合う美味い料理を食らう。しかも俺の財布は痛まない。めちゃくちゃな贅沢だ。これまでの人生の中でもトップクラスに入る贅沢だと思う。

こんな贅沢を経験出来る身になってしまったことに思うところがないではないが、それよりもこの贅沢に見合う働きはしなきゃいけないな、という意識の方が今は強い。これも一つの考え方の変化、と捉えてもいいのだろうか。個人的にはいい変化だと思いたいところだ。

「アリューシアもありがとうね。こんなおじさんの我が儘に提言してくれて」

「いえ、先生にご満足頂けたのなら何よりです」

アドバイスを頂いたアリューシアにもお礼を告げると、返ってきたのは柔らかい微笑み。

彼女は普段からそうだが、今回の遠征でも嫌な顔一つせず、すべての職務を淡々とこなしていた。目に見えない負担たるや、恐らく俺の想像も及ばないほどになっていることだろう。

「……そうだ、シュステ。エールは結構な量が来るのかな？」

「ええ。十分な量は仕入れると思いますが……」

となれば、ここまで働き詰めだった彼女にも、少しくらいは良い思いをしてもらわなければいけないというもの。

「アリューシア。もし良ければ今日は付き合ってくれるかな。久々にまた君と飲みたい気分だ」

「！　はい、はい。喜んでお供いたします」

「そうか。ありがとう」

まだ任務の成功を祝うには早いけれど、ちょっとした打ち上げ気分になるくらいはどうか許してほしい。

さて、そうと決まれば今日はアリューシアと飲み明かすとするか。二日酔いにだけは気を付けて、存分に羽を伸ばすとしよう。

◇

「辺境伯閣下、滞在中は大変お世話になりました。改めて御礼申し上げます」

「なに、構わないとも。呼び付けたのはこちらだからな」

私兵軍たちの教練を行った更に二日後。ついにフルームヴェルク領に別れを告げ、バルトレーンに戻る時がやってきた。

本当は昨日出立しても良かったんだろうけど、ウォーレンやシュステのご厚意に甘えて一日のんびりさせてもらった形だ。ちょっとその前に、俺もアリューシアも酒を飲み過ぎてしまってイマイチ体調が上がり切らなかったという裏事情もあるにはあったが。

「十分に羽を伸ばせたかな？」

「それはもう。短い間でしたが、至福の一時でした」

「そうか、それはよかった」

今はウォーレンたち辺境伯家の者に見送られて屋敷を去るところ。例に漏れず外の目があるので、彼ら二人はばっちり外行きの態度である。

十分に羽を伸ばせたというのはあながちお世辞でもない。彼はしっかり俺たちのケアを考えてくれていたし、その待遇は正に貴族の主賓に相応《ふさわ》しいものであったと思う。

と言うか、こんな歓待を受けたのは俺の人生では初めてだ。他の基準を知らないから何とも言えないけれど、これ以上の接待となると俺にはちょっと想像が付かん。それくらいには贅沢させてもらった自覚がある。

「サハト。領を出るまではしっかりと頼むぞ」

「はっ！　お任せください」

そしてこの場には俺たちの他、サハト率いる私兵軍の者と、フルームヴェルク領に入ってからは完全に別行動だった王国守備隊の面々も揃っている。

彼らは彼らでウォーレンが用意した宿に泊まっていたはずだから、滞在中に何をしていたのかは正直知らない。多分酒場にでも繰り出して、やいのやいのやってたんだろう。もしそうだったとしたらちょっと羨《うらや》ましい。帰りに機会があったら、どうやって過ごしていたか聞いてみようかな。

「ああ、そうだベリル殿。少しいいか」

「……はっ。何でしょうか」

後は馬車に乗り込んで帰るだけかと少しぼんやりしていたら、ウォーレンから名指しで呼ばれて少し反応が遅れてしまった。彼は俺に声を掛けたと同時に少し移動したから、どうも他に聞かれたくない内容っぽいな。

「……シュステはどうでしたか？」

他の者と少し距離を取ったところで、ウォーレンが小声で訊ねてくる。

どうでしたか、と聞かれてもなあ。俺が答えられる内容なんて既に決まっているようなものだ。

「……凄く良い子だね。お世話になったし、可愛い妹さんじゃないか。大事にしなよ」

内容的にも口振り的にも他に聞かれでもしたら拙いので、こちらも小声で応答。

伝えた通り、凄く良い子だった。教養も愛嬌もあるし気配りも出来る。辺境伯家の長女としてどこに出しても恥ずかしくない、優秀な子という印象は初対面の時からずっと変わらないままだ。むしろ評価という面では日に日に増していったほどである。

ウォーレンは彼女のことを婚期を逃した愚妹なんて表現をしていたが、実際そんなことはまったくない。むしろあの気立ての良さで、何故今まで縁談に恵まれなかったのかが疑問なくらいだ。

もしかしたら、かなり位の高いところと結婚させようとして苦戦しているのかもしれない。貴族や王族の婚姻にはそういう要素が多分に含まれると頭では分かっていても、彼女の為人《ひととなり》を身近に見てきた者としては、どうか幸せな家庭を築ける相手と結ばれてほしいと思う。

「良かった。……どうです、このまま連れて帰りますか？」

「ばっ！　……馬鹿を言うんじゃないよ」

とんでもない発言をしやがったウォーレンに、思わず最初の第一声が上擦る。馬鹿を言うんじゃないよ本当に。こんなおっさんがバリバリの貴族の御息女を連れ帰ってどうするんだよ。事件の香りしかしないぞ。

……もしかして、ウォーレンはシュステを俺に売りつけたいのだろうか。いやいや、まさかそんなはずは。剣の腕には多少覚えがあるものの、生まれも育ちも辺境の田舎民である俺にそんな市場価値は断じてない。

いや、しかし。先日の夜会ではそういう貴族の娘さんからのアプローチも確かにあった。つまり俺が自覚していないだけで、実は俺の価値が高まっているということもあり得なくはない、のか？

「……ちゃんと彼女に相応しいお相手を見つけてあげてくれ」

「ええ、分かりました。では先生、またいずれ」

「ああ、世話になった。ありがとう」

ダメだ、こういうのは考えても分からん。なのでここはちゃんと彼女の未来を考えてやってくれという、ありきたりな言葉を返すしかない。実際それは本音でもあるわけだし。

シュステは本当に良い子だ。無論、俺たちが兄の主賓ということで気を張っていた場面もあるとは思う。それでも嫌な顔一つせずに、あそこまで歓待に徹するというのはなかなかに難しい。

もしあれらが全て仮面だったのなら、それはもう微塵《みじん》も見抜けなかったこちら側の完敗である。それ程の処世術を会得しているのであれば、嫁入り候補の相手に取り入るくらい難なくこなしてしまうだろう。

だからこそ彼女には、二人きりの時は気を抜いても良いような相手に巡り合ってほしい。それは間違いなく俺の望みでもあった。

「それではウォーレン様。お世話になりました」

「ああ、ベリル殿も達者でな」

内緒話もそこそこに切り上げ、フルームヴェルク領辺境伯と特別指南役の顔に戻る。

多分、今後の俺の人生において、ウォーレンと会える機会はそう多くない。単純に距離が遠いのもそうだし、何よりも普段生活を送っている世界が違う。今回のようなことがあれば交わるかもしれないが、そんな機会はそうそうあるもんじゃないだろう。

そう考えるとやはり、一抹の寂しさは感じてしまうな。別に俺の個人的な感情で元弟子たちの人生を縛るつもりはこれっぽっちもないけれど、ひとり心の中で寂寞の念を感じ入ることくらいは、どうか許してほしい。

「では、出発します」

久々に耳にするゼドの号令をもって、王国守備隊と彼らに守られた馬車が動き出す。

さて、帰りは帰りで行きと同じく馬車の旅だ。のんびり観光とはいかないが、往路と大体同じ道を辿るので一度経験している分、バルトレーンを発った時よりはいくらか気楽であった。

「先生、ウォーレンはなんと？」

「ん？　ああ……」

馬車が動き出してすぐに、アリューシアから質問が飛んできた。

うーん、これは素直に言ってもいいのかどうか。ちょっと悩みどころである。

「シュステはどうだったかって聞かれたよ。良い子だと伝えておいた」

「……そうですか」

差し障りのない俺の答えに、アリューシアは一拍置いてから反応を返す。

多分、何かしらそれ以外のことを聞かれただろうな、くらいは彼女にも当たりが付いているのかもしれない。ただまあ、それをずけずけと聞いてくるような子でもないしなこの子は。先ほどウォーレンと交わした会話の内容は、必要に迫られなければ墓まで持って行く類の話だ。掘り起こす必要がありそうな場面は特に思いつかないが。

「先生。今回はお付き合い頂いてありがとうございます。まだフルームヴェルク領を出てもいませんが、ひとまずはお疲れ様でした」

「アリューシアこそお疲れ様。帰るまでが任務だろうけど、大役だったたね」

「恐れ入ります」

そして後に続く会話と言えば、まあやっぱり夜会とその周辺の話題になるんだろう。

言った通り、まだ無事を祝うには些《いささ》か早いけれど、それでも大任をこなしたことには違いない。今回の密命においての山場は明らかに超えたので、後は無事に帰るだけだ。

「ヴェスパー、フラーウ。貴方たちもよくやり切りましたね。ご苦労様です」

「はっ、ありがとうございます」

「過分なお言葉です。それが騎士の務めであります」

そして今回の遠征に同行した二人の騎士にも労いの言葉。

彼ら二人は今回の任務において、はっきりと言ってしまえばついでだ。脇役と言ってもいい。職務の内容だけで考えれば、アリューシア単独の力で十分に遂行出来るものだった。

しかし今回の仕事の特性を考慮すると、どうしても供回りが必要になる。表向きは辺境伯からの招待だからね。

そんな仕事にもしっかりと熱意と責任を持ち、事実立派に遂行した二人。決して目立ちはしなかったものの、彼らの働きぶりは素晴らしいものだったように思う。

これが仮にクルニやエヴァンスであったなら、ここまでスムーズに諸々を運べていなかった。そういう意味においても、この人選はしっかりと意味があったものだったのだろう。

必要な時にすっと出てくるし、逆に自分が不要だと思えばすっと気配を消す。やっていることは至極単純だが、それを徹底出来る者は少ない。彼らもまた職務に忠実な、立派な騎士だったということだ。

「！　全隊、止まれ！」

「!?」

馬車に乗り込んでようやく一息、といったタイミングで、鋭い声が響く。

突如停車する馬車からすわ何事かと顔を覗かせてみると、後方から走ってくる一つの影。

……あれ、もしかしてシュステじゃないか？　何をしているんだろう。何か問題でも起きたのだろうか。

「シュステ様！　どうかされましたか!?」

事態に気付いた私兵軍のサハトが血相を変えて出迎える。

「はぁ……っ！　すみません、ベリル様を」

どうやら用件があるのは俺らしい。実は何か粗相をやらかしていたのだろうかという不安が、一瞬で脳内を走り抜ける。

「……先生、お出になった方がよろしいかと」

「あ、ああ」

流石にフルームヴェルク家の長女に名指しで呼び止められて、出ていかないのはかなりの無礼だ。何を言われるか分かったもんじゃないけれど、腹を括《くく》って行くしかない。

降り立った先では若干息を切らせたシュステ。そして周りからの、もっと言えば私兵軍からの視線がヤバい。お前何かやらかしたんじゃないかという猜疑の視線が突き刺さる。

彼らとは一日剣を交えた仲だが、逆に言うとそれだけだ。敬愛する主人の妹とぽっと出のおっさん。彼らがどちらに重きを置くかなんて、最初から分かり切っている。

「シュステ様、どうされましたか？」

ここでは思いっきり周囲の目があるために、二人きりの時のような砕けた対応は出来ない。というか対応を間違ったら私兵軍が敵に回るまである。中々に緊張する瞬間だ。

「すみません、お帰りのところを強引に呼び止めてしまって。こちらをお渡ししたくて」

「これは……」

そう言って彼女は、抱えていた物を俺に手渡した。それは小振りな額縁……に、綺麗に並べられた押し花。

「やっと完成しまして。中庭の花を使ったんです。是非ベリル様にお渡しをと」

「……ありがとうございます」

額縁の中には、シュステと過ごした中庭で見たものと同じような、色とりどりの花が所狭しと並んでいた。しかしそれでも乱雑だとか窮屈だといった印象は持たせず、相当に計算高く敷き詰められていることが分かる。

俺は芸術には疎《うと》いし、これが価値のあるものかどうかは分からない。まあシュステも中庭の花を使ったと言っているし、特に資産的価値があるものでもないだろう。

「……しかし、何故これを私に……？」

だが今重要なのは価値なんかではなく、何故わざわざ単身走ってまで俺にこれを手渡したかということだ。

「ふふ。私がこれを作りたくて、そしてベリル様に直接お渡ししたいから、今走って渡しました。それでは不足ですか？」

「……いえ、それで十分です。ありがたく頂戴致します」

「はい。ご自宅のどこかに飾っていただけると嬉しいです」

そう言ってのけた彼女の笑顔は、やはり愛嬌に溢れるものだ。しかしそれ以上に、やりたいことをやり切ったという確かな満足感をその表情からは感じられた。

きっと彼女は、今後はもう少し自分の心に素直に従うことを決めたのだろう。やりたいことをやりたいと思った時にやり切る。言葉にするのは非常に簡単で単純だが、実際行動に起こすのは案外難しい。

勿論、今回の行動で言えば自分で作った押し花を贈るという、ただそれだけのものだ。けれど彼女からすれば、自分から発揮した我が儘の一つであることには違いない。

恐らく、中庭でのあの一幕が彼女の背中を後押ししてしまったのだろうな。でもそれはきっと、良いことだ。少なくとも俺は、そう捉えられる人間でありたいから。

「今後も、周りの迷惑にならない程度に我が儘を発揮してくださいね、シュステ様」

「ええ。そのつもりです。何か言われたらベリル様のせいにしますから、安心してくださいね」

「いやはや、それは些か怖いですね。辺境伯様の威容に恐れながら眠る毎日が続きそうです」

「まあ、うふふ」

そんな会話を交わしていると、シュステが微笑む。

これから、彼女とウォーレンの間ではちょっとした衝突が増えるだろう。シュステは横暴にならないよう慎重にそして大胆に我が儘を発揮し、それに頭を悩ませるウォーレンの姿が目に浮かぶ。

無論、行き過ぎると辺境伯家として相応しくない振る舞いにも映るだろうが、シュステがその辺りの線引きを誤るとは思えない。きっと今までの生活とはほんの少しだけ色合いが異なる、けれど今までよりほんの少しだけ騒がしい、そんな日常を送っていくんだろうな。

けれど、それでまったく良いのだ。この押し花は彼女が一つの殻を破った証として、我が家で大切に飾らせてもらうとしよう。

「引き留めてしまい申し訳ありません。お帰りの無事を私も祈っております」

「ありがとうございます。シュステ様のお気持ちがあれば百人力でしょう」

最後に改めての挨拶を交わすと、シュステは綺麗な礼を見せて踵を返す。その様子を見て慌《あわ》てたサハトが、私兵軍の一人を館までの護衛に就けていた。まあどれだけ短い距離であっても、おひとり様で帰すわけにもいかんしね。

今後は私兵軍の皆様も彼女に振り回される機会が増えるかもしれないと思うと、ちょっとご愁傷様という気持ちにもなる。ただそれも立派な職務の一つだと思うので、そこは是非とも頑張っていただきたい。

そして俺はやっぱり私兵軍の皆様から微妙な視線を浴びながら馬車へと舞い戻る羽目になった。分かるよ。どんな目をして俺を見ればいいのか分からないもんな。俺もどんな態度で接したらいいのか分からない。なのでそそくさと馬車の中に引っ込むしかなかったわけだ。

「……ふう」

「……随分と仲良くなられたようで」

「そ、そうかな……ははは」

馬車に乗り込んですぐ、アリューシアからのお言葉が耳に入った。柔らかな笑顔を見せてはいるものの、なんだかちょっとした圧を感じる気がする。

ヴェスパーとフラーウは触らぬ神に祟りなしみたいな態度で空気に徹しているしさあ。

「そう言えば、帰りのルートは行きと同じなのかな？」

ついでにちょっと気になったことを聞いておく。まあ多分同じなんだろうけど、俺は今回の計画立案には一切かかわっていないので、どこをどう通るのかは知らないままであった。

「概ね変わりません。が、往路の際は時間的に寄れなかった領地に一つ二つ立ち寄る予定ですね」

「なるほど」

彼女の返答に頷く。

往路には当たり前だが時間的な制限があった。ウォーレンが企画した夜会の開催日に間に合わせないといけなかったからだ。主賓が登場出来ませんでした、では笑い話にもならない。

実際フルームヴェルク領に到着した後、夜会が開かれたのは三日後ではあったものの、それは結果論に過ぎない。遅れないように多少の猶予を取って計画を立てるのは基本中の基本である。

他方、復路に関しては往路よりその制限が緩い。いつまでもバルトレーンに戻らないとそれはそれで問題だが、まさか何週間もずれ込むような予定を立てているわけではないだろう。

サラキア王女のスフェンドヤードバニアへの嫁入りを確実に遂行するため、まだ顔と話を繋いでおかなければならない領主が少ないながら存在する、といったところかな。

「お疲れ様とは言ったけど……まだまだ気は抜けないね」

往路の時には寄れなかったところに寄るということはつまり、また初対面の貴族様と面を合わせなきゃいけないわけだ。流石に多少は慣れてきたとはいえ、気持ち的にしんどいことに変わりはなかった。

「ええ。ですが先生も少しは慣れてきたのではないですか？」

「そりゃ最初の頃に比べればだけどね……緊張はするさ、相変わらず」

なにぶんこっちは小市民なもんでね。お偉いさまと会う時はいつだって緊張するのだ。

けれどまあ、それは少なくとも数日は後のことだろう。

今、この馬車の中には四人しか居ない。久しぶりに気を抜ける相手と空間だ。ちょいとばかしのんびりぼんやりさせてもらっても、バチは当たるまい。

「くぁ……」

「ふふ、眠られても大丈夫ですよ」

意識して気を抜いたら、それに合わせて欠伸が一つ漏れ出てしまった。なんかちょっと恥ずかしい。

「うぅん……それじゃあ、お言葉に甘えようかな……」

別館で過ごしていた時にも十分な睡眠はとっていたはずなんだけど、やっぱりどこかでずっと気を張っていたのかもしれない。肝心の領主様たちと会う時に眠くてたまりませんではちょっと困るから、ここはお言葉に甘えて少し仮眠を取らせてもらうとするか。

カッコ、カッコ。ザッ、ザッ。馬の蹄の音と、護衛の皆が歩く音が規則正しく耳に響く。

その音階に揺られながら、俺は徐々に意識を落としていった。

「――先生、起きてください先生」

「……ん」

馬車の揺れとはまた違った人為的な揺れと声を感じて、微睡《まどろ》んでいた意識が少しずつ浮上してくる。

薄く目を開けると、こちらを覗き込むアリューシアの表情が間近に映った。

「……すまん、どれくらい寝ていたかな」

「そこまで長くは。ただ、もう少しでフルームヴェルク領を抜けますので」

「そうか、分かった」

アリューシアとの問答を終え、両の頬を軽く叩く。よし、目覚めた。

いやしかし、随分あっさりと眠ってしまっていたな。それほど疲れていた自覚はないんだが、まあ色々あったと言えば色々あったので、精神的な疲労がやや大きかったと見るべきか。

「うおぉ……座ったまま眠りこけるもんじゃないね……」

目覚めの運動がてら腰や肩、背中をググッと伸ばす。バキボキゴリ、と、あまり聞きたくない音をいくつか響かせながら、睡眠で硬直した身体が強制的に解されていく。

ちゃんとしたところで寝ないとすぐに筋肉が変な形で硬直してしまうのが良くない。昔は雑魚寝だろうが何であろうが問題なかったんだけど、加齢による肉体の衰えにはどう頑張ったって勝てないんだもんな。

この辺りは同じ剣士と言えど、アリューシアやヴェスパー、フラーウたちとはきっと共感出来ない部分だろう。彼らはまだ肉体も十二分に若いからね。三十の半ばを過ぎたあたりから段々とキツくなってくるんだこれが。

「失礼、騎士団長殿」

ぐるぐると肩を回しているところで、馬車の扉が掛け声とともにノックされる。外から顔を覗かせたのは王国守備隊の隊長を務めるゼドであった。

ギリギリではあったが起きられてよかった。眠り込んでいるところを見られるのは、あまり良い印象を抱かれないだろうから。

「間もなくフルームヴェルク領を抜けます。関所で護衛が交代するものと」

「分かりました」

どうやら本当に領土を抜ける直前だったらしい。しっかり眠らせてもらったので、外の目があるところではしゃっきりとしたいところである。

往路で何回も経験したからか、この辺りは流石にもう慣れた。領土を跨ぐ時にそれまで護衛してくれていた領の兵が、次の領土の兵に護衛の引継ぎと申し送りをする例のあれだ。この段階でお偉いさんが出張ってくることはまずないし、交わす会話も極めて事務的なものである。道中に問題がなかったのなら尚のこと簡潔に済む。

で、こういう時は団体様がいきなり集団で行くのではなく、普通は向かう側から先触れを出す。そいつが事情を説明して、向こうさんも出張ってくるというわけだ。

とは言っても、これだけの集団が移動していたら遠目にも分かるわけで。俺たちの移動ルートも事前に知らされているはずだから、仕事としては本当に形式的なやり取りをただ眺めるのみになる。

「復路の無事をお祈りしております。それでは失礼を」

「ああ、ここまでありがとう」

関所の前で一応の顔を出し、二言三言交わしたところでサハト率いるフルームヴェルク領の私兵軍が引き上げる。ここから先はウォーレンの治める領地ではないから、書状かあるいは特別な事情がないと関所を越えられない。

後はバルトレーンに着くまでずっとこれの繰り返しだ。本当に行きと同じである。

「……やや雲が出てまいりましたな。少し急がせるとしましょう」

「ええ、お願いします」

引継ぎも終わり、隣領の兵士が護衛団に加わるタイミングで、ゼドがふと呟いた。

見上げてみると、ここ数日快晴だった空模様に少しばかり暗い雲がちらほらと差し掛かっている。

「うーん、降るかどうかは微妙なところだね……」

すぐに降り出すってことはないだろうし、この雲量のままなら天気が大崩れするとも思えない。

むしろこの程度の陰りならいい感じに気温の上昇が抑えられて、歩く守備隊としては好都合のようにも捉えられるくらいだ。

ただ何にせよ、天気が下り坂に差し掛かったのなら急ぐに越したことはないけどね。それに、運動するのに丁度いいコンディションのうちに歩を進めておきたい気持ちも分かる。

ここで安易に楽観的な見方をせず、粛々と先を急ぐ判断を下せるゼドはやはり優秀なのだと思う。

アフラタ山脈に突っ込んだ時のヘンブリッツ君やランドリドのように、状況が変化した時に下す判断の速さは流石の一言だ。彼も相応の経験を積んでいることは間違いないと見ていいだろう。

そして、そんな精鋭に囲まれながらの移動であれば、こちらが心配することも少なくて済む。出来ることなら、他の馬車に積んだ野営装備などが今後も出る幕がないことを祈りたいところだ。

「では、出発します」

関所で入れ替わった護衛団とともに、再び馬車が動き出す。

ちなみにだが、領地を越えるごとに変わる護衛団。その土地を治めている貴族様方が出しているのは共通なんだけど、その数には結構なバラつきがあったりする。

治めている領地が広いとか、強い権力を持っているとかの理由がそのまま護衛の数に比例していない、というのもまた面白い一面であった。一概に領主と言っても、平和的に街を治めて最低限の兵力しか持っていない者も居れば、狭い領土でも軍拡に励んでいる者も居る。

貴族には当然面子があるから、護衛を出さないという選択肢は最初からない。しかしながら、どの程度の余剰兵力を護衛に割くのかは結構シビアな問題でもある。例で言えばウォーレンはサハトを筆頭に十数人出してきたけれど、これが三十人のところもあれば、数人のところもあるという感じ。

ただし、その数だけでは判断が付かないというのが更にややこしさに拍車をかけている。狭い領土を持つ貴族が渾身の力で送り出した精鋭数人かもしれないし、大貴族が片手間に送り込んだ雑兵三十人かもしれない。

アリューシアは、各領主からのそういう反応も含めて今回の感触を確かめているそうだ。裏を返せば、今の王家にどれだけの忠誠を捧げているかの指標にもなるんだってさ。

まあ実際サラキア王女の輿入《こしい》れとなればこの数倍、あるいは数十倍の規模の兵隊を寄越す貴族がほとんどだろう、というのはアリューシアの言である。

騎士団の遠征と王女の嫁入りでは明らかにイベントの規模も重要性も違うからな。今回の件で言えば貴族たちが張るのは主に面子だが、王室が絡むとそれに加えて見栄も張ることになる。多分その領地が出せる限界まで、護衛のための兵力を絞り出すはずだ。そうしないと他の領に舐められる恐れがあるんだと。

いやはや、本当に事情を知れば知るほど面倒臭い世界である。

教養的な面で言えば俺も初めて学ぶことが多くてそれなりに新鮮ではあるものの、やっぱりこんな世界に首を突っ込みたくない、という印象は変わらない。むしろ知れば知るほど、その思いは強くなるばかりであった。

「……大変だね、アリューシアも」

「？　そうですか？」

「ああいや、本人がそう思っていないならいいんだけどさ……」

思わず零した呟きも、彼女にとっては取るに足らない内容だったらしい。

本当にアリューシアは凄い。彼女は商人の家の出身だから、多少はそのような世界に触れていてもおかしくはないが、それにしたってこういう付き合いが表面化したのは比較的最近のことだろう。

俺の道場で十六の歳まで剣を学び、レベリオ騎士団に入ったのは確実にその後。すぐさま騎士団長になれるわけもないので、そこから下積みの期間もあったはず。

そう考えると、彼女がこういう世界に首を突っ込み始めたのは、どれだけ長く見積もっても十年程度。

十年もあれば慣れるのかもしれないけれど、この若さでここまで多方面に精通した人物になるには、それなり以上の才覚が要る。

間違いなくアリューシアは、王国の歴史に名を遺す一線級の傑物だ。そんな子が十数年前にあんな片田舎の道場で剣を学んでいたのだから、世の中分からないものである。

「立派になったなあ、と思ってね」

「ふふ、ありがとうございます。先生の教えあってこそです」

「ははは……剣以外を教えたつもりはないんだけどな……」

真正面からぶつけられる大きな感情というのは、やっぱりちょっと気恥ずかしい。しかもこの狭い空間にはヴェスパーとフラーウも居るのである。彼ら二人は相変わらず空気に徹しているが。

けれどまあ、今まではただ謙遜するだけだったけれど、こういった称賛に正面から立ち向かう気概は少しずつ出てきたとは思う。それはやっぱり、おやじ殿との立ち合いを制したからに他ならない。

俺の剣はいったいどこまで通用するのか。自信が付いたとはまだ言えないし、見える景色がすぐさま一変するわけでもなかったが、改めて剣の道が開かれたようにも感じる。その道がどこへ向かっているのか、また終着点がどこになるのか、少し先も全然見通せないままではあるが。

「……あれ？」

「おや」

そんなやり取りを経てしばらく。少し急ぐとゼドが言っていた通り、気持ち速めに馬車も動いていたはずなのだが。

今は逆にその速度を落として、今にも止まりそうなほどにスピードを緩めていた。

「失礼します」

馬車から齎される振動が完全に停止した直後、扉がノックされ再びゼドが顔を覗かせる。

「どうしましたか？」

「前方に身動きの取れなくなった馬車がおるようです。恐らく車輪が壊れたか、あるいは轍《わだち》を外れたものかと……」

「ふむ……」

どうやら別の馬車が前方で立ち往生してしまっているらしい。

まあ、こういう事態は時々起こる。道とは言っても、王国内を走る全ての道が舗装されているわけではまったくない。今俺たちが移動している道も、ただ雑草を刈って土を踏みしめただけのものだ。石畳で舗装されている道の方が国全体で見れば希少だからね。

一方、たかが土道されど土道。道の脇に一歩逸《そ》れてしまえば、そこは手入れも何もされていない草原だったり岩肌だったりする。歩きなら問題ないが、馬車を通すとなると途端に一苦労だ。馬は走れても、重量と体積のある馬車がにっちもさっちも進まなくなってしまう。

「轍を外れているだけなら、手伝ってあげてください。壊れているなら申し訳ないですが、道を譲ってもらうようにと」

「承知しました」

状況を予測したアリューシアが指示を飛ばす。

馬車は確かにデカいし重いが、この人数ならちょっと動かすくらいは出来る。轍に戻すか、動ける見込みがないのなら道の脇に移動させるか、といったところだろう。

「ヴェスパー、フラーウ。前方の確認を」

「はっ」

ここでアリューシアが追加の指示として、騎士二人を向かわせる判断を下した。

まあ馬車が転がっているということは、当然ながらその馬車に乗っていた人間が居るはずである。

まさか全てを放棄して歩いてどこかに行ったわけではあるまい。

もしかしたら助けを呼びに行っている可能性もなくはないが、馬車である以上は何かしら積み荷があるはず。普通は荷物の見張りに一人は置いておくものだ。その場に人が居たなら、レベリオの騎士が居た方が何かと話は早いだろうからね。

「……俺たちも外に出ようか？」

「……そう、ですね。すぐには動かせないでしょうし」

別に俺とアリューシアが働く必要はないと思うんだけど、ここは気分転換も兼ねて一度外に出てみようと提案する。先程まで眠っていたのもあって、どうにも少し身体を動かしたい欲に駆られていた。

「ふぅ……ッ」

馬車からのそのそと這い出た後、腰に手を当ててグイッと一伸び。うおお、背中の筋肉が伸びていく感覚が実に気持ちいい。やはり座ったままだと全身を動かすのは難しいからな。

「さて、と」

身体を解すのもそこそこに、馬車の進行方向である前方に目を向ける。どうやら何人かが集まって馬車を動かそうとしているようだ。

にしても、馬車の傍には誰も残っていなかったのだろうか。どうにも会話をしているような雰囲気ではなく、ゼドが早く除けろとやや語気を強めて言い放っている声くらいしか耳に届いてこない。

「……誰も居ないってのも妙な話だね」

「そうですね……」

隣のアリューシアに話を振ると、彼女も少しばかり怪訝そうな顔をしていた。

馬車を使っていた者たちが積み荷を全て持ち運んだという線も考えにくい。そもそも、人の手で物が運べないから馬車を使うのである。残された可能性としては、積み荷を乗せておらず人だけだったパターンくらいか。

それにしたって、馬すら見当たらないのはちょっと妙だな。馬はそこそこ高価だし、みすみす逃がすようなことはしないはずだが。

「……ん？」

さりとて、前方にある馬車を片付けないことには俺たちの馬車が動かせない。これはしばらく立往生かなあ、なんて考えていたところ、突如として視界に違和感を覚えた。

「……霧……？」

「――！　総員、警戒!!」

俺の疑問の声とほぼ同時にアリューシアが叫び、一気に警戒ラインを引き上げる。その怒声に半ば引きずられるようにして、周囲の空気が一変した。

おかしい。今は初秋の時期で今日の気温は朝から安定している。やや雲は出てきているものの、雨は降っていない。近くに林や森、大きな川があるわけでもない。

――つまり、何の前兆もなくいきなり霧が発生するのはあり得ない。

「……何か居るね」

「はい。先生も警戒を」

「勿論」

すっかり愛用となった赤鞘の剣に、自然と手が伸びる。

さて、出てくるのは人か魔物かはたまたそれ以外か。出来れば魔物がいいな。容赦なく切り捨てられるから。

「騎士団長殿！」

アリューシアの鋭い指示を聞いて、守備隊の隊長であるゼドが駆けて戻ってくる。その手は腰の長剣に添えられており、いつでも抜剣出来る状態にあった。

「ハンベックさん、守備隊の指揮を。前方の馬車は一旦諦めます。視界が悪いため部隊間隔に気を付けてください」

「はっ！　お前ら！　近くの者と連携しろ！　互いに声掛けを怠るなよ！」

手短にやり取りを終え、ゼドが指示を飛ばす。その様子は急いでこそいるが焦りは感じられない。やはり彼は相当な経験を積んだ手練れだな。こういう人たちがサラキア王女の周りを固めるとなれば、グラディオ陛下も安心することだろう。

「団長、ベリル殿！」

「二人も戻りましたか。警戒を続けなさい」

「はっ！」

ゼドと入れ替わるようにして、前方の確認に向かっていたヴェスパーとフラーウも戻ってきた。

二人は既に抜剣を終えており、ほぼ臨戦態勢にある。やはりレベリオの騎士ともなれば判断を下す速さが違うね。不測の事態に対する嗅覚が研ぎ澄まされている。

「……走り抜ける、は難しいか」

「はい。視界が悪い上に細かい地理も把握出来ていません。各個撃破を狙われる恐れがあります」

一応この場からの逃走を提案してみるが、言いながら厳しいなとは感じていた。理由はアリューシアが答えてくれた通り。

これが俺とアリューシアの二人だけなら走っても良かったのだろう。しかし実際には他の騎士や守備隊、貴族の私兵までも含んだ数十人の大集団だ。いきなり原因不明の霧が湧き出て視界が塞がれつつある今、統率を維持したまま走り始めるのは難しい。

更にタチの悪いことに、この霧の有効範囲が分からなかった。走っても走っても抜けられない可能性がある。そうなるともう泥沼だ。であれば、ここで態勢を整えて迎え撃った方がいくらかマシというもの。

「多分、あの馬車も囮《おとり》だろうね」

「そう考えられます。となると相手は、高確率で人ですね」

「……当然そうなるか……」

やっぱり馬車に人も物も残っていないってのは不自然だよな。つまりあれは、俺たちを足止めするためにあらかじめ仕込まれた罠みたいなものだ。

そう仮定すると彼女の言う通り、相手はほぼ人間で確定。あの馬車が足止め用の囮だとするなら、魔物の線は消える。

わざわざ護衛を付けた騎士を襲うとは、その目的や如何に。少なくともただの盗賊なんかじゃないだろうな。あいつらは基本的に卑怯だが、卑怯であるからこそ相手はちゃんと選ぶ。

そして、俺と彼女が会話出来ている理由と、ゼドが指示を飛ばせている理由。多分相手は、この霧が十分に展開し切るまで待っていると見た。

現状でも確かに視界は悪いが、数歩先がまったく見通せないと言うほどではない。それに加えて、ここには霧の発生源となる十分な水源がない。ルーシークラスの魔術師でもない限り、この霧は長続きしないはず。

相手の心理に立ってみると、ここで霧の展開が不十分なまま突っ込んで敵を取り逃がす方が致命的だ。かと言って悠長に構え、霧が晴れてしまえば奇襲が成立しない。

故に霧が十分に広がり、かつ密度を保てる、奇襲を行うにベストな状況になるのを見計らっているると想定するのが妥当か。少なくとも俺がこの霧を出せる手段を持っていたらそう考える。

問題は、この霧を出してきたやつらが誰を標的にしているかだ。この規模の武装集団を襲うくらいだから、絶対に何かしらの目的がある。

まあそれも普通に考えたら、アリューシアか俺のどちらかになるんだろう。俺には命を狙われるような心当たりは特にないが、アリューシアは分からない。政治の世界に身を置いていたら、味方だけでなく敵も当然出てくるだろうから。

しかしそうなってくると、相手はどこの国のどちら様なんだろうな。仮にアリューシアと敵対している貴族が居るとして、じゃあ自国の騎士団長を襲うかと問われれば非常に難しいだろう。バレたら破滅一直線だし、バレない可能性の方が遥かに低い。

そう考えるとレベリス王国以外のどこか、という線になりそうだ。とは言っても俺は王国の外を知らないから、消去法でスフェンドヤードバニアくらいしか候補が出てこない。その隣国にしても、わざわざ俺やアリューシアを狙い撃ちする理由までは分からないが。

「ぐあっ!?」

「うおおっ!?」

「――ッ！」

相手の正体を考え始めたところで、状況に変化が訪れた。より端的に言うと、敵方の攻撃が始まった。

声を聞く限り強襲を受けたっぽいな。布陣的には俺とアリューシアがこの護衛団のほぼ中心地だから、外周から襲われたと見るべきか。流石にこの位置から守備隊が布陣している端っこまでは状況が分からん。見通すための視界は既に霧に覆われている。

「敵襲！　敵しゅ……がっ!?」

「あっちもか……！」

そしてどうやら、攻撃は同時かつ多方面から受けている。となると、相手は相手で単独や少数ではなくそれなりの数を擁した集団。

怒号や悲鳴が上がる中、味方が作る壁の中でただ相手を待ち構えるだけというのは、めちゃくちゃにきつい。出来ることなら今すぐ駆け出して一人でも多く助けたい。しかし、俺の立場がそれを許してはくれなかった。

「くそっ……！」

「耐えてください先生。私たちが動けばより戦線が混乱してしまいます」

「分かってる。分かってはいるんだが……！」

俺とアリューシアはこの集団のトップであり、他の者たちから見れば最重要で守らなければいけない対象だ。そんな対象が、言い方は悪いが下々を助けようとして、より危険な状況に突っ込んでしまうことは絶対に避けなきゃならない。

俺たちが急に動くと、それに合わせて護衛の兵も動かざるを得なくなる。そうなってしまったら、ただでさえ有利を取られているこの状況が更に悪化してしまう。

恐らくだが、相手はかなりの手練れ揃い。こんな襲撃計画を立てられる時点で素人ではないが、守備隊の中でも精鋭であるはずの彼らが明らかに押し負けている。向こうに地の利やその他有利な状況が揃っているのも拙い。

くそ、どうせ襲ってくるなら真っ直ぐこっちに来てほしい。そうすれば犠牲者も少なく、まとめて相手取ることも出来るはずなんだ。守られている側としては決して願ってはならない内容だが、周囲から漏れ聞こえてくる声が耳を劈《つんざ》く度、そんな思いに駆られてしまう。

「どけオラァッ!!」

「ぐおわっ!?」

周囲の剣戟が激しくなる最中、ひと際目立つ怒声を挙げた男が、護衛団の中心地に殴り込んできた。

「いいか！　銀髪の女だ！　見つけたら俺かクリウを呼べ！　他は雑魚どもを……ってなんだ、居るじゃねーか。おいクリウ！　こっちだ!!」

指示を飛ばしながら物凄い速度で突っ込んできたそいつは、アリューシアの姿を見つけるや否やぴたりと止まり、悠然とこちらへ歩を進めてきていた。

年はどうだ、三十前後か？　サハトと大体同じくらいの年齢に見える。霧の中でも目立つ、非常に珍しい緑髪を後ろに束ねた垂れ目の男。身長は俺と同程度、しかし身体つきは俺よりも一回りはデカい。その鍛え抜かれた肉体を覆い隠すかのように、厚手の黒のロングコートを羽織っている。

恐らくだが、ヘンブリッツ君やクルニに似たパワータイプ。俺の予想を裏付けるかのように彼の手には、長方形の板金をそのまま柄とくっつけたような武骨な大剣が握られていた。

切れ味のほどは定かじゃないが、たとえ鈍《なまく》らであっても、あんなもんでぶん殴られたら骨どころじゃ済まないだろう。

そして男の言葉から、やつらの狙いもはっきりした。アリューシアだ。

悪いが、その目的を達成させるわけにはいかないね。愛剣を握る拳に力が入る。

「うおおおっ！」

黒コートの男が一歩二歩と近付いてきた矢先、横合いから猛烈な気合いとともに突っ込んできた影。

王国守備隊の長ゼドが、長剣を上段に振りかぶって吶喊していく瞬間を俺の目が捉えた。

「どけ雑魚がッ!!」

「ごっ……!?」

しかし。渾身の一撃を放とうとしたゼドに対し男は一瞥だけくれると、長大な大剣を恐ろしい速度で、しかも片腕一本だけで振り抜いた。

ゼドも咄嗟《とっさ》に防御態勢に入ったのは素晴らしい反応だが、あれは長剣一本で受け止められるような衝撃じゃない。ゼドは剣を根本から圧《へ》し折られ、腕を巻き込み、革鎧を大きく凹ませながら派手に転がっていく。

……あの斬撃を食らってからの戦線復帰は絶対に不可能だ。せめて一撃で死んでいないことを祈るしかない。

「……何者ですか？」

「名乗る理由も義理もねえな」

アリューシアが会話からの情報取得を試みるも、相手はそれに付き合うつもりはさらさらない様子。

こんな襲撃をしている時点で会話が通じるとは思っていなかったが、余計な情報は一切喋らないつもりか。少しやりにくいな。

「おー、居た居た。相変わらず人遣いが荒いなアンタは」

「遅えぞクリウ」

ゼドが吹っ飛んだ直後、更なる新手が霧の奥から現れる。

緑髪の男とは対照的な、青い髪をほどほどに伸ばした一見優男といった風体の男だ。得物もこれまた対照的で武骨な大剣ではなくやや幅広の、ロングソードより僅《わず》かに剣身の短い剣の二本持ち。恐らくカッツバルゲルの、しかも双剣使いと見た。

二人に唯一共通している事項は、ともに黒のロングコートを羽織っていること。

つまりこいつらは、同じ組織に所属している連中ということか？　しかし何処《どこ》の組織までかは俺にはさっぱり分からなかった。緑髪の大剣といい青髪のカッツバルゲルといい、武装にまったく共通性と統一性がない。もとより俺は他国の組織なんてほとんど知らないしな。

「ヴェスパー、フラーウ。貴方たちは守備隊の援護に回りなさい」

「しかし……！」

「早く」

「……はっ！」

ここまで接近されてしまえば、俺たちの周りに一人二人居ようがそれはもはや誤差である。そして申し訳ないが、眼前に立つ二人はその誤差で差を埋められそうな手合いじゃない。特に緑髪の方。こいつはかなりヤバい予感がする。

ヴェスパーとフラーウは多少の逡巡を見せたものの、すぐに切り替えて走り出す。その様子を黒コートの二人は追いかける素振りも見せず、ただ見送るだけにとどまった。

「追わないのですね」

「あれは雑魚だろ。用があるのはお前だけだ」

仮にもレベリオの騎士二人を雑魚と言い捨てる胆力は凄まじいな。どこの誰かは皆目見当もつかないが、レベリオ騎士団の存在を知らないはずはない。国境近くとはいえども、ここはレベリス王国の領内だぞ。

「俺が緑髪の相手をする。アリューシアは青髪を頼む」

「……分かりました」

まあ、相手の正体をこれ以上考えていても仕方がないか。ここまで状況が進んでしまったら、思考に沈む段階はとうに過ぎ去っている。

相手は二人。こちらも二人。しかしながら、このまま二対二の乱戦に持ち込むのは少々分が悪い。俺はあまり対多数戦が得意とは言えないからな。出来ればタイマンの方が都合がいい。更に相手のうちの一人は大剣を振り回してのゴリ押しも出来るタイプだ。乱戦の最中、二人纏《まと》めて薙ぎ倒されるパターンだけは絶対に避けたいところ。

「──しっ！」

「おっ!?」

役割分担が決まれば後は戦うだけ。そしてどんな戦いにおいても、先手を取った方が有利だと相場は決まっている。

踏み込みとともに放った突きは相手の喉目掛けて一直線に突き進んだものの、寸でのところで大剣の腹によって堰き止められる。

ゼノ・グレイブル製の剣で貫けないとなると、相手の得物もそれなり以上に上質だ。もとよりサイズが違い過ぎるからあまり期待してはいなかったが、敵の武器を破壊する手段は選択肢から捨てるしかない。

「はっ！」

「うおっ!?　速……ッ！」

俺が仕掛けたと同時、アリューシアも青髪の男に向かって斬りかかる。これで戦場の配置は決まった。

しかしアリューシアの先手で決まらないとなると、あっちの青髪もかなりの手練れである。負けはないにしても、瞬殺も難しい。そんな具合だろう。

「オッサンに用はねえんだ、よ！」

「……くっ！」

こちらの攻撃を防いだ大剣を今度は相手に振り回され、俺の剣が弾かれた。

予想はしていたが、力勝負では絶対に勝てんなこれは。俺があと二十年若かったとしても無理だ。たった一振りで、肉体の性能差というものを嫌と言うほど痛感させられる。

「うおらあァッ！」

「むっ……！」

弾かれた剣と体勢を整える間もなく、緑髪の男が続けざまに武骨な大剣を振るう。おま、そのサイズの得物を高速で振り回すのは反則だろ！

慌てて一歩退くものの、間髪を容《い》れずに男は突っ込んでくる。踏み込みの鋭さが尋常じゃない。アリューシアと違って起こりはまだ分かりやすいが、単純に馬鹿みたいに速い。

しかも超高速で大剣をぶん回してくると来た。しっかり躱したはずの剣圧が、不気味に頬を撫ぜる。本当に掠っただけで死にかねないなこれは。

こいつ、マジで強いぞ。一撃一撃が重すぎる上に速すぎる。木葉崩しを狙うには相手の武器の質量が大きすぎて厳しい。もっと遅いなら丁寧に狙えるが、流石にそこまでの隙は見せてくれない。

真正面から受けるのも難しい。剣は耐えられるかもしれないが、俺の身体が耐えられん。ゼドのように吹っ飛ぶのが関の山だ。つまり相手の攻撃に対して俺が取れる選択肢は避けるか受け流すかしかなく、その上で反撃を試みるしかない。

「しぃっ！」

「……っと！」

なんとか連撃の間隙を縫って剣を走らせるも、やっぱり十分なタメと余裕がないとせいぜい単発でしか捻じ込めん。そして、その程度の攻撃に当たってくれる甘い手合いでもなかった。

「……オッサン、雑魚じゃねえな。何モンだ？」

「……答える理由も義理もないね」

「はっ！　そりゃそうだ」

俺の反撃が挟まったことでやや間合いが空き、短い問答が差し込まれる。ちょっとした意趣返しだが、言った通り自己紹介する理由もないからな。相手もそれは十分に分かっていたようで、すぐに会話を打ち切った。

「クリウ！　ちょいと時間がかかる！　死ぬなよ！」

「アンタこそ死ぬなよ……あっぶ！」

どうやら緑髪の男は俺の排除に完全に舵を切るらしいな。ありがたい、そっちの方が好都合だ。

クリウと呼ばれた青髪の反応を聞く限り、あちらは明らかにアリューシアが優勢である。まあ、真正面からの一対一でアリューシアに勝てる剣士がそう簡単に居てたまるかという話だが。

「流石にクリウ独りじゃ分が悪そうなんでな。速攻で行く」

「行かせないよ、悪いけどね……！」

そう告げた緑髪の男は、先ほどまでと違った奇妙な構えを取った。

馬鹿でかい剣を片手で肩に担ぎ、やや半身に。腰をグッと深く落とした、見るからに一撃必殺の構えだ。恐らく、途轍もない速度で突っ込んできて一撃で葬る腹積もりだろう。

躱し切れるのか。いやそもそも、俺はこいつに勝てるのか。勝敗の天秤は、まったく先を予見させてくれない。

だが、不思議と焦燥の感情はない。全身に鋭く去来するのは、静かな興奮と更なる集中力。

俺の根源に在る、どうしようもない剣士としての感覚。それらが俄かに活性化されていくのを、脳と身体が鋭敏に感じ取っていた。

いったい、いつからこんな感覚に陥るようになってしまったのだろうか。

幼少期は剣を振ることがただただ楽しかった。少年期ではおやじ殿という剣士に強い憧れを持ち、がむしゃらに剣を振っていた。青年期には自身の伸びしろを信じ、只管に剣を振っていた。

常に楽しかったかと問われれば否かもしれない。それでも剣を振っていると少しずつ成長は感じられたし、また剣を人に教えるというのも難しくも楽しく、貴重で新鮮な経験であった。

それらの経験が積み重なって今の俺が在る。それは間違いなく事実だ。

しかして、今の俺がこうなってしまったのは何処が出発点だったのか。いつから模擬戦や稽古だけでなく、薄皮一枚を隔てた命のやり取りに高揚するようになってしまったのか。

思い返せば色々と切っ掛けはあったのかもしれない。けれど決定的だったのは、やはりおやじ殿との一戦だったのだろうと思う。ある種呪縛とも言えるおやじ殿の幻影から解放された今、強敵との立ち合いにどうしても気が昂ってしまう。果たしてこれが良い変化なのかどうか、この一面に限っては判断が付きかねる状態だった。

「……ふぅ――――っ」

大きく。大きく息を吐く。

俺は今から、常人では間違いなく不可避の破壊を受ける。眼前に構える緑髪の男の実力は、数合だが打ち合ってよく分かった。クルニ並みの怪力が、スレナ並みの瞬発力で襲ってくる。要するにそれ程の高みに居る手合いということ。

「……」

男は構えたまま動かない。機を見計らっている。

周囲ではアリューシアやヴェスパーたち、守備隊や貴族の私兵が、この男の率いる集団と戦っているにもかかわらず、不思議とその喧騒は耳に入ってこなかった。いや、正確に言えば入ってきてはいるのだろう。脳がそれらの情報を切り捨てているだけだ。

どれだけ実力が拮抗していても、どれだけ打ち合いが長引いても。決定的な勝敗が定まるのはいつだって一瞬の出来事。そして俺たち剣士は、死に物狂いでその一瞬を手繰り寄せようとする。それは俺も、相対する緑髪の男も変わらない。

「――ッ！」

互いの呼吸が完全に重なった瞬間。男は凄まじい勢いで地面を蹴り、限界まで張り詰めた力を爆発させた。

そこに気合いはない。声を発することで逆に攻撃の起こりを察知される恐れがある。気合いで相手をビビらせてどうこうなどという領域は、二人の間ではとっくに過ぎ去っていた。

相手の動きは見える。見えている。見えているが、速い。そして重い。

男は超人的な脚力で一気に間合いを詰め、同時に右肩に背負った大剣をぐるんと回し、斜め下からかち上げるように振るっていた。上から下に下ろす方が当然重力の加護を得られるにもかかわらず。

下から掬《すく》い上げるような斬撃は、あまり見かけることがない。単純に合理的ではないからだ。しかしその分、思考も遅れるし対処も遅れる。なるほど、この男の暴力的なまでの肉体の力があってこそ初めて成立する技。ある意味で非常に合理的ですらある。

相手の攻撃は躱せる。躱せるが、得物のリーチはあちらの方がかなり長い。そして単純な力勝負では明らかに分が悪い。この踏み込みを躱しても、間髪を容れずに二撃目が飛び込んでくるに違いない。

つまり俺はこの破滅の一撃を躱しつつ、同時に相手に有効打を与え、かつそのまま優勢を取り続ける必要がある。

……無理な話だ。相手が素人ならまだしも、ここまで練達した剣士相手に僅か一手で決定的な傾きを得ようとしている。この思考はもはや傲慢とさえ言っていい。

だが、出来る。今の俺なら出来る。

傲慢と切り捨てられても已《や》む無しの選択肢を、今の俺には切り捨てられない。現実的かつ希望的な道筋として、勝利への片道切符を確かに握っている感覚があった。

「――しぃえあァッ!!」

「……ッ!?」

発破とともに精いっぱいの力で踏み込む。相手の圧に押されて下がっているのでは駄目だ。それではいつまで経《た》っても優勢を取れない。

下から迫り来る斬撃というのはつまり、上に行けば行くほど隙間が出来るということである。屈みながら大剣とは反対の斜め方向に切り込み、半身をずらして確実に避け、そのまま右腕を滑らせる。振り被っている猶予はない。最短距離で剣を届かせねば。

あのロングコートがどれだけの防御力を持っているかは定かではないが、この剣に渾身の技術と力を乗せられれば、よもや弾かれることはあるまい。

振り上げられた相手の右腕が邪魔で、胸部や頭部を正確に狙うのは無理だ。同様に喉も難しい。右腕をそのまま穿っても、こいつなら必ず左腕一本で戦闘を継続する。

当てやすく外しにくく、確実に相手の戦闘能力を下げられる部位。

つまりは――下腹部！

「ぐ……っ!?」

刹那の攻防。幾重にも張り巡らされた思考が齎した一瞬の狭間。

間近に迫った大剣が俺の前髪のいくつかを吹き飛ばし、頬に死神の息吹を感じるのと同時。

下から抉り取るように突き出された赫々《かっかく》の剣が、男の右下腹部を確かに貫いていた。

「ふぅ……ッ！」

攻撃成功の余韻に浸る間もなく、突き刺さった剣を振り抜いて腹を掻っ捌くついでに一歩、二歩と飛び退《の》く。

手応えは確かにあった。間違いなく有効打だ。しかし、致命傷にまで至ったかは微妙。相手の腹を穿ったことは事実なれど、衝突の瞬間僅かに身体を捻られたか、想定よりはやや浅い。

そしてあの着込んでいるロングコート、想像していたよりも遥かに堅い。無論、剣が通らないということはなかったものの、かなり邪魔をされた感触が手に残っている。下手な鎧などよりよっぽど上等な防具だ。

「んの……、野郎っ！」

「っと！」

右脇腹からは少なくない出血も認められるが、緑髪の男は膝を突くようなことはなかった。それどころか更に踏み込み、大剣を派手にぶん回している。

……が、明らかに動きが悪い。先程までのスピードに比べれば、躱すのは十二分に容易《たやす》い。それでも一般的な兵士ならその力で圧倒出来るのだろう。だが手負いの戦士からわざわざ一撃を貰ってやれるほど、俺は優しくはないつもりだ。

「参った、と言ってくれると俺も助かるんだけど……」

「ハッ！　そりゃ言えねえな……！」

降伏を促してみるも、予想していた通り簡単には乗ってくれそうにない。

多分、とどめを刺すことはほぼ確実に出来る。心臓を一突きするか首を刎ねるかすればそれで終《しま》いだ。

しかしながら、こいつは恐らくこの襲撃を計画した首級である。出来ることなら捕らえて情報を吐かせたい。俺は拷問や尋問の技術を持っているわけではないが、その辺りはアリューシアや、何なら連れ帰ってルーシーにお願いしてもいいだろう。

腹を貫いたダメージは確かにあるものの、戦闘不能まではまだ少し距離がある、そんな塩梅《あんばい》。であれば、次は足を斬りつけて機動力を奪う。その後に腕を斬りつけて攻撃力を奪う。逃げられなくした後に、落ち着いて捕まえればいい。

「……っつお!?」

緑髪の男を捕らえる算段を付けて踏み込もうとした矢先。

先ほどよりは随分と薄くなった霧の向こうから、突如として大型の火球が投げ込まれた。完全に外への意識を切り捨てていたところに飛び込んできたせいで、回避行動が遅れてしまう。

「う熱っちぃ!?」

急所への直撃は何とか避けたものの、思いっきり腕に火球がぶち当たってしまった。めっちゃくちゃ熱い。これ絶対火傷《やけど》したやつだ。いや周りをよく見てなかった俺が悪いんだけどさあ！

「団長！　時間切れだよ、もうすぐ霧が晴れる！　……ッ団長!?」

「プリム！　てめえ前に出てくるんじゃねえって……！」

霧の奥から駆け足で現れたのは、桃色髪の女性。自身の身長ほどはある丈の長い杖を抱えているあたり、恐らく魔術師。そして先程の火球をぶん投げてきたのも、状況的に見て間違いなくこの子だ。

緑髪の男やアリューシアと戦っているクリウと同じく、黒のロングコートを羽織っている。やはり何かしらの意思統率が成された集団であることは間違いない。

しかも、霧が出てきた時点で予想していたとはいえ、魔術師すらも抱えている精兵集団。本当になんでこんな組織に目を付けられたんだ。

「と、とにかく退いて治療しなきゃ……！」

「まだ動ける！　おいクリウ！　無事か!?」

二人のやり取りを聞いてはっとなる。そう言えばアリューシアも絶賛戦闘中だったはず。彼女が負ける姿は想像出来ないが、とはいえあの青髪の男もかなりの手練れ。俺も戦闘中は相手に集中していたため、今彼女がどうなっているのかは分からないままだった。

「そうだ、アリューシア……！」

「こちらは問題ありません！」

慌てて周囲を見渡せば、そう遠くないところで彼女は既に戦闘を終了していた。

問題ありませんという言葉通り、アリューシアが立っていて、青髪の男が寝そべっている。その状況だけを見ても、彼女の圧勝であることは疑いようもなかった。

「クリウ……！」

「悪いね。レベリオ騎士団長は強いんだ」

緑髪の男が驚愕を言葉にするも、俺からすればこの結果は意外でもなんでもない。

アリューシアの初撃を防いだ以上、あの男も相当に強いことは間違いないだろう。しかしながら、彼女の実力は相当に強いの更に上を行く。単身で本気のアリューシアを足止めするだけでも難しい上に、勝ち切るとなるとそれはもはや至難の業《わざ》である。

「ちっ……！」

状況の不利を悟った緑髪の男が毒づく。

相手の最大戦力に自陣の最大戦力をぶつけるのは基本中の基本。ほぼ間違いなく、団長と呼ばれた緑髪の男と、クリウと呼ばれた青髪の男がこの集団のツートップ。魔術師である桃色髪の女性も恐らく幹部級。魔術師の実力は未知数ながら、おおよその大勢は決したと見ていい。

「……プリム、撤退だ。頼む」

「うん！」

「逃がさないよ！」

緑髪の男が撤退の二文字を声に出した瞬間、剣を構えて踏み込む。

この状況から撤退を告げるということは、何かしらの方法があるのだろう。多分魔術師が何かやるはずだ。しかし、それをみすみす逃がすほど俺もお人好しじゃあない。

この距離なら俺の踏み込みでも二歩で届く。緑髪の男へも未だ警戒は解けないが、それよりも今相手取るべきは桃色髪の魔術師。こいつの動きを封じる！

「はあっ！」

「うおおおおあわわわわっ!?」

しかし。踏み込んだ俺の切っ先が相手に届く前に、桃色髪の女性が魔術を発動させた。

突如として吹き荒れる暴風。漂っていた霧を刹那で吹き飛ばし、立っているのも難しいほどの烈風が全身を叩く。その威力たるや、間近で受けた俺の身体が風圧で吹っ飛んでいくほどであった。見事にすっ転んでしまい、その拍子に物凄く情けない声が出てしまった。恥ずかしい。

「お前ら！　撤退だ!!」

「……ッ！　待ちなさい！」

「待てと言われて待つ馬鹿がいるかよ！　おいクリウ、起きろ！」

アリューシアが逃げる相手を捕えようとするが、風が強すぎてまともに動けない様子であった。

俺も転んだまま、立ち上がるのすら一苦労するほどの風である。一方で相手は風の中心地があの女性だからか、動きが制限されているようには見えない。くそ、本当に便利だな魔法ってやつは。

幸いなのは、この風の魔法に殺傷能力がないことか。確かに強烈だが、別に身体が切り裂かれるわけでもない。だから俺も派手に転がっている程度で済んでいるわけだ。

「……敵ながら鮮やかな逃げ足ですね……」

「っとっと……、逃がしちゃったか」

風が収まって……というか、風の中心地があの桃色髪の女性だったから、彼女が離れていくと風も弱まっていく。ようやく立ち上がって周りを見渡してみると、周囲を覆っていた霧は綺麗さっぱり晴れていて、黒コートの連中もこれまた綺麗さっぱり逃げ出していた。

アリューシアに転がされていたクリウという男の姿も見当たらない。彼女の言う通り、見事な退《ひ》き際であった。

極めて高い戦闘能力、撤退を含めた状況判断の速さ。個人の力としては十分にあり得るが、組織全体でこれをやってのけるのは凄まじい。平均点の高さでいえば、レベリオ騎士団にも引けを取らないんじゃないだろうか。

「……結構やられてるね」

そして黒コートの連中が去った後に残ったのは、そこかしこで横たわっている守備隊や貴族の私兵たち。

全滅とまでは言わないが、やはり一人ひとりの戦闘力で言うと、あの黒コートの集団が一枚も二枚も上回っていた。正直に言って、同数のレベリオの騎士でも居ない限りは厳しい戦闘だったように思う。

「団長……！　ご無事でしたか……」

「フラーウ。……ヴェスパーはどうしました」

その守備隊の援護に回していたヴェスパーとフラーウ。フラーウはどうやら肩をやられたようで、鎧の肩当がベコベコに凹んでいる。出血はなさそうなものの、ほぼ間違いなく骨はやられているような、そんな様相であった。

しかし、相方のヴェスパーの姿がどこにも見当たらない。

まさか。とてつもなく嫌な予感が全身を襲う。

「……重傷です。応急処置は行いましたが、持つかどうかは……」

「……分かりました。ひとまず我々も負傷者の対応に回ります。先生もお願いします」

「ああ、勿論そのつもりだ。手伝えることがあったら何でも言ってくれ」

長閑《のどか》な帰り道だったはずの現場は今や凄惨な状況と成り果て、早くも死臭が漂い始めている。

それがどうかヴェスパーとゼドのものではないことを祈りながら。俺たちは何の価値もない勝利に酔うこともなく、粛々と負傷者の応急処置にあたることとなった。

◇

カッコ、カッコ。蹄の音が規則的に聞こえる中、馬車の内部はずっと居心地のよくない沈黙に支配されていた。

馬車の中に座るのは三人。俺とアリューシアとフラーウ。ヴェスパーは別の馬車で寝かされている。

野営道具だったり緊急時の食糧や物資が詰められてはいたが、今回の襲撃でそのほとんどを使い切った。それもあって、空いた馬車に負傷者を詰め込むことが出来たのは不幸中の幸いと呼ぶべきかどうか、判断に悩む。

結局、こちらが被った損害は凄惨なものだった。

死者六名、重軽傷者二十二名。相手方は死者二名、重軽傷者は不明。恐らく向こうも相応の負傷者は出していると思うのだが、捕虜として生きた相手を捕えることは終ぞ出来なかった。一人ひとりの練度が相当に高く仕上がっている証拠だ。二名討ち取れた事実を上出来だと思うことは、俺には出来ない。

こちら側の重軽傷者には、ゼドとヴェスパーも含まれる。

ゼドはまだマシである。片腕は完全に壊れてしまっていたが、命に関わる怪我《けが》ではなかった。完治には長い時間がかかるだろうし、王国守備隊の職務に復帰出来るかどうかも分からない。けれど、命の燈火がしっかり繋がっていることは、はっきり幸運だったと言っていいだろう。

他方、ヴェスパーは正直かなり厳しい。俺も傷口を見たが、バッサリと肩口近くから斬り捨てられていた。

馬車に積んであったポーションを山ほど使って一命は取り留めているものの、先の見通しは暗い。この遠征に魔術師が帯同していないのもあって、専門的な治療をすぐに受けさせられないことが事態をより深刻にしていた。

今回の件ははっきり言って異例中の異例。こんな事態を事前に察知しろという方が無理がある。無論アリューシアや俺を含め、ベストとは言わずとも結果として賊を撃退出来たのだから、大局的に見れば悪くない動きだったのだろう。しかしやはりあの時にこうしていればとか、もっと上手く出来たのではという類の後悔は尽きない。

俺があの緑髪の男を鎧袖一触《がいしゅういっしょく》で屠り去っていれば、こんなことにはならなかった。相手の力量も相当なものだったし、それが現実的に難しいことだって分かっている。アリューシアでさえ、あのクリウという男を戦闘不能までもっていくのに少なくない時間をかけた。

だがそれでもやはり。自分の力があと一歩足りなかったのではないか。そういう悔恨の念は、いつまでも付きまとう。

それと同時に気付くのだ。世界には俺の知らない組織が山ほどあって、俺の知らない強者が山ほど潜んでいるであろうこと。そしてその事実に俺は落胆も絶望もせず、密やかに燃え上がっていることに。

「……ヴェスパー、助かるといいね」

「はい。早馬を出して次の街に魔術師と医者を待機させていますので、そこまで持てば……」

ふとした呟きを、アリューシアが拾う。

今は死者と、負傷者の中でも歩けない者を馬車に押し込み、その他の動ける者たちで隊列を組み直して帰還ルートを辿っている最中だ。負傷者の応急処置と今後の計画を練り直している間、アリューシアは馬車馬を二頭ほど使って次に立ち寄る予定の街に早馬を出した。

状況の報告と、言った通り魔術師と医者の手配のためである。到着次第速やかに専門的な治療を受けられるよう、今はあちらでも準備が進められていることだろう。そこまで彼らの容態が持てば一安心といったところだが、果たしてどうなるか。

「……申し訳ありません」

「フラーウが謝ることじゃない。皆それぞれがその時に出来ることをやったし、よく戦った。それだけだよ」

「……はい」

現場の状況が一段落ついて護衛団が動き出してからというものの、フラーウは何かにつけて謝罪の言葉を発し続けていた。それが俺たちに対するものなのか、ヴェスパーに対するものなのかは分からないけれど。

俺だって、ヴェスパーが死んでしまったら悲しい。だが悲しいかな、人の命は世界的に見ても、個人的に見ても不平等だ。名も知らぬ賊が一人死ぬより、見知った人間が一人死ぬ方が悲しいに決まっている。全員の命すべてに等しい重みがあるとは思っていない。

しかし剣の道に進むと決めた以上、それらは全て乗り越えなければならない命題だ。無論、悲しむなという話じゃなくてね。一時の間喪に服すことは気持ちのけじめを付けるためにも必要だし、それが亡くなった人への弔意にもなると俺は信じている。

そしてその上で。多少時間がかかったとしても、生き残った側はそこから前に一歩、踏み出さねばならない。特に俺たち剣士は、一瞬の狭間で命のやり取りを平気で行う連中だ。気持ちが後ろに向いたままその一瞬を摑み取ることは、残念ながら出来ない。

フラーウが今後もレベリオの騎士を務められるのかどうか。彼女は今、その瀬戸際に位置している。

勿論のこと、仮に彼女が騎士の職を辞したとしても誰もそれを責められやしない。そんなやつがもし居たとしたら、俺がしこたま殴り倒してやる。

一方で、こればかりは周りの他人が何を言おうと難しいこともまた確か。彼女自身が自分の気持ちと信念に折り合いを付けて、正面から向かい合うべき問題だ。

アリューシアもそのことが分かっているから、安易に励ましたり慰めたりはしていない。レベリオの騎士は確かに優秀で皆強いが、誰も死なない保証なんてどこにもないからな。

「……相手の情報が少しでも手に入るといいんだけど」

「遺体を回収出来たのは不幸中の幸いですね。装備を調べれば、遠からず割れると思います」

「そう願いたいところだね」

話題は自然と黒コートの連中の方へと向く。

守備隊の誰かが討ち取った賊の二名は、こちらでその死体を回収している。やはりこの二名も俺たちが相対した連中と同じで、黒のロングコートを身に纏っていた。

間違いなく統率された一組織の人間なので、詳しく調べればどこの誰かは分かるだろう。ただ俺はともかくとして、アリューシアもその装備を見てパッと思い浮かばないということは、国外の組織である可能性が高い。

スフェンドヤードバニア教会騎士団は絶対に違うし、アリューシア曰くサリューア・ザルク帝国の軍でもないらしい。となるとそれ以外の国がルーツの組織か、あるいは傭兵団のような非公式の集団。とはいえ流石にそこまで可能性を広げると、どこの国のどちら様なのかはサッパリ分からないのが現状だ。

多分ルーシー辺りに聞けば分かるかもしれないが、その彼女は今この場に居ないからな。まずはバルトレーンに装備を持ち帰って、話はそれからになる。

「……しかし、大丈夫でしょうか……」

「ん、どうかした？」

「もし……奴らが再び報復に来たらと思うと……」

「それはないと思うよ。少なくともしばらくの間はね」

フラーウが不安そうに言葉を零すが、俺はその可能性は低いと見ている。

「先生の言う通りです。向こうの主力にも痛手を負わせていますから。貴方はまず心を落ち着けて、傷の治療に専念なさい」

「……はっ」

俺の言葉を引き継いだアリューシアが、フラーウに自分のことだけを考えておけと言い含める。彼女も普通に喋っているが、肩をやられている重傷だからな。しばらくは剣を握れない生活が続くだろう。

そして俺とアリューシアの見解が一致しているように、あの黒コートの集団は間違いなくしばらくは出てこない。理由は単純で、緑髪の男と青髪の男に結構な手傷を負わせたからだ。

正直に言って、あの二人の実力は突出していた。仮にあれが組織の平均値であった場合、護衛団は一瞬で全滅までもっていかれたはずだ。ブラックランクの冒険者数十人に囲まれる状況だと言えば伝わりやすいだろうか。

逆説的にそれは流石にあり得ないので、あの二人が黒コート集団のツートップ。その二人はすぐに動けないほどの重傷を負っている。

唯一の懸念は最後に姿を現した魔術師だが、団長と呼ばれた緑髪の男を第一に心配していたように、すぐに単身報復に向かってくる性格には思えなかった。仮に来たとしても、優秀な前衛二人を欠いた状態では魔術師の真価は発揮し切れない。

だからあの連中は少なくとも、首級二人の傷が癒えるまでは動かない。そして二人とも、仮に回復魔法を使える魔術師が居たとしても、一日二日で動けるような怪我ではない。

アリューシアなんて最初から生け捕るために、胴体と頭部以外をメチャクチャに切り刻んだらしいからな。場合によっては緑髪の男より復帰は遅くなるだろう。

これが逆にただの野盗や山賊の類だったら、報復に再び突っかかってくる可能性は残る。

しかし黒コートの連中は良くも悪くも、極めて高い練度と意識で統率された組織だ。こちらも大きな損害を被ったのは違いないが、それは相手も同じ。勝ち目の薄い再戦にすぐさま臨んでくるような考えなしではないはず。

まあこれも、あくまで推測に過ぎないけどね。もしかしたら近いうちに再び矛を交えることもあるかもしれない。

けれど、現実的な見方をすることと不安を煽ることは違う。実際相手の首級に重傷を負わせたのは事実だから、仮にやってきたとしても俺とアリューシアで何とかなるだろう。あまり護衛対象が最前線で戦うのもよくないが、今回に限って言えば事情が異なるからな。

「……アリューシア、大丈夫かい？」

「……ええ。大丈夫です、と言いたいところですが……流石に少々気が滅入りますね」

彼女は気丈に振舞っているが、その表情にはやや翳《かげ》りが見える。

　これからの彼女はさらに大変だ。今回の顚末《てんまつ》の報告もそうだし、死者や遺族に対する弔慰、敵性集団の調査、今後の計画の見直し等々、ただでさえ忙しい身に更にタスクが上乗せされる。公務の遂行中はどれだけ厳しい状況でも一切弱音を吐かなかったアリューシアも、流石に今回は堪えた様子であった。

「大丈夫だよ、この状況で気が滅入らないやつはもう人間じゃない。君は優秀だけど、言い方を変えればたった一人の人間だ。……あまり、思いつめないようにね」

「……はい。ありがとうございます」

　俺では彼女の負担を肩代わり出来ない。役職という面でもそうだし、能力の面でもそうだ。俺にはただ剣を振るうことしか出来ん。

　けれど。その剣を振るうことにかけては、これ以上彼女たちの負担になるわけにはいけない。たとえどんな連中が押し寄せてこようとも、この腕一本でそれらをすべて跳ね除けていかねばならない。今回の件で、その気持ちは一層膨れ上がった。

　自信がついた、というのも多少はあるだろう。しかしそれだけではないような気がする。

　義務感、と呼ぶのも少し違う。俺は別に誰かに何かを強要されて剣を振るうわけじゃない。

　使命感、と呼ぶにはやや大仰である。俺は剣を振る上で何か大義を掲げているわけでもない。

　強いて言うなら、意地だろうか。俺個人が抱えるちっぽげな、けれど決して譲れない何か。矜持と言い換えてもいいかもしれない。

「アリューシア」

「はい」

俺が歩む剣の道。その過程で育まれた、おっさんの意地。

無論、個人の感情のみですべてが上手くまとまるなんて微塵も思っちゃいない。そんなものが通用しない世界がごまんとあることくらい、嫌というほど分かっている。

「俺は剣を振ることしか出来ない男だ。……だけど、剣なら振れる。もし必要になったら、遠慮なく頼ってくれ。剣で解決出来ることなら、俺が全部解決する。必ず」

「――はい。先生のお言葉、しかと胸に刻みました」

けれど、それが通用する世界ならば。

俺は誰にも負けてやれない。少なくとも、身体が満足に動くうちは。

まだ見ぬ強者と相まみえ、それら全てに打ち勝ち、乗り越える。その悦びは胸の奥深く、深層に沈み込ませて。

――俺は随分と我が儘になったな、と。

自身の決意を伝えながらも、明らかに以前と変わった心模様に、心の中で静かに苦笑いを一つ浮かべた。

◇

「いやすまんの。遅くなった」

「大丈夫ですよ、ルーシーさん」

あの事件からおおよそ三週間。急ぎバルトレーンに戻ったアリューシアはすぐさま王室、騎士団、魔法師団に情報を共有し、そこからの対処にあたっていた。

剣なら任せろと大口を叩いたものの、こういう調査や根回しの段で剣を振る機会なんてなかった俺は、まあ結局いつもとあまり変化が大きい日々を過ごしたとは言えず。普段通り騎士団庁舎で騎士たちの稽古を付けながら、時々魔術師学院に顔を出す。そんな毎日を過ごしていた。

で、今日も元気に騎士たちの稽古を付けようかと庁舎に向かったところ、アリューシア直々にお呼びがかかって、今は団長の執務室にお邪魔しているという状態だ。

アリューシア、ヘンブリッツ君、俺の三人が揃ったところに、更なる参加者としてルーシーが現れた。そんなタイミングである。

「しっかし、大変じゃったのぅお主らも」

「まあね。無事に戻れてとりあえずは何よりだよ」

「違いない」

挨拶を交わしながら、ルーシーが空いた椅子へと腰掛けた。

こういう話し合いは通常なら応接室などを使って行われる。しかしながら今回の話はなかなか外部に漏らすわけにいかないこともあり、念には念を入れて普段アリューシアが使っている執務室を使わせてもらうことになった。

今回の一件にルーシーを一枚噛ませたのは、俺とアリューシアの見解が一致したこともある。

というのも、俺たちを襲った黒コートの集団について俺や彼女、フラーウなどにも心当たりがなく。じゃあこういうのに一番詳しいやつは誰かと問われれば、やはりルーシーになるのだ。

いったい何年生きているのかは分からんが、俺よりも遥かに年上かつ、王国外の情報にも目端が利く。こいつ個人が抱えている情報だけで国一つは落とせるんじゃないかと思わせる博識ぶり。

何か困ったらとりあえずルーシーに聞いとけばなんとかなる、というのはあながち間違った判断ではないと思う。さらに今回は国が絡んだ事情故、俺たちがルーシーを頼っても見返りを求められない。であれば、存分に頼らせてもらうのが最善手だろう。

王国内外の事情に詳しいとなればあと一人、スレナも候補に挙がるが、残念ながら彼女は今別口の依頼を受けているようでバルトレーンに居ない。本当に忙しいねブラックランクの冒険者は。

「紅茶でよろしいですか？」

「うむ、頼む。さて、早速じゃがまずは分かったことから伝えておこうかの」

アリューシアが飲み物を用意している間に、ルーシーは報告を始めた。

「件の連中が着とったというあのコートじゃが、お主らの推測通り魔法的防護がかかっておった。比較実験はまだ十分に出来ておらんが……硬化処理した革鎧、ハードレザーなどよりは遥かに強固じゃろうな」

「そんなに堅かったんだね……」

まず飛び出してきたのは、連中が着ていたコートの性能について。

これは対峙した俺もアリューシアも感覚として理解していたのだが、明らかに堅かった。絶対にただの布ではないと感じてルーシーに解析を依頼していたのである。

結果としては予想通りといったところだが、ハードレザーより防御力があるのは相当だな。あれより強固な防具となるともう金属鎧を着込むくらいしかない。軽さと堅牢さを見事に両立したあの装備は、剣士としてはかなり羨ましい性能である。

「しかし、魔法的防護があるとなれば量産は難しいかと思いますが」

「その通り。必ず魔術師が必要になるのぅ。コートには魔鉱石が装飾として付いておったが、何にせよお抱えの魔術師、それもそこそこ以上の腕前のやつがおらんと話にならん」

ヘンブリッツ君が突っ込みを入れる。それに対してルーシーが答えた通り、あんな装備を全員に行き渡らせるのは、専属とも言える魔術師が居ないとかなり難しい。

ということは、あの時に顔を出した桃色髪の女性が装備の調整も担っていると見るべきか。いや、もしかしたら複数名の魔術師を抱えている可能性すらある。

それほどの戦闘力と組織力を持つ団体が、どこの国のどちら様か分からないというのはかなり異常だ。在野で密やかに集められるほど容易いものではないことは、世情に疎い俺だって理解出来る。

「お主らの予想通り、あれを着込んだ連中は少なくとも国軍ではないの。帝国でも見たことがない」

「となるとやっぱり……傭兵とか？」

「流石ベリル、いい線いっとるのー」

なんか雑に褒められた気もするけど、別にそんなに凄いことでもないんだよなこの予測は。

国家のもとにない戦力なんてその種類はたかが知れている。騎士団でも国軍でもないということは、残る可能性は傭兵団という線が一番高い。金次第でいくらでも雇える戦力だ。

無論、金で動く連中は何も傭兵だけじゃないが、レベリス王国の騎士を襲うなんて普通なら金を積まれたって断る。そんな危険な仕事に飛び付くのは、やはり傭兵であろう。

しかしながら傭兵というのはそれしか収入源がないわけで、雇おうと思えば自然と高くつく。しかも今回の場合は仕事の内容が内容だ。余程大金を積まれない限りは動かない。そう考えると、実行犯は傭兵でいいとしても、その依頼主も気になるところだな。

「わしもこの件に関して心当たりは一つしか思い浮かばん。まあヴェルデアピス傭兵団でほぼ決まりじゃろうな」

「ヴェルデアピス傭兵団……？」

「流石に知らんか。アリューシアらはどうかの」

「いえ。私も寡聞《かぶん》にして」

「私も聞いたことがないですな」

ルーシーの口から具体名が出てくるものの、俺は当然としてアリューシアやヘンブリッツ君もその名に聞き覚えはない様子。となると、知っているのは本当にルーシーだけになりそうだ。

「知らんのも無理はない。そやつらはエーデルディア王国の連中じゃからな。いや……今はサリューア・ザルク領エーデルディアと呼ぶべきか」

「……と言うと？」

「帝国との戦争に敗れて属国になったんじゃよ、エーデルディアは」

アリューシアの用意した紅茶で口を湿らせてから、ルーシーは続けた。

エーデルディア王国という国名は聞いたことがない。これは単純に俺の学がないからだと思うけど、それを抜きにしても他国の、しかもレベリス王国から離れている国の歴史も知っているルーシーは本当に凄いな。伊達に長生きはしていないということか。これ言うとメチャクチャ怒られそうだが。

「しかし、属国であればその戦力は全て宗主国に管理されるはずですが……」

「かの帝国との戦争で潰えず、更に尻尾を摑ませないまま逃げ切った戦闘集団。……そう言えば彼奴らの力が多少は伝わるかの？」

「それは確かに……凄まじいですね……」

サリューア・ザルク帝国はこのガレア大陸で一番大きい国だ。魔法技術でこそレベリス王国に一日の長があるらしいが、単純な戦闘力で言えば帝国の方が質も高く量も多い、というのが一般的な認識である。

その帝国の攻撃を耐え凌《しの》ぎ、更に逃げ遂せた。それだけでも十二分に凄まじい。それを前提とすると、あの集団の異様な強さにも納得がいくというもの。

「まあその当時の強さが今も引き継がれておるとは限らんがの。それでも、なかなかの強者揃いだという噂はわしの耳にも届いておる」

ルーシーほどの魔術師が「なかなかの強者」という評価を受け止め、それを正当なものとして捉えている。やっぱりあいつらめちゃくちゃ強かったんだなあ。それほどの連中に目を付けられたのなら、言い方は悪いが王国守備隊では手も足も出ないだろう。

「ルーシーさん。その傭兵団の幹部級の名前や特徴は分かりますか」

「全員は知らんぞ。わしが知っとるのは〝翠蜂《すいほう》〟ハノイ・クレッサと、〝対針《ついしん》〟クリウ・ライバークくらいじゃ」

「対針、クリウ……恐らく私が相手をした双剣使いが名前からしてそれかと」

「じゃあ俺が相手した方が翠蜂かな」

こちらも大方の予想通り、俺たちが相手取った二人が傭兵団の首級だったようだ。まああれより強いのがぽこじゃか出てきてもそれはそれで困るんだけどさ。

「しかし、よく知っているねルーシーは」

「まあのー。わしそれが仕事みたいなところもあるし」

「そうなの？」

「……わし一応、それなりに偉いんじゃが？」

「ははは、知ってるよ」

ちょっとした軽口のつもりだったんだけど、ルーシーからジト目で見られたので早めに降参しておく。魔法師団長に睨《にら》まれるとか絶対に嫌だからね。

ただ少し引っ掛かるのは、彼女がそういった情報収集みたいな領分にも手を出しているということ。俺の知る限りではあるけれど、ルーシーは魔術師ではあるものの、どちらかと言えば研究者寄りである。敵を撃滅することよりも、魔法の研鑽《けんさん》に時間を費やすことに悦びを感じるタイプだ。

無論、国家の要職に就いている以上はそういう仕事もあるだろうし、彼女が長く生きてきたのならその分の知識が蓄えられていることも分かる。ただ何と言うか、諜報めいた仕事にルーシーが従事している印象がないというか。

ルーシーははっきり超人と言っても過言ではない力を持っていると思うが、それでも彼女の身は一つしかない。流石に時間を操ったり瞬間移動したりは出来ないはずだから、王国外の情報を果たしてどうやって集めているのかは、少し疑問に感じるところであった。

とはいえ、そんなことを今ここで突っ込んでも何の意味もないけれど。

「ま、襲われたのは災難じゃと思うが……お主らが生きて帰った。それで上出来だと思うがの」

「そう……なのかな」

「そうじゃよ。そういうことになる」

ルーシーはこちらの心情を汲んでか汲まずか、明言は避けた。

今回、レベリオの騎士に死者が出なかったのは幸いだと思う。ヴェスパーはあの後、次の街で待機していた魔術師と医者によって何とか一命を取り留めた。無論、全快には長い時間がかかるし、ゼドと同じく本来の職務に復帰出来るかどうか、先行きは変わらず不透明。

それでも、ギリギリのところで命が繋がったことははっきりと喜ばしいことではあるのだろう。

一方、王国守備隊と貴族の私兵に犠牲者が出てしまったのは、これもはっきりした不幸だ。しかしながらルーシーの言う通り、この結果自体は「上出来」に分類される。何故なら、主賓であるアリューシアや俺が無傷であったから。

命の重さは平等ではない。それを理屈で理解してはいるものの、諸手を挙げて喜ぶことは出来なかった。

「あとは……その傭兵団の目的だね」

「狙いはアリューシアだったんじゃろ？　ならおおよその予測は付くがの」

こちらの損害についての言及を終えたところで、いよいよ本題に入る。

ヴェルデアピス傭兵団の情報や、やつらが着ていたコートの性能などは言ってしまえばついで。話の本命は何故そんな連中にアリューシアが狙われたか、である。

これもなあ。ある程度事情を知っていればルーシーの言う通り、一本の推測は立つんだよな。

「やはり……スフェンドヤードバニアですか」

「じゃろうな。情報の裏が取れるまで明言は避けるべきだと思うが」

そう。俺が持っている情報だけで考えてみても、その線が一番しっくりくる。というか、それ以外だとわざわざ外部の戦力を雇ってアリューシアを討とうとする理由が逆に分からない。

一方で、これはあくまで現場から見た推測だ。確たる証拠は何もない。だから現時点での明言は避けねばならないし、その尻尾を摑ませないために外部の傭兵を雇ったとも言えるだろう。

「……慎重に調査を進める必要があります。スフェンドヤードバニアとの間に不要な火種を生み出しかねません」

「同感じゃな。わしの方でも調査はするが……とは言ってもあまり悠長にも構えられんか」

状況的に考えれば、スフェンドヤードバニアが怪しい。しかしただ怪しいからと言って公の場で批難してしまえば、両国の間に亀裂が走る。これから婚姻外交で友好を深めようとしているところに、そんな特大の火種を持ち込むのは出来れば避けたい。

他方、そのような疑いが解消されないまま、サラキア王女殿下を嫁がせるというのもこれもまたレベリス王国としては承服し難い。慎重かつ迅速な対応と真相の究明が待たれる。

アリューシアとルーシーの言葉からは、そのような懸念が滲《にじ》み出ていた。

基本的に王族やらお偉いさんの婚姻というのは、事前段階からかなり入念な準備を経て行われるものだ。当然、ここまで話が進んでいるということはサラキア王女殿下がグレン王子殿下のもとに嫁ぐ日程もほぼ確定しているはず。この段になってその日程を大幅にずらすのは、簡単ではないだろう。

そして、相手側もそれが分かっているからこそこうやって仕掛けてきた。そう考えれば、一連の辻褄《つじつま》は合う。

「……なんだかとんでもない大事になっちゃいそうな予感がするよ」

「お主、分かっているとは思うが外野面は出来んぞ？　立派な当事者じゃからな」

「分かってるよ。俺の剣が必要な時が来たらいつでも振るう。……相手が誰であってもね」

「……ほう？」

事件後、アリューシアに告げた言葉とほぼ同じ内容を再び紡ぐ。

俺に国家間のしがらみや思惑なんて分からない。そのあたりの素養がないことくらいは分かっている。

そんなことを気にせずに俺はただ、気ままに剣を振るいたいだけなんだ。今までならそうやって逃げていたんだろう。

けれどルーシーの言葉通り、俺はもう今回の件にがっつりと食い込んでしまっている。無論、俺が好き好んで横槍を入れたわけではない。特別指南役という肩書が齎した、言ってしまえば二次災害みたいなものだ。

　ただし。俺は今回の件を、ほんの少しだけ楽しみに感じている自分が居ることも同時に分かっていた。

　ヴェルデアピス傭兵団のハノイ。あれは相当な手練れだった。対針のクリウも同じくかなりの練達であることは間違いない。スピードに優れた双剣使いを、俺ならどうやって攻略するか。

　強者との立ち合いに仄《ほの》かな、しかし確かな高揚感を覚えている。今この状況で抱くにはあまりに不謹慎な感情ゆえに、決して表には出さないが。

「くっ……くっくっく！」

「ル、ルーシー？　どうかした？」

　そんなことを考えていたら、ルーシーが突如として肩を揺らし始めた。なんだなんだ、何だか気味が悪いな。

「いやあ、お主変わったなと思ってのー。どうじゃ、わしと改めて手合わせしてみんか？」

「えぇ……？　やだよ面倒くさい……」

「ちぇー。連れないやつじゃのう」

　物凄く真剣な話し合いの場であるはずなのに、そんなこと知らんとばかりにいきなり手合わせを申し出る魔法師団長。空気は読めるはずなのに、時々あえてぶっ飛んだ発言をする。

　こいつの性格はある意味羨ましいとは思うが、こうなりたいとまでは思わないね。俺が変わったのは部分的に見ればそうだろうけれど、別に劇的に性格が豹変したわけでもないと自分では考えている。

それでも、まあ。

小さいながらも確かな変化なのだろうな、これは。

一剣士として、剣の頂を本気で狙いに行くがための心意気。それは昔確かに持っていて。けれど剣術道場師範として、特別指南役として務めを果たそうとしている間に、いつしか心の奥底に仕舞い込んでいて。

再びその蕾が胸中で蠢《うごめ》き出したのは、吉兆かはたまた凶兆か。

その答えを導き出すには、もう少し時間がかかりそうだ。

末　片田舎のおっさん、堪能する

「いらっしゃいませルーシー様。本日は二名様で？」

「うむ。いつも通り個室で頼むぞ」

「畏《かしこ》まりました」

密命を帯びたフルームヴェルク領への遠征を終え、そしてその帰りにヴェルデアピス傭兵団に襲われ。

なんとかバルトレーンに帰還を果たして諸々の報告と今後の動きを確認した後。なぜか俺はルーシーに誘われて一緒に飯を食べる流れになっていた。

どうしてこうなったのかは俺にも分からない。けれどまあ、奢ってくれるという話にホイホイ付いてきてしまった俺も悪いんだろうな。あと純粋に、ルーシーが外食をする時にどういう店を選ぶのかは少し興味があった。

「す、凄《すご》いね……」

「別に凄くもなんともないわい。ある程度金のある者なら来れる場所じゃよ」

「いや、そうは言うけどさ……」

連れて来られたのは、バルトレーン北区に展開している飲食店。なのだが、もうなんか入り口からして凄い。

表の店構えも中の装飾も、派手派手しいというわけでは決してない。調度品などもフルームヴェルク領の夜会で見たような煌《きら》びやかなものでもなく、点数も少ない方だろう。

しかしながら、埃一つ見当たらない床に染み一つない壁。落ち着いた色合いで綺麗《きれい》に塗装された壁面は、常日頃から相当な手入れがされていることが窺える。従業員一人ひとりの佇まいも素晴らしい。

そして何よりこのお店、個室がある。宿屋でもないただの店で個別に敷居を立てて部屋を隔てるのは相当だ。普通ならそんな非効率なことをせずに客を入れるからな。その方が単純に儲かるからである。

多分ここ、単純に金を持っているだけでは入れるようなお店じゃない気がしてきた。

何と言うか……王族とまでは言わないものの、高貴なる身分の方々が談笑しながら、そして時に重要な機密を共有しながら飯を突く。ここは恐らくそんな場所だ。

「こちらへどうぞ」

「うむ」

清潔な衣装を身にまとったボーイさんが案内してくれた先は、ドアを一枚挟んだ奥。

四人掛け程度のテーブルに椅子が二つ。これは俺とルーシーの二人に合わせて椅子の数を調整したんだろうか。個室自体はそこまで大きくないが、圧迫感を感じることもない。一言で言えば落ち着いた空間だった。

ミュイを連れて行った店やキネラさんとランチをご一緒した店も決して質は低くなかったが、ここはちょっとランクが違う気がする。ルーシーと二人ということで、幸いながら同席相手に対する緊張はないものの、ちゃんと飯の味が分かるかはちょっと不安になってきたぞ。

「わしはワインで頼む。お主はどうするかの？」

「えっと……じゃあエールをお願いします」

「畏まりました」

ボーイさんに飲み物の注文を終える。こういう店でもちゃんとエールはあるんだなと少し安心した。

「ただ飯を食いに来とるだけじゃろうが。何をそんなに緊張しとるんじゃ」

「いやあだって……こんなお店入ったことないよ……」

「もっとええもんを食え、ええもんを」

別に普段から悪いものを食べているつもりはないんだけど、ルーシーは常日頃からこのレベルの店を利用しているんだろうか。俺はこんなところで毎日飯を食ってたらとてもじゃないが財布が持たん。あと心も落ち着かない。

「お待たせいたしました。ワインとエールになります」

「うむ」

そわそわしながら待つことしばし。程なくして運び込まれたワインとエール。

いつも酒場で飲むようなタンカードではなく、ガラス製のグラスだ。なんだか見た目だけで既に高そうである。

「じゃあとりあえず乾杯じゃの」

「あ、うん」

チン、と。普段使っている食器ではなかなか耳にしない高貴な音を控えめに響かせて、二人のグラスが微かに触れた。

「……あ、美味《うま》い」

泡を迎え撃つようにエールに口を付けると、そこから広がるのは芳醇な麦の味わい。ほとんど甘みはないものの、キレのある舌触りと後に引かない風味が鼻腔を突き抜ける。

これは、かなり美味い。フルームヴェルク領で飲んだエールもなかなか美味であったが、それとはまた趣の異なる味だ。単純な好みで言えば、俺はこっちの方が好きかもしれない。

「ここはわしのお気に入りでの。落ち着いて飲み食い出来る場所は貴重じゃ」

「それはまあ、確かに」

ルーシーほどの知名度と影響力のある人物となると、自宅以外で落ち着いて飲み食い出来る場所というのは存外に限られる。客に騒がれるのも厄介だろうし、店員に騒がれるのはもっと厄介だ。普通なら二度とその店を使わなくなる。

俺は未《いま》だそんな場面に出くわしたことはないけれど、彼女ほどならそんなシーンは腐るほど出会ってきたに違いない。そのルーシーがお気に入りと評するこの店は、確かにそういうニーズに見事に合致していると言えた。

「まあ好きに食うとよい。今日はわしが奢ってやる」

「そりゃどうも……」

いきなり奢ってやると言われても、それを素直に享受出来るほど俺の神経は図太くない。そりゃありがたいことに違いはないが、こいつは前科があるためにまた何か裏があるんじゃないかと勘繰ってしまうのだ。

とはいえ、こんなハイランクの店で飲食する機会には中々巡り合えないのも事実。とりあえず言《げん》質《ち》は取れているのだから、食えるものは食っておくか。

「決まったらそこのベルを押せ。従業員が静かに飛んでくるからの」

「わ、分かった」

静かに飛んでくるって表現が凄いな。つまりは待たせず迅速に、しかしそれを悟られないようにボーイさんがやってくるということか。いったいこの店ではどれほどの教育が行われているのだろうか。下手《へた》な貴族の従士より洗練されていそうで困る。

「……うわ」

メニューに目を走らせてみたところで、思わず声が出た。

ラインナップとしてはまあ大体の料理は取り揃えていますよ、みたいな感じ。てっきり王宮やフルームヴェルク領で食べた時みたいにコースでやってくるのかと思っていたが、ここはそうでもないらしい。

ただし、料理自体は見知っているものが多い中、そこに使われている素材がヤバい。ボア肉のような庶民食は見当たらず、グリフォンの肉とかある。そして知らない名前の食材も結構ある。しかも値段が書いてない。ヤバい。

「……本当に代金はルーシー持ちでいいんだよね？」

「構わん構わん。好きに頼むがよい」

あまりの怖さに念入りな確認を取ってしまった。それくらいには何と言うか、格が違う店である。

「……よし」

少しの間悩んだ末、頼むべき料理を決める。テーブルの端に置いてあるベルに手を伸ばすと、チーンと小気味良い音が鳴り響き、すぐさまボーイさんがやってきた。マジで速いな。

「グリフォンの蒸し焼きとテールスープをお願いします」

「わしはいつものもので頼む」

「畏まりました」

とりあえず目を惹かれたグリフォンの肉にチャレンジ。店で出るくらいだから不味いということはないだろう。一般的に鶏肉は柔らかいものだが、グリフォンの肉を鶏肉と表現していいのかはやや疑問が残るな。

そしてルーシーはいつものを頼んでいた。なんだよいつものって。常連っぽくてちょっと恰好い い。まあそれが通じる程度にはこの店をよく利用しているということなのだろう。彼女が愛用しているいる店ならいよいよ下手なものは出てこないはず。その点で言えば一安心だ。

「……それで、どういう風の吹き回しだい？」

「ん？」

料理を待つ間にキレのあるエールで喉を潤した後、改めて問う。

何故《なぜ》ルーシーが今、このタイミングで俺をこんな店に連れてきたのか、である。

俺とルーシーの間柄というものは、一言で説明するのがやや難しい。友人と言えばそれまでなのだろうが、なんせ出会い方が最悪だったからな。俺からしたら突然辻斬りに遭ったようなもんである。

ただまあ、フィッセルという共通の人物から思わぬ縁を得て、今こうして曲がりなりにも友好を築けていること自体に悪い気はしない。悪い気はしないが、だからといきなりこんな高級な店で奢られるような事態には心当たりがない。

これがただ、たまには飯でも行ってみるか、みたいな感じでそこらへんの店に入り、ほどほどに安酒を味わい、割り勘で店を後にするなら分かる。もしそうであれば俺は何も言わなかった。時にはルーシーと飯を食うのもありかもしれないなあ、なんて思いながら腹太鼓を鳴らして家に帰っていたに違いない。

しかし、今のこの状況は明らかにそんな空気とは違っていた。

「まあ、そうじゃな。ちょっとした祝いみたいなものだと思っておけばよい」

「祝い？」

彼女の言葉に首を傾げる。

はて、お祝いとは。別に祝われるようなことは何もなかったと思う。フルームヴェルク領への遠征を終えて、襲撃事件こそあったものの無事に帰れた祝いと言われれば、まあギリギリ納得出来なくもない。しかしそれにしたって彼女からわざわざ奢られる理由もないはずだ。

「わしにはな、常々思っとることがある」

恐ろしく上等であろうワインを上品に口にしながら、彼女は言葉を続けた。

「力を持つ者は、それに相応《ふさわ》しい生き方をすべき、とな」

「……」

力を持つ者。それが何を指しているかは分かる。単純な戦闘力だったり、あるいは権力だったり知識だったり。そういうものを言っているのだろう。

そして、それらを持つ者はその力に相応しい生き方をすべきというのもまた理解出来る。例えばアリューシアは俺の弟子だが、彼女の才覚はあんな片田舎で埋もれさせてよいものではなかった。だからこそ餞別の剣を渡して免許皆伝を言い渡した。

結果としてその方針は正しく、彼女は国の力を統べるレベリオ騎士団の団長になったわけだ。まあそんな彼女が、俺を片田舎から引っ張り出したのは完全に想定外だったけどさ。

「その自覚が、お主にもようやく芽生えたように見えての。その祝いじゃよ」

「……そっか」

自身が持つ力への自覚。

どうだろうか。確かに以前よりは、自分の実力を卑下する機会は減ったように思う。けれどそれは直ちに自信を持てるようになったとかそういう話ではなく、もっとドロドロとした原初的で、見ようによっては汚い有様と表現されてもおかしくないものだ。

単純な剣の頂への欲求。それを力への自覚かと問われると、自信を持って正解だとは少し言いづらい。

「でも、そんなに良いものじゃないよ。ただ強くありたい。まだ見ぬ強敵と相まみえたい。そういうしょうもない話さ」

彼女の考え方は理解したが、俺がそれに沿っているかは分からない。けれどまあ、彼女がそう捉えたならそうなのだろう。そういう視点に関して言えば、俺はこのルーシー・ダイアモンドという人間をそれなり以上に信頼している。

「結構結構。より強い者と戦いたいという欲求は、弱者には生まれんよ」

「……まあ、言われてみればそうかもね」

確かに自分を弱いと思っている者が、強い者と戦いたいと考えるのは少し不自然ではある。その意味では俺も強者の一人である自覚が出てきた、ということだろうか。曲がりなりにもおやじ殿を下した腕前を、弱いと卑下することは出来ない。

「失礼します。こちらグリフォンの蒸し焼きとテールスープでございます。こちらがアザラミアンマッシュルームの炭焼きとバーゼルブリームの造りでございます」

「おお、ご苦労さん」

話が一段落付いたところで、注文した料理が運ばれてきた。

俺の方はグリフォンの蒸し焼きとテールスープ。ルーシーのは名前だけ聞いてもよく分からん。見た目的には茸と魚だが、名称はちょっと聞き覚えのないものだ。

「月に一回はこれを食わんと落ち着かんでなー」

「こっちも美味そうだ。いい匂いだね」

それぞれの目の前に注文した料理が並ぶ。グリフォンの蒸し焼きは綺麗で淡白な色合い。テールスープもよく煮込まれたであろう肉がぶつ切りで浮いており、見た目だけで旨味の凝縮を感じさせる一品である。

「いただきます」

食前の挨拶を終え、まずはテールスープから。

「……うんま」

一口含めば、口内にぶわっと広がる旨味の花園。恐らく塩味を効かせたのであろう、僅《わず》かなしょっぱさが豊かな風味の一瞬後にやってくる。それでいてしつこくなく、喉越しは抜群と来た。

これは、文句なしに美味い。値段が書かれていなかったからどれだけの費用が掛かるかは未知数なれど、機会があればまた是非来たいと一発で思ってしまうくらいには、このテールスープの味は衝撃であった。

「さて、こっちは……」

スープで既にこれである。眼前のグリフォンの蒸し焼きが果たしてどの程度の破壊力を持っているのか。口に運ぶまで、それはまったく想像が付かない。

「うお……軟らか……」

フォークで蒸し焼きを刺そうと思ったら、刺した傍からほろほろと身が崩れそうになる。

肉というものは、調理次第でここまで軟らかくなるのか。その手法はサッパリ分からないが、ここまでやるにはメチャクチャ丹念に蒸し上げられたはず。否応なしに味への期待値が高まっていく。

「……んむ」

刺して口に運ぶのは難しいので、フォークで掬《すく》い上げる。そのまま一口噛み締めれば、瞬く間に崩れていく肉だったもの。そして次の瞬間、淡白で清涼な味わいが口腔内を駆け抜けていく。

味はやや薄目か。しかし味気ないと感じるほどではない絶妙な塩梅《あんばい》だ。フリッターのような瞬間火力こそないものの、俺のような四十路のおじさんにはこれくらいの味付けが丁度よい。というか、これはなんぼでも行ける。

「……ぷはっ」

そして驚くべきはエールとの相性。甘さ控えめでキレを重視したこのエールは、こういう淡白な料理と抜群に合う。味の濃い料理を食った後に濃い目のエールでガツンと洗い流すのもオツなものだが、これはこれで実に素晴らしい。なんだか新たな境地を得た気分にすらさせてくれるね。

「くっくっく！　お主、美味そうに飯を食うのー」

「いや、本当に美味《おい》しいよこれは……」

マジで異次元の美味さだ。これはルーシーが行きつけにするのも頷ける。というか俺にも彼女くらい金に余裕があったら是非とも通い詰めたい。それほどの衝撃であった。

「ルーシーのも、その、造り？　美味しそうだね」

「うむ、美味いぞ。新鮮なバーゼルブリームを氷漬けで運んで来とるからの」

「こ、氷漬け……？」

「そういうのもわしらの仕事の領分ということじゃな」

「……ああ、なるほどね」

氷漬けなんてどうやって準備するのかと思っていたら、どうやら魔術師の力を利用して冷凍しているらしい。確かに彼女は俺と戦った時も、氷の塊を生み出していたな。

なるほど、魔術には戦うだけじゃなくてこういう生活に根付いた利用方法もあるのか。これもまた新たな発見である。

まあでも考えてみれば、魔術師全員が魔法師団に所属しているわけでもないだろう。冒険者の魔術師も居るだろうし、こういう民間で仕事を受けている魔術師だって居るはずだ。

その辺り、融通が利いていいなあと思う。剣士は本当に剣を振る以外出来ることがない。剣一本で食っていくのは、いかにこのご時世とはいえ至難の業《わざ》である。今のところなんとか食いっぱぐれずに済んでいるのは、偏《ひとえ》に巡り合わせが良かったからだ。

「凄いね、魔術師は」

「隣の芝じゃな。わしらから見れば、剣士という生き物こそ凄《すさ》まじく見える」

感嘆を漏らせば、返ってきたのはにべもない返答であった。

隣の芝、か。確かに俺に魔法は分からないし凄いとも思うけれど、仮にルーシーが魔法を封印して剣を持つのなら、俺は容易く勝てる自信がある。それくらい、互いに得意とする領分が違い過ぎるからね。

「そう考えると、フィッセルは本当に凄いんだねえ」

「あやつ、天才じゃぞ。お主よくあの才能を見つけたな」

「たまたまだよ、たまたま」

やっぱりルーシーから見てもフィッセルは凄いんだな。剣と魔法、両方の高みに居る彼女には、やはり天才という言葉が一番相応しいのだろう。

しかも若いときた。これからの伸びしろも十分に残った上であれだから、本当に恐ろしい才能である。本人がその才能を伸ばすための努力を惜しまない点も合わせて凄まじい。

「そう言えば」

「うん？」

極上の飯を突きながら雑談に花を咲かせていると、ふと思いついたようにルーシーが呟く。

「お主の言う強者との戦い、わしは相手候補に入らんか？」

「ははは。入らないねえ」

「ちぇー。いけずじゃなーお主」

こいつ隙あらば戦おうとしてくるから性質が悪い。初対面の時みたいに問答無用で吹っ掛けてこないだけマシになったのかもしれないが。

「いくつか近接戦用の魔術も新たに考えたんじゃがのー」

「それを俺に試そうとするのやめなよ……」

新しい魔法に興味がないと言えば嘘になるものの、それを食らいたいとは思わないね。絶対にごめんだ。

けれど。ルーシーほどの地位と実力を持ちながら、更にその先を目指し続ける姿勢は素直に称賛出来る。俺もその気持ちは忘れないように、これからも腕を磨いていきたいところだな。

「あ、話ぶった切って悪いんだけど。……これも頼んでいい？」

「おう、構わん構わん。好きに食えと言った言葉に二言はないぞ」

「ははは、それじゃお言葉に甘えて」

まあ、それはそれとして。

今はこの至高の晩餐《ばんさん》を存分に楽しませてもらおう。

逸《はや》る心を抑えて腕を伸ばす。

チーン、と。ボーイを呼ぶためのベルが、俺の昂りを表すかのように再び鳴り響いた。

あとがき

皆様お久しぶりです、佐賀崎《さがざき》しげるです。

この度は『片田舎のおっさん、剣聖になる 6』をお手に取って頂き、ありがとうございます。

自分の中では勝手に折り返し地点を過ぎたな、なんて思っています。別にこの作品が十巻で終わりというわけでも今のところはないのですが、何となく五を超えたら折り返しを超えたな、みたいな気持ちになりますね。私だけでしょうか。


今回の執筆も、ぶっちゃけて言うとまあまあギリギリでした。

それでもまあ何とか間に合わせたわけですけれども、中々に執筆の貯金というものは積み上げられそうにありません。

無論私も余裕があるに越したことはないと考えていますが、逆に言えば余裕だろうがギリギリだろうが間に合えばセーフなのです。「ギリギリ間に合った」と「間に合わなかった」では、社会において天と地ほどの差があります。別にアウトとセーフの境目を反復横跳びする趣味はこれっぽっちも持ち合わせていませんが、結果としてそうなっています。何とかしてこの状況を脱したいです。

さて。今回はベリルがついにバルトレーンの外に本格的に出ることとなりました。

色々と事情があっての遠征ですが、その中で彼ら彼女らの思惑が微妙に相反したり互いに協力したりしています。その辺りもお楽しみ頂ければ幸いですね。

ちなみに、最後に出てきた傭兵団、実はモチーフ元があったりします。R氏とK氏にはこの場にて御礼申し上げます。

そして本作、なんとシリーズ累計二百万部を突破したそうです。前巻のあとがきで五十万部突破のお知らせをしたばかりなのですが、とんでもないことになってしまったなあと改めて感じております。

主動力となっているコミカライズ担当の乍藤《さとう》先生には足を向けて寝られないどころの話ではなくなってきていますが、拙作をこれほどまでに昇華させる手腕には舌を巻く他ありません。

この勢いに負けないよう、私も出来る限りのお話を書いていかなければいかないなと決意するばかりです。また、この場で嬉しい報告が重ねられるように頑張りたいところですね。何卒皆様にもお付き合い頂ければ幸いです。

それでは、また。